SKYLINE
天际线

望远　知新

WEEDS

杂草的故事

—— 典藏版 ——

[英国] 理查德 · 梅比　著

陈曦　译

译林出版社

图书在版编目（CIP）数据

杂草的故事：典藏版 /（英）理查德·梅比（Richard Mabey）著；陈曦译. —南京：译林出版社，2020.8（2024.6重印）
（"天际线"丛书）
书名原文：Weeds: How Vagabond Plants Gatecrashed
ISBN 978-7-5447-7407-9

Ⅰ.①杂… Ⅱ.①理… ②陈… Ⅲ.①随笔 - 作品集 - 英国 - 现代 Ⅳ.①I561.65

中国版本图书馆 CIP 数据核字（2020）第049753号

著作权合同登记号 图字：10-2017-234 号

杂草的故事 [英国] 理查德·梅比 / 著 陈 曦 / 译

责任编辑 杨雅婷
特约编辑 雷淑容
装帧设计 韦 枫
校 对 蒋 燕
责任印制 董 虎

原文出版 Profile Books, 2012
出版发行 译林出版社
地 址 南京市湖南路 1 号 A 楼
邮 箱 yilin@yilin.com
网 址 www.yilin.com
市场热线 025-86633278
排 版 南京展望文化发展有限公司
印 刷 苏州市越洋印刷有限公司
开 本 652 毫米 × 960 毫米 1/16
印 张 20
插 页 4
版 次 2020 年 8 月第 1 版
印 次 2024 年 6 月第 4 次印刷
书 号 ISBN 978-7-5447-7407-9
定 价 79.00 元

序言

杂草衬托着我们的文明

英国自然作家、博物学家梅比这本关于杂草的书，可与美国作家迈克尔·波伦的《欲望植物学》（中译本改译为《植物的欲望》）相媲美。此书有一个英文版本的标题是 ***Weeds: In Defense of Nature's Most Unloved Plants***，如果直译的话，大约为《杂草：为大自然中不受待见之植物说点好话》，作者的用意似乎已经有所流露。

“杂草”这样的词，听起来就边缘化。什么是杂草？长错地方的植物、没用的植物、令人讨厌的植物，即“不受待见的植物”。杂草位卑身贱，汉语中“草包”（喻外强中干无能之人）、“草案”、“草率”、“草娘”（妓女）、“草靡”（形容溃败）、“草台班”（民间戏曲班社）、“草菅人命”、“草茅之臣”、“如弃草芥”、“寸草不生”、“秋草人情”、“浮皮潦草”、“落草为寇”、“拨草寻蛇”、“闲花野草”、“草莽英雄”、“闾巷草野”、“拈花惹草”、“剪草除根”等，都透露出杂草的地位和身份。当然，也有取褒义的，也不乏辩证的，如“草书”。在中国，如我一般年过半百的“老人”，提起杂草，还容易想起“文革”期间的“批毒草”运动。那时候，不符合主流革命价值观的电影、音乐、歌曲、书籍、报告等，都可能被划为毒草而遭到禁止，比如《白夜》《柳堡的故事》《美丽的西双版纳》《孔雀公主》《海瑞上疏》《菊花》《带翅膀的媒人》《泥石流》《神笔》《济公斗蟋蟀》《第四十一》《红叶》《红与黑》《王子复仇记》《雾都孤儿》《裸岛》等，都属于毒草或大毒草。在那个年代，天然的、人造的万事万物皆是“征象”(sign)，跟文艺复兴时期欧洲的“象征博物学”(emblematic natural history)有几分相似，只不过前者是以革命领袖的名义，后者是以基督教上帝的名义。梅比若在中国生活过，可能会对中国“政治博物学”中的杂草修辞别有一番感受。

梅比是经验丰富的自然作家，颇懂传播技巧，他能把平凡的事情写得非常生动。我读他的书不多，只有两本：除了这本《杂草的故事》，另一本是描写英国著名博物学家吉尔伯特·怀特的《怀特传》。我还看过有他出场的几个文化短片。不过，通过这些已经能够判断，他是一位写作高手，他有学者气质和丰富的一阶博物实践经验。

英国农民诗人约翰·克莱尔曾说：“杂草，正合我心意。”梅比和我一样欣赏克莱尔，由此可部分猜测到此书的反常识见解。杂草是文明的一部分，它托举着、映衬着、装点着文明，这既具有隐喻正确性，也有字面正确性。人类对杂草的态度是矛盾的。梅比并不想为野草完全翻案，并非想置恶性杂草的基本危害于不顾而拼命讲它的好处。入侵杂草真的非常厉害，我们不能把黑的唱成白的。微甘菊已在广东沿海一带肆虐；紫茎泽兰早就侵入云南和贵州山地；加拿大一枝黄花生满上海崇明岛，也长到上海虹桥高铁站；齿裂大戟、豚草、三裂叶豚草、印加孔雀草、少花蒺藜草、刺果瓜、黄花刺茄已经大摇大摆挤进首都北京；鸡矢藤、木防己、香丝草、钻叶紫菀、黄顶菊最近还悄悄溜进了清华、北大校园。如果对这些不友善的举动无动于衷的话，简直就是无原则、鼓励“放纵”。与此同时，本土杂草的生存频频受到威胁，比如北京野地里生长的美丽草本植物睡菜、款冬在最近几年濒临灭绝，校园草地上的点地梅、葶苈、荔枝草、地黄不断被园林工人费劲地清除。

梅比的书有12章，差不多每一章都以一种植物命名，如贯叶泽兰、侧金盏花、宽叶车前、三色堇、牛蒡、柳兰等。每一章所述内容并非完全围绕标题，结构相对松散。就这一点而论它似乎不够简洁，但内容更丰富。梅比在几乎每一章中，都通过大量的举例反复传达一个观点：嘉禾/杂草、良木/恶树等划分是相对的、暂时的，与我们一时的看法、认定有关。学者讨论问题既要瞧细节也要看整体，对于较长的因果链条，要看到局部两段或多段间的因果勾连。我们一方面要高度重视眼下进入视野的现象，要追究一个阶段的原因，一方面也要探寻两段甚至三段原因。杂草的入侵之所以复杂，相当程度在于它涉及文明进程特别是现代化进程中因果链的多个环节。一个无法根除的历史事实是，我们今天所珍视的一切主粮植物和美味的蔬菜植物，都曾经是杂草！比如水稻、高粱、玉米、马铃薯、粟、山药、甘蔗、柠檬草（香茅）、甘蓝、菠菜、粽叶芦、韭菜、薄荷、藜、荠、水芹，它们来自野草，其中一些至今仍然野性十足。而一些恶性杂草在全球泛滥，恰好与我们所谓的文明推进同步。文明所至，杂草始生。

带有贬义的杂草，竟然是文明的伴生物？“天地不仁，以万物为刍狗。”本来各种植物在价值上没有分别，人以人的眼光，而且是近视的眼光来审视它们，才有了分别。一些植物被判定为有用，甚至价值连城，比如海南黄花梨（降香黄檀）；一些植物被判定为无用，对人有危害或影响庄稼生长，需要铲除或抑制。于是，哪里有文明哪里就有杂草，有什么样的文明就有什么样的杂草。“有害”杂草是无法消灭的，骂、割、砍、烧、挖等招法尽管使用，除草剂尽管喷洒，到头来杂草依旧，甚至越来越昌盛。其实，是我们所追求的东西培育了杂草，导致其引入、变异、进化、传播。人类发动的战争，也会打破大自然的局部平衡，从而影响到杂草的枯荣、进退。文明与杂草协同演变，人类对杂草似乎永远是爱恨交加。其实，退一万步讲，杂草如病毒，不需要消灭（也灭不干净），只需要和平共处。

杂草为何有时那么猖獗？“是因为人类把其他野生植物全都铲除，使这种植物失去了可以互相制约、保持平衡的物种。”（中译本第14页）为了一时的经济利益或其他方面的某种好处，人类经常过分简化事物，低估大自然生态系统的复杂性，不顾及缓慢适应性法则。刻意选定优良植物，人为抑制不符合要求的其他植物，被视为天经地义，在第一回合的较量中也通常取得了效果。但是，大自然之平衡和稳定性被打破，生物多样性被快速改变，风险同时在增加；当事物演化到第二、第三阶段时，人工选择的结果可能令特定杂草反而强壮起来。谁来承受风险呢？往往不再是当初获利的“当事人”，而是依附于土地的弱势阶层。当年的发财者或许转移到另一块土地上，已开始上马新的项目了。

当然，许多情况下，私利表现得并不明显。有时当事人仅仅出于好奇，或者为了科学研究、为了公共利益，在操作过程中不经意地释放了可怕的杂草。一些杂草常以植物园、大学和研究院所为跳板，最终扩散开去，事后大家都装出一副很无辜的样子。比如邱园草（即牛膝菊）、牛津千里光、牛津草（即蔓柳穿鱼）、杜鹃花（对于英国）、葛（对于美国）、臭椿（对于美国）、火炬树（对于中国）、互花米草（对于中国），当初引进这些植物，动机与短期效果都无可厚非，但结局却出人意料。实际上，恶果不是不可以避免。古老的格言早就说了：人算不如天算，智慧出有大伪。可总有一部分自以为聪明的人，未经慎重考察与测试就不负责任地引进外来物种。以高科技的名义释放GMO（转基因生物）也一样，甚至可能更加危险。

为何葛与臭椿在中国一点都没事，到了美国就疯长起来了？水土异也，环境变了。它们在中国久了，相互制衡，彼此适应，不会有大起大落，但到了美国就不适应。不适应不一定意味着衰亡，而有可能是“飞黄腾达”、无拘无束地繁衍，即“过分适应”。那么好了，在美国待久一点不就适应了吗？完全正确。问题是，人能够忍受这一过程吗？人们谈论适应，必须有时间限制，即在多长时间内达成适应，抛开时间限制来论适应则没有意义。植物的人为迁徙也确实提醒人们，要防患于未然；若事情已经发生了，就要心平气和地接受现实，想出稳妥的应对办法。

杂草入侵后怎么办？在西方有各种“杂草法案”，问题意识一向很强的科学家更不会闲着，消灭、控制杂草的措施层出不穷。科学、科学家从来不怕事，就怕没事。但有多少措施是管用的？一定要区分短期管用和长期管用，还要看有多大的副作用。

谁有先见之明？严格地说，谁都没有，或者谁都有一点。常识以为，科学家在预测上比较在行，其实在杂草问题上，并非总是这样。梅比引证大量材料，反而显示文学家、诗人比科学家更有先见之明，能提前“看到”大尺度事物演化的可能结局。这并非因为前者智商更高，只是由于后者更专业而自坠井底。

如果仅仅根据科技杂志上的最新成果来写一部关于杂草的科普著作，我想不会吸引太多读者。梅比没有那样做，他似乎更喜欢引用文学作品和绘画，他在乎莎士比亚、克莱尔、华兹华斯、杰弗里斯、温德姆、塞尔夫、丢勒。即使对于他不喜欢的拉斯金，他也大段引用，并找出对他的“反科学”观点有利的一点最新科技进展。

人类与杂草周旋颇久，时间跟人类的历史一样长。但不得不说，只是在所谓的“地理大发现”以后、西方文明横扫世界之后，杂草危害才变得突出。世界的西化告一段落后，新技术革命特别是转基因技术再次启动了杂草风险警报，而兜售转基因植物的孟山都公司以出售特制的除草剂而闻名。

20世纪60年代，美军向越南喷洒了1 200万吨橙剂——一种高效的化学落叶剂，为的是让游击队无处藏身。橙剂给越南国土带来了深重的灾难，40多年过去了，相当多被喷洒的森林仍然没有恢复过来。那些地方特别适合丝茅等杂草生长，人工干预没什么效果，火烧反而加速了其疯长。人们尝试栽种柚木、菠萝和竹子，但都失败了。不过，最近丝茅又从亚洲潜入美国，让南方各州头痛不已，“不得不说这种复仇颇有些诗意”（中译本第15页）。

别忘了，孟山都就是当年橙剂的生产者、获利者。我在越南参观过一座博物馆，那里展示了大量橙剂受害者的照片，真是惨不忍睹。这个“猛散毒”的孟山都摇身一变，成了现代农业甚至生态农业的化身，真是够讽刺的！归纳推理不保“真值”，归纳法不完全靠谱，但我们不能由此得出“世人活该被同一骗子重复欺骗”的结论。

《杂草的故事》提醒人们以更宏大的时空视野、非人类中心论的视角看待植物。此过程即便不能提升我们的境界，也能弱化我们过分干预的冲动。“道法自然”，顺自然者长生。

刘华杰

北京大学哲学系教授，博物学文化倡导者

2020年2月2日

新冠病毒肆虐华夏大地之际

献给罗宾和蕾切尔

目 录

我捕捉着辽阔田野上的缤纷颜色，一块块不同颜色的作物，像一幅地图；古铜色的三叶草正盛放；晒成棕绿色的是熟透的干草；颜色略浅的小麦和大麦与放着耀眼光芒的黄色田芥菜混着；鲜红的玉米穗与蓝色的玉米棒如同落日晚霞，绚烂的颜色饱满地洒向整片土地；农田笼罩在这摄人心魄的美丽之下，不知如何是好。

——约翰·克莱尔，《悠闲》(1825年)

第一章

贯叶泽兰

——随处可见的平凡杂草

倘若有什么植物妨碍了我们的计划，或是扰乱了我们干净齐整的世界，人们就会给它们冠上杂草之名。可如果你本没什么宏伟大计或长远蓝图，它们就只是清新简单的绿影，一点也不面目可憎。我与杂草的缘分始于我和植物的第一次近距离接触，而这次相遇是我生命中一次意外的惊喜。

那时我只有二十五六岁，在外伦敦的一家出版社做编辑。每天我都要从位于奇尔特恩的家出发去城乡接合部上班，从伦敦周围沉静的乡村一路行至城市中略带荒凉的角落，我很喜欢这段充满矛盾之美的旅程。企鹅出版集团的教育部可不是什么充满浪漫气息的文艺沙龙，笼罩着这里的只有悬铃木投下的树影。成立教育部是为了开发一种新型的教科书，这样一个先锋部门连选址也不同寻常，一反传统地挑在了希思罗机场北面1英里（约合1.6千米）的地方。这里地处米德尔塞克斯郡的边缘地带，大片大片的荒地正慢慢被高科技产业占领。在我办公室的窗户下面，大联盟运河载着散落水面的漂浮物源源不断地向伦敦流去，河岸边是来自世界各地的外来植物。

1 运河往西是交错混乱的采砾场和废弃的垃圾场，它们都古老得可以追溯到维多利亚时代，如今那片采砾场更已淹没在水下。拾荒者是那里的常客，他们到处翻捡的情景让人感觉他们似乎正站在某个第三世界的贫民窟外。向北则是错综混乱如迷宫一般的废车场和拖车停车场，德国牧羊犬是那里的统治者。总之这里到处是不知从何而来的垃圾，它们成堆成片地散布在整个区域。而最让我开心的是，这里长满了茂密的杂草。

那时我的工作主要是为辍学的学生编写一些有关时事和社会研究的书籍。当时最时兴的就是这种“联系时事”的读物。这些书籍(其实更像是杂志)中的内容是一些我们希望读者能够理解但也有一定政治难度的东西，目标读者群是那些长期颠沛流离的人。而每当我望向窗外那些绿意汹涌的杂草，就仿佛看见那样一个多变不定的世界正飞快地向我们走来。

这片杂草并没什么美丽可爱之处，完全不是英国田园诗中那种野花烂漫的景象，甚至与英式风格沾不上半点边。但它们充满了生机——不加雕琢的、无处不在的、光合作用下的勃勃生机。老旧的垃圾场里，茂密的毒参从碎石中钻出，茁壮地生长着。爬着小虫的喜马拉雅凤仙花散发出清洁剂的清香，几乎把脚下的废玻璃瓶遮得严严实实。来自中国的醉鱼草长得足有30英尺(约合9.1米)高，好几种植物都层层叠叠地被它笼在身下。虎杖来自日本；开着洋红色花朵的宽叶山黧豆则来自地中海；曼陀罗开出的鹅颈花朵精致美丽，不过它们分布得如此之广，以至于我们已无法确知其原产地。在这几种植物之下，生长着更加不起眼的杂草，它们默默地装饰着铺满塑
2 料和玻璃的土地。这里还有用来做苦艾酒的艾草，还有三种茄科植物；款冬的叶子是马蹄形的，刺缘毛连菜的叶子则布满斑点，就像刚

被工业用酸喷过一样。孜然芹、张牙舞爪的葫芦和起绒草在这里长成一片——这幅景象除了在这种废弃之地可能出现，在英国别处是绝对见不到的。这些杂草营造出了一种梦幻的气氛，仿佛“废墟”这个词成了一句咒语，轻轻一念便把不可能变成可能。

午休时我常在这片荒草丛生的世外桃源中散步，一边为杂草的繁茂昌盛而惊叹，一边带点天真烂漫地感到它们这种从废墟中重生的力量与我们为之努力的工作是多么契合。这些植物就像我们并肩作战的战友，而在这里它们战胜了工业时代的废墟。

这段经历是我与植物世界结缘的起点，也永久地影响了我对那些常被蔑称为“杂草”的植物的态度。我更喜欢从另一个角度看待它们，看看我们能从它们蓬勃的生机中得到什么正面的启示。不过我承认，我这种60多岁的老头对追寻米德尔塞克斯郡奇观的热切劲儿是有点古怪，甚至可能有点不负责任。毕竟按大部分标准而言，它们都是最糟糕的那类杂草。它们中有许多是逃逸到野外的物种，有许多是入侵物种。它们从管理严格的园林和医药公司农场中叛逃，然后四处作恶。有几种杂草极具毒性。至少有两个品种后来表现出了很强的入侵性，以致政府将它们列入了黑名单，写明“在野外种植或导致其在野外生长”是违法行为。但对于杂草而言，环境决定着一切。无论什么植物长在如此残破不堪的地方都会变成杂草。它们被生长环境背负的罪名连累，长在哪里就被认为与那个地方是“一路货色”。那些从垃圾堆中萌芽的植物，自己也变成了某种垃圾。植 3
物垃圾。

实际上，杂草的名声以及随之而来的命运是基于人类的主观判断的，妖魔化它们还是接受它们完全取决于我们，但鉴于杂草对环境的种种影响，这一点并不总那么显而易见。自从《创世记》将“荆棘和蒺藜”作为人类在伊甸园中犯错后的长期惩罚，杂草们似乎就背上了许多超出自身本质的东西，人们常常忘了它们就像细菌一样，只是随处可见和不言而喻的普通生物，而非什么文化符号。数千年来它们与农作物争夺资源，奋力反击。中世纪时它们引起过大规模中毒事件，还因此被冠以恶名，暗示它们是魔鬼的幼苗。如今，尽管每年为了对付它们而喷洒的农药比防治虫害的多得多，它们依旧能让粮食减产10%—20%。

而它们造成的问题也日益严重。由于全球贸易的发展，一类全新的杂草正向全世界散播。独脚金是一种美丽的寄生植物，在原产地肯尼亚，它的花朵被用来铺撒在迎接贵客的道路上。1956年它来到了美国东部，在这里它使成千上万英亩的农田颗粒无收。作为一种林地花园的观赏性灌木，虎杖在维多利亚时代被引入英国。在之后的一个多世纪中，我们只顾着欣赏它精致的花柱和雅致的枝叶，直
4 到现在才发现它是英国最危险的入侵植物。如今想要把伦敦东区奥运会场馆区域的虎杖清理干净，据估算所需的资金为7 000万英镑。在这些植物从美景变成杂草的过程中，它们自身没有任何改变，改变的只是所处的地点。

仅从上面的两个例子中，我们就能清楚地看到所谓“杂草”的矛盾性和多变性。一个地方的观赏性植物到了另一个地方就成了可怕的入侵物种。几个世纪前还是粮食或药物的植物，现在却可能从云端跌入谷底，变成森林中的不速之客。而把杂草改造为食物、孩子的玩具或文化符号也并不困难。藜就是一种经历了所有这些文化变迁的植物。这种植物最初长在海岸边，后来成了新石器时代农夫常用

的堆肥原料，之后因为它的种子油分很足，尽管并不是理想的作物，人们还是选择它进行了种植。再后来，由于人们口味的转变，它成了遭人厌嫌的有害植物，因为它会妨害甜菜等作物的生长（有讽刺意味的是，藜与甜菜同属于藜科），直到成为现代饲料之后它才又挽回了一点地位。

当然，一切都取决于你对杂草的定义是什么。这定义，就是杂草背后的文化故事。我们如何、为何将何处的植物定性为不受欢迎的杂草，正是我们不断探寻如何界定自然与文化、野生与驯养的过程的一部分。而这些界限的聪明与宽容程度，将决定这个星球上大部分绿色植物的角色。

在杂草的定义中，最为人所熟知也是最简单的一种当属“出现在错误地点的植物”，也就是说杂草长在了你本希望长出其他植物或者根本不希望长出植物的地方。这个定义还算贴切，也能解释一 5
些事情。比如英国蓝铃花本属于森林，可一旦到了花园里，它们往往会疯狂地长满整个园子，变成招人烦的杂草；而来自地中海地区的西班牙蓝铃花一旦从花园逃逸，就会变成可怕的入侵者，进入当地的树林，威胁到本土“真正”的蓝铃花。但这些例子中的“适宜”与否有许多微妙之处，并不是简单的一个生物归属地就可以解释的。花园是私人领地，蓝铃花入侵时人们会感觉自己那份私密仿佛也被入侵；同样，入侵到英国的西班牙蓝铃花可能会激起你的民族主义情怀，甚至激发出一种审美上的爱国主义：看哪，土生土长的蓝铃花多么柔软，它们弯曲的花茎充满凯尔特风情，与不列颠的树林如此协调，哪像西班牙的花朵那样唐突粗糙，花茎弯得也不像样子。

可是这个定义是十分粗糙的，并且会引出什么才是“正确地点”的问题。以桦树为例，对它们而言这世界上最正确的地点莫过于它们生活的温带树林了。可一旦桦树与其他更具有经济价值的树木长在一起，再加上它们蓬勃的生命力可能会影响护林人的收成，护林人就会管它们叫作“杂树”。在这个例子中，客观意义上的“正确地点”让位于“领地”——一个更加私人化、更具有文化意义的空间。

杂草的判定标准也可能随时间发生戏剧性的变化。一名澳大利亚维多利亚州的早期移民就还清楚地记得，一种与他们一起来澳大利亚的苏格兰植物，是如何从故国情怀的纪念品变成非法入侵者的：“有一天我们看见一株大翅蓟长在一根圆木旁边，离马厩不远——很明显是有种子从马饲料中漏出来，在这里生根发芽了……
6 我们把它用报纸小心翼翼地包起来，并用石头压住。没几天工夫，这株小草就长得十分漂亮，我们四处向人炫耀，自豪得不行。可当时谁也没想到，20多年以后，这种来自苏格兰的蓟草会遍布整片大陆，而且这种草成了有害物种，一些郡县和地区甚至需要设立特殊法案，强制性地从私人空间中拔除它们。”

还有一些杂草的定义，则着重表达了杂草在文化上的其他不适宜性或不利性。拉尔夫·沃尔多·爱默生[*]倾向于从可用性的角度出发，将杂草简单地定义为“优点还未被发现的植物”。这个定义给得既慷慨又友善，暗示即便是已被定罪的植物也还有翻身的可能。但就像藜的故事告诉我们的那样，有没有优点全在于当时的人们如何看待。有许多植物曾一度被认为是有用有益的，可一旦这些益处

---

* 拉尔夫·沃尔多·爱默生（Ralph Waldo Emerson, 1803—1882），美国思想家、文学家、诗人，确立美国文化精神的代表人物。

过时了，或是人们发现享受这些益处需要付出不小的代价，它们便会立即失宠。罗马人把宽叶羊角芹引入英国，本是冲着它既有缓解痛风的药效，又可当作食物。但2 000年转眼过去，经过几场医学革命的洗礼，这种植物再无药用价值，却变成了英国花圃中最顽固难除、惹人厌恶的杂草。

杂草另一个不受欢迎和饱受诟病的特征是毒性。美国最臭名昭著的杂草是毒漆藤，尽管它造成的经济损失远不是杂草中最多的，但它的形象已经随着杰瑞·莱贝尔和迈克·斯托勒[*]制作的歌曲而深入人心。这对搭档曾制作过几首以杂草为主题的摇滚歌曲，如托尼·乔·怀特[**]原唱、猫王多次翻唱的《做野菜沙拉的安妮》。在关于毒漆藤的那首歌中，毒漆藤被比作一个惯耍心机的女人，她会“深入你的皮肤”，然后“你会需要一片海洋/炉甘石洗剂的海洋”。实际
上，炉甘石洗剂对缓解皮肤接触毒漆藤后的症状没什么用处。不管 7
你跟这种植物的接触多么短暂，接触的地方都会立刻变红。只要一片破损的叶子轻轻扫过你的皮肤，噩梦般的体验就会随之而来。皮肤会红肿、起水疱，并且无法控制地发痒。如果你对这种毒素敏感(通常来说胖人比瘦人更容易敏感)，你的发热和水肿可以持续好几天。你不需要跟毒漆藤直接接触，一次握手，一条毛巾，甚至只是不小心摸到刚从树林里回来的人所穿的鞋，就足以让你染上“漆酚接触性皮炎”。即使你足不出户，只要窗外的篝火里有几片毒漆藤的叶子，飘过来的轻烟也足以让你染上这种皮炎。

与毒漆藤一比，异株荨麻的威力只能算是蚊子叮咬的级别；而

---

* 杰瑞·莱贝尔（Jerry Lieber, 1933—2011）和迈克·斯托勒（Mike Stoler, 1933— ）均为美国传奇创作歌手，因为猫王埃尔维斯·普雷斯利写歌而闻名。

** 托尼·乔·怀特（Tony Joe White, 1943— ），美国民谣摇滚歌手。

颠茄倘若要发挥毒性，需要中毒者直接食用植物，目前对颠茄毒素感兴趣的基本只有研究它的科学家了。可是颠茄的果实不但乌黑诱人，还有致命剧毒，这使它难以见容于诸多郊野公园和国家信托基金会管辖的产业，业主们生怕没将它们清理干净而惹来游客投诉。出生于英国萨福克郡的杰出植物学家弗朗西斯 · 辛普森*就曾担心，这样粗暴统一的处理方式会威胁到老费利克斯托一个少见的颠茄品种——与普通颠茄的深紫色花不同，这里开出的颠茄花是让人心醉的淡紫色。辛普森说：“这些植物和它们的果实面临着一种危险，即有一天被一群过分热心的人找到，然后毁于他们之手——这样的毁坏经常发生在颠茄身上。如果有机会，我一定要去老费利克斯托把它们的果实摘回来，保护它们，帮它们延续下去。”

如果说因为知道某种植物能够杀死我们而对其产生负面印象是可以理解的，另一种厌恶情绪可就算不上理性了。有些植物被贬为
8 杂草，只是因为我们在道德层面不赞许它们的行为。寄生就是个十分昭著的恶名，寄生者从其他植物那里夺取营养，罔顾寄主的安危。常春藤更是冤枉，明明不是寄生植物却被人诬为寄生植物。它们依附在树上单纯是为了获取支撑，并未从树木身上拿走半点营养。常春藤若是长得过于茂盛，它们的重量确实可能给树木造成伤害，但这个平淡的事实哪有树汁吸食者、植物吸血鬼来得更有话题，更适合做妖魔化的基础呢。

哪怕仅仅是外形丑陋或姿态不美，也可能会被当作弱点或道德层面的缺陷。我记得那些矮小、羞涩、瘦弱的孩子在学校里被叫作“杂草”的场景；而把像繁缕和猪殃殃这样矮小、孱弱、匍匐在地面

* 弗朗西斯·辛普森（Francis Simpson, 1912—2003），英国博物学家和作家。

的植物归为杂草，简直就像在欺负它们的弱小，这进一步说明了杂草的定义是多么弹性十足又自相矛盾。约翰·拉斯金[*]在为花朵寻求审美标准和道德标准的路上走得很远。他认为，有些植物是“半成品”——以夏枯草为例，它能在没喷农药的草坪上迅速蔓延，用自己紫色的花朵和苞片给青草镀上一层紫铜般的色泽，而这正是无数草坪爱好者憎恶它的理由。“它的花瓣特征很不正常，”被视为维多利亚时代审美趣味代言人的拉斯金这样写道，“哪有植物会在花朵中央长出成簇的刚毛，哪有植物的花瓣呈现如利齿鱼下颌般的参差边缘，哪有植物看上去像是动物喉咙里生病的腺体。”拉斯金难掩的厌恶，与人类常在植物中区分阳春白雪和下里巴人的行为如出一辙。19世纪的园艺作家J.C.劳登[**]就曾邀请他的读者们“将植物与人两相比较，把土著品种（即野生植物）与原始人对应，把园艺品种（即人工培育的植物）与文明人对应”。 9

即便是“野生”这个特点本身，倘若出现在不正确的时间、不正确的场合，也会被认为是有失体面的出身。臭嚏根草（这个名字会给人先入为主的不良印象）遍布整个欧洲的白垩土质森林，它们那一簇簇柠檬绿色的花朵轻轻地垂着，每朵花的边缘都有一道细细的红色镶边。每年2月它们就早早地开了花，在灰暗的冬天里自顾自地闪光，像暗夜里的星辰。它们如今理所应当地成了园艺界的宠儿，可有谁知道，1975年，当杰出的植物栽培者贝丝·查托[***]女士在英国皇家

* 约翰·拉斯金（John Ruskin, 1819—1900），又译作约翰·罗斯金，英国维多利亚时代的作家、艺术家、评论家。

** J.C.劳登（J.C. Loudon, 1783—1843），英国植物学家、园林设计师和墓地设计师，也是作家和园艺杂志主编。

*** 贝丝·查托（Beth Chatto, 1923— ），英国植物学家、园林设计师和作家，曾创建贝丝·查托花园。

园艺学会的展览上第一次展出它时，她差点被取消参展资格——因为她带来的臭嚏根草来自野外，所以它被划分为杂草。

不过，英国皇家园艺学会的傲慢比起休斯敦极端严苛的法令，就小巫见大巫了。太空城休斯敦的地方法规中明确规定“任何房地产所辖土地内，倘若覆盖或部分覆盖有杂草、灌木丛、垃圾和其他任何会令人不悦、有损市容、有碍卫生之物”乃是违法行为。在这一大段枯燥的法令中，杂草被定义为“任何高度超过9英寸（约合23厘米）的非人工种植的植物”——若按这个标准，美国三分之二的本土植物到了休斯敦都会变成违法植物。美国农业部在制定植物黑名单时，也是费了不少工夫才找到较为适用的统一标准，但农业部也承认“我们国家的植物中有一半以上都是不受部分人欢迎的品种”。

如果按照这种标准，我们每个人都能列出一个自己的杂草名单。我的名单会包括油菜和桂樱。只要被自己不喜欢的植物侵扰，就有权利成为正义的一方，对它们横加评判和指责——在这种思维方式下，恐怕没有哪种植物能逃脱变成杂草的命运。我曾与已故的著名月季种植家汉弗莱·布鲁克一起拍摄过一部短片，他在萨福克
10 郡有一片瑰丽无比的花园，里面种植着约900种不同的原生种月季和古典月季。他从来不修剪这些心爱的花丛，也很少为它们除草。一位法国记者这样评价他的花园：“与其说是月季花园，倒不如说是月季丛林。”可他的花儿都生得那样好，他园子里的“莫梅森的纪念品”*——源自约瑟芬皇后月季园的品种——茂盛浓密，即便是深冬

* 这种月季享有“月季与芳香之后”的美誉，它的由来可追溯到拿破仑的妻子约瑟芬，她非常喜欢月季和蔷薇，“莫梅森的纪念品”为她最钟爱的品种。此名得自俄罗斯的某位公爵，他在约瑟芬皇后的莫梅森堡花园中得到此月季的样本，从而将其正式命名为“莫梅森的纪念品”。

的寒气也无法阻挡它们绽放出飘着檀香香气的、层层叠叠的乳白色花朵，而每到这时，汉弗莱总会采下一束送给伊丽莎白王太后，以装点她的圣诞节早餐桌。短片的拍摄结束后，我们把当时已经70岁的汉弗莱带到了一家当地的酒吧，他在酒吧里喝到微醺，然后因为举止不端被人丢了出来。从酒吧回去的路上，我们经过了一座郊区花园，花园主人挑了一些荧光红和荧光橙色的现代月季种在其中。汉弗莱看见此景，晃晃悠悠地停了下来，盯着那片月季，那眼神仿佛是看见一个卖废品的人把一块合成木板粘在了一张奇彭代尔式的木桌上，然后他冲着那个倒霉的种花人大喊："你们这些不懂花的蠢货！"

杂草不仅指那些出现在错误地点的植物，还包括那些误入错误文化的植物。

所有这些杂草的定义都是从人类的角度出发的。它们是妨碍了人类的植物。它们抢夺农作物的营养，破坏园艺设计师精心的布置，不按我们的行为准则生存，还给游手好闲之人提供了讨厌又坚实的藏身之处。但它们是否可能有一个植物学的，或者至少是生态学上的定义？我的意思并不是说杂草们可能具有生物学上的亲缘关系，
事实上被叫作杂草的植物遍布每一个植物类群，从简单的藻类到雨 11
林的大树。但它们至少有一个行为特征上的共同点：哪里有人类，它们就在哪里欣欣向荣。它们并不是寄生虫，因为即便没有了人类它们一样可以生存，但我们就像它们的绝佳拍档，只要有我们在侧，它们就能发挥出最好水平。我们砍伐森林，我们刨地挖土，我们耕种，我们丢弃富含营养成分的垃圾——无论我们对脚下的土地做什

么，它们总会跑来添情增趣。它们从耕地里冒头，它们在战场边发芽，它们点缀在停车场里，它们不识趣地挤进绿草带。它们利用着我们的运输系统、我们对烹饪美食的热情、我们对包装分类的痴迷。最重要的是，它们利用了我们搅乱世界、打破所有常规的时机。假如我告诉你，如今世界上杂草生长最繁盛的地方正是那些除草最卖力的地方，你可能会觉得这是句废话；但这句废话应该引起我们的思考，除草是不是令杂草越除越多？

作为人类的老朋友和追随者，杂草与人类比邻而居的画面十分中性，并无太多恶意侵扰的色彩。不仅如此，它们实际上发挥着许多积极的作用。我们与许多杂草都保持着共生的关系，这意味着人类从中获得的益处一点也不比植物少。杂草寻常易得，熟悉好认，无论家里有什么需求，它们永远是手边最便利的选择。杂草是最早的蔬菜，是最古老的药材，是最先使用的染料。在如何让杂草物尽其用这一点上，人类的才智发挥得淋漓尽致。木贼是一种长在排水不畅的土地上的顽强杂草，它的叶子上生有许多小小的硅粒，因此这种植物十分粗粝，并曾经被用来打磨镴制器皿和箭杆。灯芯草本是喜欢紧实性好的土壤的入侵者，可人类却把它的草芯泡在油脂里制成了烛芯。

12 许多被我们称为杂草的植物都有着很高的文化价值。雏菊在英国有35种以上的别名；虞美人这种英国本土的野花，象征着我们对第一次世界大战、第二次世界大战中死去士兵的怀念。孩子们尤其容易注意到身边的杂草，大人眼中的坏名声和惹人厌的品质，却可能颇得孩子的欢心。他们把鼠大麦的种子挂在头发上，拿车前草当手枪更是他们玩熟了的游戏；不仅如此，天性好奇的他们还总能迅速发现新来的物种。喜马拉雅凤仙花的种荚爆炸力强劲，这使得它的种子能够弹出很远，而这也正是它作为外来物种能够传播得如此广泛的原因，如今它因此成了一种竞赛的主角，孩子们争相挤爆它的种荚，比谁的种子飞得更远（这一竞赛目前的最高纪录为12码，约合11米，纪录保持者来自英国湖区）。J.K. 罗琳[*]明白孩子们对奇异植物的迷恋，所以霍格沃茨魔法学校里有一大堆怪异诡秘且让人讨厌的杂草。巴波块茎是一种黏稠的、黑色的、像鼻涕虫一般的植物，它能够蠕动，且周身长满满是脓液的肿块，皮肤一旦碰到就会长出疖子。魔鬼网是一种可怕的藤蔓植物，无论哪个倒霉蛋靠近它，都会立刻被它的枝蔓卷住。有趣的是，可以解除魔鬼网威胁的是一句与蓝铃花有关的咒语，而蓝铃花正是一种“好”植物，而非杂草。

杂草还有其他的好处。民间故事里常有一些关于它们的模糊描写，如农民们会在两茬粮食之间把杂草堆成肥料，把它们从土壤里掠夺的营养又还回土壤中去。我已故的朋友罗杰·迪金[**]有一畦菜地，每当除草不利时，他总为自己找借口说“杂草能帮菜根保持水分”。杂草总让我们头疼，但它们的存在也许有生态学上的意义。它们在这星球上的生存时间之久、境遇之成功，表明从进化的角度来说它们 13
是高度适应地球环境的，它们为自己争得了一席之地。当然，它们的这种成功并无什么目的性，即便有，它们的目的也不太可能是专门来破坏我们的宏伟大计。跟所有其他生物一样，它们只是为了生存而生存。但我们倘若审视一下长久以来人类与杂草爱恨交织的历史，思忖杂草在整个生态格局中的角色，可能会得到新的启发。即便只是粗略地一瞥，我们也会注意到，杂草好像更善于在荒芜的土地上扎

---

* J.K. 罗琳（J.K. Rowling, 1965—　），英国当代女作家，著有“哈利·波特”系列小说。

** 罗杰·迪金（Roger Deakin, 1943—2006），英国作家、纪录片制作人和环保专家。

根，在破败的景致间生长，而它们所带来的坏处也许远少于人类归罪于它们的坏处。

可是到了21世纪，植物中出现了更可怕的种类，它们侵略的野性爆发得更加彻底，它们的恶名不再只是个人好恶或文化差异所致，这些植物中的恶霸能够侵害整个生态系统、破坏农作物、毁掉园林景色。这种超级杂草是科幻小说最爱的反派之一。比如某种外星植物的种子落到了地球上，几个小时之内就疯狂繁衍，迅速覆盖了整个地球，甚至还能跟人类进行杂交。再如某种转基因作物把自己抗除草剂和抗病的基因传播到了野生燕麦身上，于是一个终极植物怪兽由此诞生，而颇具讽刺意味的是，这样的怪物完美契合了以人类为中心的杂草定义：由人类一手创造的猖獗的植物。

在现实世界中，这样的超级杂草已然存在，只不过它们并非外星人入侵的结果，而是由人类对自然世界肆无忌惮的破坏所造成的。有时候，一种植物成为杂草，继而成为纵横多国的凶猛杂草，
14 是因为人类把其他野生植物全都铲除，使这种植物失去了可以互相制约、保持平衡的物种。1964年至1971年，美国向越南喷洒了多达1 200万吨的橙剂。臭名昭著的橙剂是一种混合物，组成成分包括苯氧乙酸类除草剂、二噁英和松节油，被用作落叶剂。美军使用橙剂是为了让整片雨林树叶尽落，从而使越共的部队无处藏身。这一行为可害苦了大量越南百姓，并且已经被《日内瓦公约》所禁止。但这个禁令对这片越南雨林而言已经太迟了，40多年过去了，这片森林依旧没能从当年的破坏中恢复过来。当年生长着茂密雨

林的地方，如今只有一种叫作丝茅的坚韧草类。丝茅是东南亚森林地表植被的组成物种之一。每当树木落叶，丝茅便会旺盛地生长一小段时间，可一旦树荫重新遮住阳光，丝茅就会默默地退去。所以，当越南的森林因为橙剂而永久性落叶后，丝茅便疯狂地长满了整片林地。人们一次又一次地焚烧丝茅，却似乎只是一次又一次地助长了它们的长势。人们尝试在这片土地上种植柚木、菠萝甚至是强大的竹子以遏制丝茅，却一次次地失败了。于是丝茅不出所料地被当地人称为“美国杂草”。最近丝茅躲在美国从亚洲进口的室内盆栽的包装里潜入了美国，如今正在美国南部各州肆虐，不得不说这种复仇颇有些诗意。

另有一些可怕的杂草则纯粹是人类的短视所致。有箴言说杂草只是长在了错误地点的植物，如今这话又有了新的诠释。人类移栽了许多物种——尤其是可以用来装饰花园或当作粮食的植物——就是为了让它们在新环境中能够所向披靡。它们常常被迁移到距离原生环境几千千米的地方，从而避开啃咬植物的害虫和原产地的病害，但也脱离了这些因素的制约。这些都市入侵者多来自
土壤肥沃的亚热带，其破坏力更不可与寻常杂草同日而语。澳大利 15
亚是受害最为严重的地区，超过2 500种外来物种对当地的野生生物造成了巨大伤害。从全球范围来看，这一类“外来入侵者”所造成的危害，使它们成为继气候变化和栖息地减少之后第三大威胁生物多样性的因素。

某种植物即便本性温和，一旦到了新环境里也可能性情大变。千屈菜是英国最美丽的花卉之一。约翰·艾弗莱特·米莱斯*在画作《奥菲莉娅》中描绘了奥菲莉娅溺死的场景，河岸上那

* 约翰·艾弗莱特·米莱斯（John Everett Millais, 1829—1896），英国画家。

一束束洋红色的花枝正是千屈菜。这种花优雅含蓄，喜欢长在溪边或沼泽地，很少走远。它的英文名直译自拉丁文*Lysimachia*，意为“冲突的拯救者”，而古罗马作家、博物学家老普林尼认为千屈菜对平静和谐有强大的促进作用，“如果把它放在易怒公牛的牛轭上，便可平息怒气”。但这种花于19世纪初来到了新大陆——它很可能就藏身在某块从欧洲湿地挖出来的压舱石下，搭了一趟顺风船——无论如何，它的到来注定会在当地引起强烈的反应。压舱石被丢弃在了海岸边，于是千屈菜就在这里生根发芽。这里不是英国，地上地下都没有讨厌的虫子啮咬它、牵制它，于是它如同雄心勃勃的开拓者一般一路向西。站稳脚跟后它又开始沿河道而上，把河岸两边覆盖得严严实实，绵延数英里，逼得本地物种几乎要在当地灭绝。哈德孙河湿地变成了一片密密实实的紫色丛林，连麝鼠也钻不进去。到了2001年，千屈菜甚至蔓延到了生态脆弱的阿拉斯加沼泽。

不过好在千屈菜只能在湿地环境中肆虐，这或多或少是种安慰。
16 植物迁移的规模如此之大，种类如此之多，极端强大的有害植物——能四处蔓延、生长迅速、绿叶蔽天、常年不凋、无孔不入、能适应各种气候的恶魔之草——竟还没出现在现实生活中，并横扫从亚马孙巴西坚果果园到赫布里底群岛*土豆田的各种植被，也真够让人惊讶了。这种植物之所以还没有出现——也不太可能会出现——的原因在于一个与植物有关的重要事实，而这个事实也将帮助我们找到一个能暂时缓解杂草问题的方法。

* 英国赫布里底群岛，位于苏格兰沿海。

“出现在错误的地点”是当今世界一个十分寻常的问题。各种各样的事物从一种文化进入另一种文化，这让双方都不知所措，但有时也会带来新的契机。杂草就是这庞大的外来大军中的一员，所到之处，它们总是不受欢迎。倘若简单地把我们对外来植物的态度与我们对外来人口的态度相对比，或是轻佻地认为人们对入侵植物合理的担心乃是某种植物版的仇外，都是不对的。杂草带来的问题是确有其事、客观存在的，而我们给予它们的反应和处理方式也往往是理性的。不过，我们在文化层面对外来者的回应却都十分相似。杂草的典型形象是不被信任的入侵者。它们抢走了本属于本土植物的空间和资源。它们的粗鄙使它们成为植物中的底层公民。它们那往往来自异邦的出身和几乎总是异端的行径，都在不停挑战着我们忍耐的限度。我们有没有对它们多一些忍耐并尝试着接受它们，或者努力阻止它们离开原生环境、入侵我们精心雕琢的小天地？这熟悉 17
的多元文化的难题，竟在杂草生态学中也得到了重现。

人们最担心的是意外融合所带来的后果。杂草在全球范围内取得的优势可能会令全世界的物种趋向于单一，有特色的物种和当地的物种会被侵略性强且在任何环境都能生长的物种驱逐出去，后者被政治学家斯蒂芬·迈耶*称为“适应性强的多面手”。“总会有足够多的生物不断地覆盖着这个星球，”他在他的著作《荒野的终结》中写道，“但覆盖着的生物却不再相同：它们的多样性越来越小，来自

* 斯蒂芬·迈耶（Stephen Meyer, 1952—2006），麻省理工学院政治学教授。

异乡的物种越来越少，越来越没有新意，越来越难让人感受到我们灵魂深处对大自然的敬畏和赞叹。生态系统会围绕人类形成，大自然中缤纷让位于单调，瑰丽让位于苍白，喧闹让位于死寂。”

这一切已经发生。早在20世纪初，许多常见的杂草已是遍布四海。例如蕨菜、繁缕、萹蓄、小酸模、异株荨麻和旋花，这些本是英国的土著品种，如今足迹也遍布五大洲。无论是欧洲、北美洲还是澳大利亚，城市里最常见的杂草品种都是一样的。实际上传播最广的杂草都来自欧洲，这是当年的殖民统治所遗留下的颇具讽刺意味的副作用。不过，如今的世界贸易为所有潜在的杂草都提供了同样理想的机会。于1977年汇编的“世界上危害最大的杂草”前十八位名单中，只有三种欧洲植物——藜、田旋花和野燕麦。剩下的大部分是来自热带的凶猛杂草，包括排名第七的丝茅和排名第一的香附，而香附更是被公认为“世界上危害最大的杂草”。

18 杂草肆虐之下，几乎没有地方幸免于难。法国洛特的勒弗村一向以忠于法国传统文化为自我定位。这里的房子以当地石板为盖，以栗树的木材为框架。周围的树木都是循古法种植保养的当地树种。但在2008年，我走在勒弗村的羊肠小道上时，犹如身处国际植物园中。墙上和路边是已经适应当地环境的小花凤仙花（来自俄罗斯）、橙色凤仙花（来自北美洲）、喜马拉雅凤仙花（来自喜马拉雅山脉）、倒挂金钟（来自智利）、醉鱼草（来自中国）、小蓬草（来自北美洲）、苏门白酒草（不是来自苏门答腊，而是南美洲）和雄黄兰（原产于南美洲，后由一个法国人培育）。美国诗人加里·斯奈德在攀登美国西部的一座名山——塔马尔派斯山时，便与入侵植物来了个亲密接触：“我们正走在被泥土掩了一半的防火道上，想要穿过草场。东边峡谷无风处是一片密林。加利福尼亚州本土植物协会的志愿者站在路边，穿着塔马尔派斯山保育俱乐部的T恤，正在拔除植物根茎。我问他们在拔什么，他们答道：‘贯叶泽兰，一种从墨西哥传过来的入侵物种。’”贯叶泽兰是紫菀属植物的亲戚，得名的原因是它们的茎看起来像是从叶子中贯穿而过。但它的名字亦可直译为“到处都有的草”*，望之如同现代杂草无处不在的象征，而现代杂草也确实完完全全地渗入了我们的世界。

不过，我们也不应以偏概全，拿最具侵略性的杂草的特性来评判所有杂草。杂草——即便是最凶猛的入侵物种——也给我们带 19
来了一些好处。它们为废宅弃院装点绿意。它们顶替那些被人类逼至濒危的脆弱植物，顽强地生长着。它们愿意在最恶劣的环境中扎根——无论是经历炮火的城市，还是墙壁上的一道裂痕——为那些被夺去生机的地方细腻无声地注入自然的气息。从这个角度来看，它们是充满矛盾的。它们追随人类的足迹，倚赖人类才能生存，但却固执地不肯按人类的规则出牌，离经叛道——而这，也正是“野性”的真谛。

杰拉尔德·曼利·霍普金斯**在他著名的双行体诗中赞美了这种与生俱来的独立性：“让野性与潮湿留下/愿杂草与野性长存。”(尽管他看到的所谓杂草只是各种常见植物。)这种独立性也是我将在

---

* 它的英文叫作thoroughwort，由thorough（贯穿的）和wort（草）组成，但thorough也有“完全的，彻底的”之意，thoroughwort便也可解释为“到处都有的草”。——译注

** 杰拉尔德·曼利·霍普金斯（Gerard Manley Hopkins, 1844—1889），英国最负盛名的维多利亚时代诗人。

本书中探讨的内容之一。杂草的文化史是一个尚未解开的悖论，对此，另外一位诗人约翰·克莱尔*描述得十分精准。“我捕捉着辽阔田野上的缤纷颜色，”他写道，此刻的他正“狂喜”地盯着北安普敦郡的麦田，他是这里的一名除草工，“一块块不同颜色的作物，像一幅地图；古铜色的三叶草正盛放；晒成棕绿色的是熟透的干草；颜色略浅的小麦和大麦与放着耀眼光芒的黄色田芥菜混着；鲜红的玉米穗与蓝色的玉米棒如同落日晚霞，绚烂的颜色饱满地洒向整片土地；农田笼罩在这摄人心魄的美丽之下，不知如何是好。”如果我们想要作为一个物种生存下去，处理让我们“不知如何是好”的杂草，我们别无选择。但我们也无法忽视它们的美、它们的丰茂，更无法忽视一个事实——它们正是我们生存所必需的大部分植物的原型。被人类
20 忽视的最重要的一点是，许多杂草也许正努力维护着这个星球上饱受创伤的地方，不让它们分崩离析。

这本书在某种程度上是一种辩解，建议我们应该更冷静地看待这些桀骜不驯的植物，去了解它们是什么，它们如何生长，以及我们讨厌它们的原因。从另一个角度来说，这也是一个关于人类的故事。植物之所以成为杂草，是因为人类赋予了它们这个标签。一万多年以来，农民、诗人、园丁、科学家和道德家都在努力解决杂草所带来的问题和它们所呈现的矛盾。这是一个不断上演着的宏大的冒险故事，而在这本书里我揭开的只是冰山一角，我主要是通过回顾杂草文化史上的关键性时刻来讲述我的故事，在这些时刻，某些杂草带来的特别的麻烦与某些人特别的执着不期而遇。我们把“杂草”这样一个顺手好用又简单粗暴的标签贴给了这么多植物，背后有什么更

---

* 约翰·克莱尔（John Clare, 1793—1846），英国诗人，作品主要描写自然景色和乡村风光。

深层次的原因？这如何反映我们对“大自然是一个独立王国”这一概念的态度？在这本书中，我都尝试着做了探讨。在人类现代自然观的形成过程中，农耕的发展可能是最重要的事件。从这个角度来看，自然世界可以被分为两个完全不同的阵营：一边是为了人类的利益而被驯化、掌控和繁殖的生物；一边是“野生”生物，它们依旧住在自己的领地，过着或多或少都可算是随心所欲的生活。这个简单干脆的二分法在杂草出现时崩塌了。野性闯入我们的文明，而原本被驯服的物种叛离出逃、四处闯祸。杂草生动地展现了自然界的生命——以及演化的过程——是如何抗拒为人类文化概念所束缚的。就这样，它们让我们近距离地看到了造物的两面性是多么奇妙。 21

第二章

侧金盏花

——比人类更古老的杂草

1945年5月1日，距离第二次世界大战欧洲胜利日仅有一周了，这个胜利日标志着这场有史以来最狂暴混乱的战争彻底结束。5月1日这天，邱园（英国皇家植物园）的园长在伦敦的轰炸遗址上，在一片异常茂盛的杂草丛边发表了一场演说。就在前一天，美国军队刚刚解放了达豪集中营，可《泰晤士报》——也许是敏锐地觉察到了这场演说的不同寻常，又或者因为什么其他深层次的寓意——将这场演说的新闻安排在他们当天的头版头条。爱德华·索尔兹伯里*教授站在萨沃伊教堂的废墟中（"这座教堂在战争中被击中4次，损坏11次"），告诉大家一个全新的生态系统已经在这座城市的伤口上建立起来了。这个故事里不但有战争的气息，还有这些从小听熟了名字的植物在旧街巷里涅槃重生所带来的怀旧气息，在雾都，大自然与人类之间的联系显得如此紧密。皮卡迪利街圣詹姆斯教堂的中殿被轰炸后，辅助消防队喷水救火，这一片原本潮湿灰暗的废墟上此

---

* 爱德华·索尔兹伯里（Edward Salisbury, 1886—1978），英国植物学家和生态学家。

时长满了蕨菜，让人眼前一亮。牛津千里光（*Senecio squalidus*，18
世纪从埃特纳火山传入英国的一种植物）亮丽的黄色花朵给伦敦城
墙上的碎石涂上了一抹明艳。齐普赛街上因轰炸破坏而重见天日的
23 地下室里，曼陀罗也蓬勃地长了出来——要知道曼陀罗可是古代药
剂师眼中的万能药，也许4个世纪以前，就在这些地下室里，失眠者
和牙痛患者就正要买它回去治病。牛膝菊（原产秘鲁）的英文名叫
作Gallant-soldier（直译为“英勇的士兵”），对于刚结束一场世界大
战的城市而言这名字十分应景，而这些小草也英勇地长满了八分之
一的轰炸遗址。柳兰则把自己紫色的花潮铺向了几乎所有的轰炸遗
址，怪不得伦敦人已经把柳兰命名为了“炸弹草”。这里除了这些美
丽的花朵，还有一些貌不惊人却为人们所熟悉的植物：匍枝毛茛、繁
缕、异株荨麻、酸模、欧洲千里光、车前草、萹蓄，还有《创世记》中提
到的“荆棘和蒺藜”。索尔兹伯里教授一共记录了126种。这是一场
杂草风暴，也是对还未认识到这一点的人的提醒：那片轻掩在野性自然
之上的文明是多么单薄。

不过伦敦人对于已经受伤的故乡又受杂草的侵犯到底做何感想，却鲜有记录。他们认为这是一种愈合的过程，标志着生命在逆境中强大的恢复力，还是觉得这种入侵无疑是在脆弱城市的伤口上撒盐？说到底，这并非是英伦野蔷薇在混乱中开拓、崛起并达到顶峰的盛世景象，而是机会主义者、植物世界中的乌合之众揭竿而起的暴乱。也许就像杂草长久以来具有两面性，伦敦人的感受也是两者兼有。教授解释说，出现这种植物大爆发，是因为从杂草的角度来看伦敦大轰炸就像是一次大规模的松土，但我怀疑人们听了这个解释心里也并不会有多少欣慰。如果有些人认为这满地焦土之上茂密的杂草全是拜德国人所赐，那么应该提醒他们，土壤里杂草的种子其实是来自他们自己

的花园。

或者，真的来自他们自己的花园吗？园艺写作中经常重复的一句话就是，杂草完全是人类行为的产物——这并非是单纯的概念，而是说人类实实在在地创造了杂草，就好像它们巧妙地避开了演化过程，直接、完美、强大地从土豆田里长出来了。“没有我们它们活不下去，”大部分时候还算睿智的植物学作家迈克尔·波伦*坚持道，“没有人类来创造农田、草地和空地，大部分杂草都会很快消亡。田旋花在田地和花园里看起来凶猛无比，可在别的地方根本没法生长。”不过田旋花当然能在别的地方生长，而且必须具备这种能力。那些冲破界限进入我们的领地，并且最后形成“杂草”这个文化类别的物种，一定在大自然的某处有自己的据点，它们正是从那里开始自己雄伟的扩张行动的。 24

1877年，伦敦托特纳姆法院路南边尽头的缪克斯啤酒厂里，一口井发生塌陷，而这里向西仅几千米处就是70年后轰炸的中心。井下沉了1 146英尺（约合350米），直落到从5亿年前的寒武纪起就在这里的岩石上。更靠近地表的地方有约25万年前旧石器时代形成的土层，那时采集狩猎者们四处游荡觅食，绝想不到脚下的土地很久以后会成为伦敦城。在这些旧石器时代的土层中，考古学家发现了一些植物的化石，这些植物不但为我们所熟知，甚至还在1945年大大地出了名。匍枝毛茛、繁缕、杉叶藻、酸模、萹蓄和其他一些现代杂草，原来早在战争甚至园丁被发明出来以前，就在伦敦盆地安了家。我不是说轰炸遗址生长着的杂草就是这些古老植物的直系后代（尽

---

* 迈克尔·波伦（Michael Pollan, 1955— ），美国作家、行动主义者、新闻学教授，加州大学伯克利分校科学和环境新闻学“奈特”项目的主任。

管确实有这种可能性)，但这些证据显示它们的存在完全不受人类活动的影响，杂草们的生命早在没有人类的时候就开始了。

25 让人惊讶和意外的是，石器时代的景致与20世纪40年代伦敦城断壁残垣的景象十分相似。25万年前，泰晤士河高高的河岸上是开阔的草原，冰川摩擦着乱石丛生的战栗的大地，猛犸群和麋鹿群践踏着地面，每当冰雪融化河水就会泛滥。无论什么植物想要在这样恶劣多变的环境中生存，都必须演化出特殊的本领。它们需要有很强的适应性，要成为机会主义者，迁移起来要灵活迅速。环境不断变化，它们就要比变化先行一步。

以上说的是一种普遍情况，实际上后来紧跟人类脚步——拼命挤进我们的麦田、花园、楼宇、战场，直到挤进我们想象力里偏执的角落的植物中，有很多都早已在地球上最动荡的环境中安身立命。在巨浪拍打的海岸上，在危险随时来临的火山上，在被洪水反复淹没的河边，在野生食草动物拱出的泥坑里，在山麓碎石、鹅卵石滩、冰碛丘陵上，它们不断地演化着，演化着。

如今你依然可以看到生长在这些原始地方的杂草。我曾在约克郡石灰岩山谷的河流上游漫步，冬天的洪流和石头的不断崩落使这里的地面自冰川融化后一直保持着平坦开阔。各种喜欢开阔空间的植物全挤到了这里。原本长在高山的岩荠与喜欢长在海边的海石竹枝叶相抚，长在高地的捕虫堇和白垩丘陵上常见的凌风草并肩站立。在这些植物中间，那些常见的杂草——款冬、车前草、毛茛、三色堇——也在尽情享受着这里的开阔与生机。当然，这些物种的种子
26 很可能是从附近的花园顺流而下，被冲刷到这里的，它们原本应该正在那园中享受着高墙内的阳光。可花园不远处的全新世的土层里就躺着它们同类的遗骸，这里正是它们早在人类出现以前的家园之一。

地中海岸边惊鸿一瞥的虞美人，也可能只是出身于平淡无奇的橄榄园和葡萄园，但海岸却可能是它们的原始家园之一。它们仍旧高高地长在圣地耶路撒冷炎热多石的丘陵上，长在金脉鸢尾的花丛中，在这里它们是《新约》中所说的“野地的花”的原型。(地中海地区是大量杂草的老家。这里的夏天漫长炎热，土地干旱不毛，正是一年生杂草生根发芽、蓬勃生长的好地方。)

雪线与高山林地之间的中间地带，是杂草的另一处天然温床。在雅典北部的山地，暮春的融雪有时能灌溉出一大片胭脂红。这就是秋侧金盏花 (*Adonis annua*)，一种毛茛属植物，它们混在新石器时代地中海移民携带的种子里，抵达了英国。中世纪时，农田里到处是秋侧金盏花的身影，白垩土质的区域尤为严重。侧金盏花的命运起伏，就像是一则讲述杂草身世变迁的寓言故事。16世纪时的园艺家与植物学家约翰·杰勒德*十分喜欢它杯状的花朵和花瓣底部如美人痣般的黑点，他为它的优雅着迷，并从英国西南部弄到了种子，种在自己的花园里。他把这美丽的植物唤作“红宝石玫瑰”。200年后，人们在科文特花园附近的街道上兜售这种花，并把它叫作“摩洛哥之红”，这是当时盛行的花束。但到了19世纪末，新的筛种技术使 27
它基本从英国绝迹，直到1971年，经过威尔特郡的M4高速公路——这条公路正好横穿一片曾经的农田——使它在此地迅速复活。如今这种植物荣登英国特别关注物种的名单，而它的身份也从受保护物种到有害的杂草再到受保护物种，完成了一个循环。

杂草顽强而又无处不在的生命力，仿佛是从神话中得来的力量。

* 约翰·杰勒德 (John Gerard, 1545—1612)，文艺复兴时期的植物学家和药剂师。

即便埋在土中，它们也能活上数百年。它们熬过了冰河时期，经历了农业革命，挺过了全球战争。它们记录着人类在大洲间的迁徙，忠诚持久度不亚于语言。这种不屈不挠的精神正是激发少年时代的爱德华·索尔兹伯里想象力的原因之一。他出生于1886年，彼时索尔兹伯里家族正是赫特福德郡的显族，他从小就喜欢在当地的乡村四处搜罗。十几岁的他已经表现出了成为植物学家后所具备的好奇心和天分。他在一个硬石堆上发现了一株自己不认识的植物，于是便把它送到邱园（亦即他未来工作的地方）去鉴定。他们告诉他，这是一种来自北美洲的植物，叫作豚草，它是菊科家族中一个丑巴巴的成员，并且是美国最为臭名昭著的引起枯草热的过敏源。随后索尔兹伯里——用他自己的话说——“进行了调查”，发现这些石块是作为船上的压舱石从美国被带到英国的。豚草的种子（长有刺）一定是挂在了石块上，横渡大西洋，然后发现赫特福德郡的路边还算是个与
28 美国相仿、过得去的环境，便这样扎下了根。

爱德华·索尔兹伯里后来去伦敦帝国学院学习和工作。他阅读了达尔文的著作，发现这个伟大生物学家的好奇心和一些非传统的实验手段与自己十分相似。达尔文也对杂草很是着迷，觉得它们的生命过程是快进了的演化过程。他认为它们会靠海水传播种子，并测试了盐水对种子萌发的影响。他想知道种子能否在死鸟的胃里旅行，还成功地把他从蝗虫粪便里提取的种子种活了。他从一只红腿鹧鸪伤腿上的泥巴里，养出了80多种植物。他在肯特郡的塘屋有一片“杂草地”，他在这里进行了历史上首次杂草竞争力的量化实验。达尔文清理并挖松了一片3英尺（约合0.9米）长、2英尺（约合0.6米）宽的土地，然后观察会随机长出什么植物：“我把所有长出来的本地杂草都记录了下来，在357种杂草中至少有295种被毁掉，毁掉植

物的主要凶手是鼻涕虫和各种昆虫。”这个数据可能会让园丁们略感欣慰——如果不是还有62种植物没被吃掉的话。达尔文没有明确指出这些物种分别是什么，但毫无疑问应该都是些熟面孔。

索尔兹伯里自己的实验与达尔文的思路基本一致。他想要研究让杂草——尤其是耕地中的传统杂草——大获成功的耐力特点和机动性特点。他设计的测试很像小孩子拿植物玩的游戏，而这些有失成年人庄重的实验由一个同事口中“高领领圈和鞋套都十分考究”的人实施，想必更是让周围的人感到奇怪。为了测试靠风力传播种子的植物——如种子自备乘风装置的蓟和蒲公英——效率如何，他 29
在一个没有空气流动的房间里放置了一架梯子并站上去，然后把种子抛下，测量它们从10英尺（约合3米）高的空中落地所需的时间。醉鱼草长着翅膀的果实用了5秒，千里光的降落伞飞行了8秒，款冬则用了21秒。柳兰的羽毛状种子成绩最好，足足飘了1分钟才平稳落地，这也许是它们在伦敦轰炸遗址中分布如此广泛的部分原因。他还在动物粪便和鸟类排泄物中搜寻，看看它们是否也是杂草传播种子的中介——然后他会把裹着粪便的种子种进花盆，看它们能否萌发。（常见的麻雀是特别有用的传播者，索尔兹伯里从它们的排泄物中种出了车前草、千里光、繁缕和荠菜。）他甚至认为自己也是一个潜在的传播者，他颇为出名的一个举动，是从自己裤脚卷边里带回的零碎中培育出了20多种共计300株杂草，很显然，裤脚也是很好的繁殖体收集器（尽管同在脚踝的鞋套没能发挥作用）。“鉴于裤脚中的种子十分松散，”他不厌其详地写道，“有些会时不时从裤脚中颠出来，所以着裤者就像香炉散发烟雾一般，走到哪里就会把种子散播到哪里。”他还用自己鞋上刮下来的泥土重复了这一实验，发现“一只鞋可以通过这种方式轻易传播至少6个繁殖体”。对于那些从没想过自己也是个如此好用的传播工具的人而言，索尔兹伯里的发现在当时肯定让他们大吃了一惊。

杂草的种子产出量通常十分丰富。一棵颇具规模的毛蕊花或小蓬草能够释放超过40万粒种子。杂草的种子演化出了不同的结
30 构，以保证自己能在新的领地传播得尽可能广泛。它们可能自备钩、刺、针、翅、毛，以便粘在过往动物的身上（当然也可能是植物学家的裤腿上）。还有的种子具有种胶。很常见的花园杂草荠菜英文名为shepherd's-purse（直译为“牧羊人的钱包”），之所以得名如此是因为它们的蒴果形状很像中世纪农民携带的小袋或小包（彼得·勃鲁盖尔*的画作《农民舞蹈》中就有一个典型的这类小包）。打开小包似的蒴果，里面的种子就会如金币般散落。这些种子被一层薄薄的胶覆盖，这种胶遇水后——如掉落地面与土壤中的水分接触后——黏度会更高，这样便能更好地粘在鸟类的脚爪上。

但大部分杂草最有利、最能傲视其他植物的生存武器，是时间。要在长久的动荡中依旧生生不息，要么得生长迅速，要么得耐得住等待。许多杂草生命周期比较短，或具备在土壤中长期休眠的能力，或二者兼有。风滚草的种子能在36分钟内萌发。千里光从播种到开花再到播种，整个生命周期只需6周。1765年，尽管已是10月，英国博物学家吉尔伯特·怀特**位于汉普郡的花园里，一种全新的杂草还是迅速占领了整片园地。

关于种子的休眠，爱德华·索尔兹伯里则有过亲身体会。他位于拉德利特的花园在拿破仑战争时期曾是一片农田，后来和平年代粮食价格下跌，农田便被改成了草地。1928年，为了修建索尔兹伯里

---

* 彼得·勃鲁盖尔（Pieter Brueghel, 1525—1569），佛兰德画家。

** 吉尔伯特·怀特（Gilbert White, 1720—1793），英国博物学家和鸟类学家。

的花园，这片草皮被再次掀起修整，谁知却长出了一种极为罕见的田地杂草。蓝花琉璃繁缕与琉璃繁缕十分相似，但花朵为钴蓝色，这种植物常见于欧洲内陆地区，但农业改革后已逐渐从英国消失。如今在拉德利特再度现身的这些种子，一定已经被埋在地下超过一个世纪了。

类似的事情还发生在了20世纪80年代的奇尔特恩。匹特斯通 31
的一些白垩采石场开发殆尽，即将成为自然保护区，这时看守人格雷厄姆·阿特金斯发现了一个装满表层土的仓库——原来这些土是1930年采石场刚建立时收集起来的。那时的想法是，待开采完毕先进行填坑（填坑材料很可能是垃圾），然后把表层土铺回去以恢复耕种。但自那以后的半个世纪中，土地使用策略已经改变。这片土地将被还归给自然，而非用于农耕，因此表层土便成了多余之物。但格雷厄姆·阿特金斯意识到，这片土壤被采集时化学性除草剂还未发明，所以它如今很可能成了一种活化石，里面埋藏着大量上一个农耕时期横行田野的各种杂草种子。于是他没有丢弃这些土壤，而是把它撒在了保护区的一片地里。第二年春天，这片地上爆炸式地长出了大量已经几十年没在本地出现的杂草——蓝色的矢车菊，紫色的麦仙翁，黄色的田野毛茛，长着长长的梳子般种荚的针果芹，擎着紫色和黄色的宝塔般花序的田山萝花，还有曾经与这些杂草共处的几种长长的小麦。

这些等待几十年而后复兴的植物，与人类记载中曾蛰伏几个世纪的杂草种子相比就是小巫见大巫了。酸模的种子历经60年依旧可以萌芽。从一处具有1 700年历史的考古遗址中挖出的藜的种子，也能够破土发芽。不过这些在黄木犀草面前都不够瞧，这种植物的种子在赛伦塞斯特镇一处有近2 000年历史的罗马遗址出土后安然无恙。休眠是一种保险措施，就像人们把钱存起来以备不时之需一

32 样。如果你是一种以不断演化来应付复杂多变环境的植物，能够帮助你生存的策略之一就是保留一部分种子先不发芽，让它们等上个2年、3年、30年，甚至300年，以防恶劣的地面环境长期未能改善，或是第一代幼苗全部阵亡。索尔兹伯里的两个同事做了一个实验，测试人为掩埋长达39年的种子的萌发情况，曼陀罗、龙葵和旋花的萌发率分别为91%、83%和53%。

人们至今还未完全弄清休眠的机理。有些植物为种子罩上了厚度不一的外壳，有些植物的种子里含有可以抑制萌发的水溶性物质，这样一旦土壤中的水分将抑制物质溶去，抑制作用便会解除。另一些植物的种子萌发似乎与温度有关，只有当它们处在最表层土壤中时才会发芽。有几种植物仿佛有一个内置生物钟，可以进行长时间的倒计时。

虞美人的休眠则颇具传奇色彩。在佛兰德战场公墓，战士们下葬后盛开的虞美人是我们文化记忆中难以磨灭的部分，这是实验室数据（比如虞美人的种子中至少有15%会延迟萌发）无法描摹和替代的。欧洲大地处处都有虞美人，每当这种植物花枝折断，总会有汁液流出。它们如此肆无忌惮地炫耀着自己的灿烂——一片虞美人在1英里外就能看见，耀眼得如同落在地面上的朝霞——这让它们成了不屈不挠、亦正亦邪的杂草王国的象征。2009年11月初，停战纪念日的那个星期，一大片迟开的虞美人在多塞特郡盛放，似乎想告诉人
33 们，它们不但有强大的适应力，还有记忆。

一颗虞美人果实中有1 000粒种子，一个植株可以结出多达50颗果实。果实成熟后会干裂，顶部升高，边缘一圈出现一排小洞。与此同时茎部也逐渐变干，被种子的重量压弯垂下，只要一有风吹过，种子就会四散落下，传播的距离可以达到原植株3英尺（约合0.9米）以外。比方说一共产生了2万粒种子，如果条件适合，大约85%即

1.7万粒种子第一年就会萌发。第二年可能再萌发1 000粒，第三年500粒……还没有人做过足够长的连续实验，以观察虞美人种子休眠的最长年限。但据估计，在化学性除草剂出现以前，1英亩（约合4 047平方米）农田中可能含有1亿粒休眠的种子。休耕、除草甚或是土地被短暂地征作他用，都完全干扰不到这些种子。等到下一次耕种开始，或下一场战争来临时，无数伺机而动的种子会瞅准机会，发芽、开花、结果，然后再把成百倍的种子播回泥土中。虞美人作为小麦形影不离的伴侣，一定是土壤中无比顽强的一员。

怪不得亚述人把虞美人叫作“土地的女儿”，它在人类记载中的第一个名字——苏美尔语中的papa ——被使用了6 000年都未曾更改。罗马人认为虞美人是他们的谷物女神刻瑞斯的圣物。献给刻瑞斯的花环就是由虞美人和麦秸编织而成的，虞美人的种子还是祭奠仪式中的祭品，用以保证来年谷物丰收。即便是在基督教气氛浓厚的中世纪英国，农民们在想尽一切办法除掉这种美丽又固执的杂草的同时，却也非常尊敬它。虞美人有许多古老的方言名，如“雷花” 34
和“闪电花”，反映了当时人们迷信虞美人不能采摘，否则会引起风暴的说法；这些名字的意思也可能是只要田地里有虞美人，作物就不会受暴雨侵害。（诺森伯兰郡的说法是，如果采摘虞美人的过程中有花瓣掉落，采摘者被闪电击中的概率就会增加；“这可不代表小心点风险就更小，”实诚的民俗学者G. 约翰逊评论道，“虞美人花瓣很容易掉落，这是众所周知的。”）

其实虞美人适应能力之强早已有迹可循。1660年，伟大的东英吉利博物学家约翰·雷*记录道，“虞美人的种子在10年后仍可萌

* 约翰·雷（John Ray, 1627—1705），英国博物学家，被誉为英国博物学之父。

发”，并且——在达尔文诞生前2个世纪*——他的直觉告诉他，虞美人的多样性在某种程度上能帮助它们更好地生存。“种子越小，”他在剑桥郡植物群记录中写道，“越容易繁殖存活。因为种子越小，数量就可以越多，然后种子就更容易适应气候并根据环境调整自己。”

达尔文的《物种起源》发表20年后，萨里郡小村庄雪利村的牧师用虞美人进行了一个令人惊叹的植物育种实验，并证明了这小小种子里包含的丰富的多样性——一个在许多方面重要性都超过休眠能力的特征——能帮助这个物种更好地生存下去。1880年，威廉·威尔克斯**牧师在——用他的话说——“花园里一个荒芜的角落”，发现了一片虞美人，其中只有一朵红花与别的不同，花瓣上有一条窄窄的白边。他把种子保存好，并再次播种。第二年，大约200
35 株虞美人中有5株开出了所有花瓣都有白边的花朵。就这样年复一年，花色中的白色越来越多，直到威尔克斯的整片虞美人都变成了淡粉色，只有一株为纯白色。然后他给自己制定了新的任务，要把花瓣底部的黑色斑点培育成黄色或白色的。最后他培育出了一系列奇特的虞美人，任何一颗果实里的种子都是多种特征的混搭版，种出的花朵颜色从猩红过渡到深浅不一的粉红色，再到纯白，斑纹则有千变万化的白色斑点和白边。他用自己村庄的名字为这些花取名叫“雪利虞美人”，而这些虞美人也成了村舍花园长盛不衰的宠儿。一位住在威尔克斯虞美人园那条街上的记者告诉我，直到20世纪80年代末，人们还时不时能在田埂上看见“雪利花”的身影，尽管那时当地的大部分农田都被合并成了一座高尔夫球场。

萨里郡的牧师成功地让他的虞美人经历了一次加速版的自然

---

* 达尔文诞生于1809年。

** 威廉·威尔克斯（William Wilks, 1843—1923），英国著名的园艺师和牧师。

选择——只不过做选择的是他自己，而非大自然。他去掉了所有不“适合”自己心意的幼苗——这时候他就像是挑食的食草动物。然后高产、多样、生长迅速的虞美人牢牢抓住了这难得的机会，把仅有的一株植物发扬光大。这个过程恰好也解释了杂草悖论——除草反而会刺激杂草生长。我们本想阻止杂草们创造奇迹，结果反而制造出了能绕过我们控制系统的物种。想打败我们，一点都不难。1 000粒种子里只要有一粒在最后一次除草后才萌发，钻过了想筛除它的筛孔，再对除草剂表现出一点神奇的抵抗力，下一年，一下就变成了5粒…… 36

虞美人是贯穿本书的一个中心角色。那些让它们生存下来的特征也是所有成功杂草所共有的。作为一个大类的植物，它们机动性高、多产、基因多样性高。它们对生存环境不挑不拣，面对环境压力能很快适应，为了站稳脚跟策略多变。说来也怪，我们竟花了这么久才意识到，它们最像的是我们。一旦农耕开始，有别于作物的“杂草”概念就产生了，而我们亦坚定了决心要摆脱它们，于是双方就这样无可避免地迎来了无休止的智谋交锋。 37

第三章

萹蓄

——寓言之草

对于《创世记》的作者，人们的看法呈两个极端——一种看法认为他们是上帝忠实的记录员，另一种看法则认为他们是具有政治野心的传道者。但有一点是肯定的，即无论最初的灵感从何而来，他们写作时脑子里都充满了植物与它们的比喻义。他们透过植物的寓言与神话来看待世界。创世故事中，他们把“青草和结种子的蔬菜”放在了鱼、鸟、兽出现之前，位置颇为恰当。他们把人类的堕落这一重要情节安排在了一座花园里，而这个情节很大程度上又是通过植物符号展开的——果实与草木（与后来人类的农耕生活形成对比），一棵神奇又充满禁忌的树。故事的结局是人类被流放，不但从无忧无虑的采集生活一下跌落到辛苦操劳的农耕生活，还要背负着“荆棘和蒺藜”的永恒诅咒。《创世记》给了杂草一个道德定位，从此以后，它们不再只是物质层面的麻烦，还背上了道德的污点。可是要知道，这段文字之所以能够记录流传，可能还要部分归功于中东文明古国杂草的兴盛呢。

最早的以文字形式记载的创世故事可以追溯到公元前600年至

公元前500年（故事本身比这个时间要古老得多），出现在一个叫作
39 迦南（如今的美索不达米亚）的地区，那里是农业的发祥地——“新月沃土”*。创世故事有两个版本。在第一个版本中，上帝创造了动物之后立刻创造了人，并把人类的角色设定为农学家、其他生物的主宰。“我们要照着我们的形象，按着我们的样式造人，”上帝如是说，这句话中代词从之前的“我”变成了高贵的“我们”，“使他们管理海里的鱼、空中的鸟、地上的牲畜和全地，并地上所爬的一切昆虫。”尽管有用和可吃的生物有不少，上帝却似乎执意要人类过素食者的生活：“我将遍地上一切结种子的菜蔬，和一切树上所结有核的果子，全赐给你们做食物。”

第二个版本（《创世记》第二章和第三章）更复杂一些，讲到了伊甸园。两个故事的分水岭始于上帝创造完天和地，第二个版本中上帝在创造万物之前先创造了人。上帝用“地上的尘土”做出了人，并把他安置在了“东方伊甸的一个园子里”。园中“各样的树从地里长出来，可以悦人的眼目，其上的果子好做食物……又有分别善恶的树”。亚当的职责就是去“修理看守”园子，想吃什么都可以，但要远离那棵智识之树。之后动物们才被创造出来，并被带到亚当面前由他命名——不过用亚当的肋骨创造的他的伴侣，这时还没有名字，只被唤作“女人”。

然后他们吃了知善恶的树上的果实，于是一切丑恶都被释放。上帝的惩罚严厉且毫不含糊。生命从此将困苦不堪，直至以死亡终
40 结。女人将在痛苦和悲哀中生育，并成为丈夫的奴隶。本来园中果

* 指西亚、北非地区两河流域及附近的肥沃土地，包括累范特、美索不达米亚和古埃及，位于今日的以色列、约旦河西岸、黎巴嫩、约旦部分地区、叙利亚，以及伊拉克和土耳其的东南部、埃及东北部。——译注

实唾手可得，现在则必须辛苦地“农耕”才能获取食物：“地必为你的缘故受诅咒，”上帝怒道，“你必终身劳苦，才能从地里得吃的。地必给你长出荆棘和蒺藜来，你也要吃田间的菜蔬。你必汗流满面才得糊口，直到你归了土。”然后他放逐了亚当（未提及夏娃），“打发他出伊甸园去，耕种他所自出之土”。与之前轻松的“修理看守”的园丁活相比，人类的生活状况急转直下。

《创世记》里涉及自然环境的文字中，最让人吃惊的是它对农业到来所抱的悲苦和怨恨的态度。在后来的西方基督教眼中农耕是一件圣事，因为“耕种土地，播撒好的种子”被视为上帝向人类播撒正义的象征，但在当时农业的处境完全不是这样。至少对于《圣经》中一群过得并不幸福的亚述人来说，他们的田间劳作因杂草——无论是实际劳作中造成的麻烦还是心理上带来的影响——而异常辛苦，劳动就像一种惩罚，或者是看起来美好、实际上却苦涩的毒酒，跟狩猎采集时的自在生活更是无法相提并论。

这种失落感可能由来已久。伊甸园故意被塑造得如此梦幻，以突显人类堕落所带来的现实问题。但根据《创世记》对地理位置的描述——尤其是关于亚述临近幼发拉底河的描写——可以推断出《创世记》可能取材于美索不达米亚的某个地区，在这里7 000多年前农业就已经出现了。农耕的想法不太可能是某个人灵光一闪想出来的，而更有可能是在采集和储存用作食物的野生植物的过程中逐渐形成的。由于缺乏证据，许多场景只能靠我们想象：人类耕种的 41
灵感可能是来自动物拱地觅食的行为，因为人们发现泥土拱松后似乎促进了植物的萌发；又或者是人类观察到土堆上更容易长出可食用的野生植物，而这些土堆通常就是动物觅食时翻找的地方；又或者是在居住点附近采摘了植物之后，这些植物再次发芽生长，给了人类启发。采集食物的人都喜欢叶子和种子生得较早或个头较大的植物，因此从人类定居点附近的食物残骸中萌发的植物，也一定都属此类。所以垃圾堆可能是偶然产生的第一片农田。正如20世纪初农业历史学家尼古拉·瓦维洛夫[*]所说，一种野生植物通过这种方式脱颖而出，“靠着入侵务农者的生活以达到被种植的目的……在他家的屋檐下寻求庇护，并为他提供服务”。

石器时代美索不达米亚人采集的野生植物中，有些如今被讽刺性地归为了杂草，有些则依然被生活在幼发拉底盆地的美索不达米亚人后裔使用着。当代的伊拉克村民们会从山上采集野生绿色植物。锦葵科植物常用来做汤和炖菜。现在想在英国做一碗美索不达米亚沙拉简直轻而易举，其中的食材——西洋菜、酸模和蒲公英随手可得。野生果实更是从古至今都很充足，如栗子、杏仁、无花果和橄榄（但这些果子传播之广、历史之悠久使它们的原产地已经无法追溯）。杏和石榴的分布也很广泛，而且如果要给让夏娃堕落的智慧果找个现实中对应的果实，很可能就是这两者之一，而非一般人认为的苹果，因为中东炎热的气候不适合苹果的生长。不过泰瑞斯·麦
42 肯南[**]在其标新立异的大作《神的食物》中煞有介事地论证说，分别善恶的树应该是一种沙漠迷幻蘑菇——古巴裸盖菇（*Psilocybe cubensis*）。怪不得当地部落的人民如此怀念他们过去采集狩猎的生活呢。

改变了他们的生活，并最终改变了整个人类文明进程的是对一

---

* 尼古拉·瓦维洛夫（Nikolai Vavilov, 1887—1943），苏联植物学家和遗传学家，主要成就在于确认了栽培植物的起源中心。

** 泰瑞斯·麦肯南（Terence McKenna, 1946—2000），爱尔兰裔美国作家、民族植物学家。

种沙漠杂草——野生二粒小麦的驯化。最开始人们只是从野外采集这种植物，用它富含淀粉的种子做稀粥。这种植物喜欢长在大土包上，且所有麦穗差不多是等高的，一定是这齐整的景象激发了人们统一收割的想法。采集者们——就像当年种植虞美人的威尔克斯牧师一样——会优先挑选能满足自己需要的特征，比如一片麦子在同一时间成熟的，以及种壳不会裂开使种子掉落的。这些特征具有遗传性，被人类采集回来散落在居住点附近并萌发的野生二粒小麦，将表现且传承这些特征。这些是驯化植物的最初步骤，后面还会相继发展出其他相关的农业技术，如灌溉、耕种、统一收割、脱粒、扬谷、碾磨和最后的烘焙。这一切全都靠“必汗流满面才得糊口”的人们辛勤劳作。

在真正的农耕刚刚开始时，“杂草”——惹人讨厌的入侵者，长在错误地点的植物——这一概念的出现，无疑让原本已操劳过度的第一代农民更添烦忧。专门开辟的耕地让这些非作物的植物生存状态大有改观，并刺激了它们的生长。于是耕地成了所有本地植物的实验场，它们个个都来这悉心翻整好的土地上大展拳脚。原始的麦田里必是长满了虞美人、黑芥、唐菖蒲和毒麦——最后这种有毒的杂 43
草长时间地困扰着欧洲农民，直至中世纪晚期。那时还没有为农田除草这一说。作物和杂草都是在收获以后再粗略地分开——这个过程被忠实地记录在《马太福音》中种子的寓言里。《马太福音》中说，一个地主的田里被仇人撒了杂草的种子。他对仆人说不必拔出杂草：“不必，恐怕薅稗子，连麦子也拔出来。容这两样一齐长，等着收割。当收割的时候，我要对收割的人说：先将稗子薅出来，捆成捆，留着烧，唯有麦子要收在仓里。”这是长久以来各种除草技术之中，为数极少不会使杂草得益的方法之一。杂草中有一类“奸细”，形态、行为都与领地被它们入侵的作物极为相似，而几乎所有早期的农业举措都会在无意中帮助这种杂草竞争，即刺激它们的生长。成功的杂草是那些能让自己的种子混进作物种子中，从而在来年一起被播种的品种。

杂草的顽固和无处不在一定让早期的农民们恼怒不已。可是如果他们当时成功地控制住了杂草——比如某些技术突飞猛进到未来的水平——后来我们所理解的农业是否还会产生，就要画个问号了。中东地区的土壤薄而贫瘠。第一次犁地的过程中，一定又有大量土壤被沙漠的大风吹走。农作物的根会在一定程度上固定住土
44 壤，但要不是杂草们迅速占领开拓的土地，作物间光秃秃的间隙也还是很容易被吹散、侵蚀，流失营养。还好，大部分农业技术都有弱点，这可帮了土地一个大忙。将作物与杂草一起收获，有利于那些与农作物同一时间结种的杂草。用镰刀收割的方法，会使那些种子高度与麦穗高度相同的杂草保留下来。用筛子筛选谷物，对那些种子大小与作物相近的杂草有利。这种对作物的模仿——自然选择下演化法则的一个简单体现——是杂草古老的法宝。带来的结果，就是超乎想象的演变过程。野燕麦为了混进不同的作物中，根据作物种子的特征演变出了不同形态的种子。有些田地里春大麦和冬大麦会一行行相间着混种在一起。冬大麦的叶子呈莲座丛状，长在冬大麦行里的野燕麦发芽时便也会长出丛状的叶子；春大麦长得细高，长在它们中间的野燕麦茎芽就蹿得又快又直。东南亚稻田里生长的杂草与水稻极为相似，即便是耕作的农民也无法在杂草开花前分辨两者。植物育种者想出了个办法，想培育几种稍带紫色的水稻来与杂草相区别，使杂草更容易被认出。可是几年之后，杂草也带上了紫色。原来，育种者借以培育紫色水稻的色素沉积性状，在杂草中也会偶尔出现。于是每次收割幸存下来的都是这些有颜色的杂草，然后它们的

种子就顺利进入了下一年的种子库中。

在古老的美索不达米亚，杂草们无穷的创造力让人们仿佛看不到出路。劳作者们越想铲除杂草，它们就越欣欣向荣。恐怕早在《创世记》对杂草可怕的大书特书之前，人类就已经感觉到这些凶恶 45
植物的存在是一种惩罚。中东地区的价值观和宗教观念也被农业所改变。这一地区在狩猎采集时代原本崇拜——或者说尊崇——动物之灵，它们独立于人类但也顺从于人类。可是农耕出现后，最早的农民们深知自己找到了新的力量，于是他们需要一些超自然的存在赐予他们力量，帮他们统治自然。无论是动物之灵还是自然之神都已无法满足这个要求，于是新的神灵是超人类，是具有人的形象的神，是“人类的牧羊人”。

但这新的力量和新的神祇，都是有代价的。狩猎采集时代的自由一去不复返，取而代之的是辛苦劳作，是分工合作，是杂草们带来的心理和劳动量上的双重折磨——这就是想要安定生活就必须背负的种种重担。有一群农民和牧人——耶和华的部落，早期的犹太人——遭遇了一场巨大的灾难。他们的重要领地耶路撒冷于公元前586年被强占，犹太人被放逐到巴比伦尼亚*的沙漠。犹太人把自己的流放解释为一种惩罚，但经过一点巧妙的神学上的“曲解”，这一惩罚就成了他们被神选中、被赋予了更多神之关注的征兆。他们拒绝了为中东地区广泛接受的高雅文化和具有多个生育丰收之神的信仰系统，宣称自己是被唯一的上帝选中的人民。一神论自此诞生。

但对生活的不满依旧啮咬、折磨着他们，他们把这种怨念写进

---

* 美索不达米亚中南部的一个古代文化地区，首都为巴比伦。——译注

了创世故事的种种细节中。《创世记》可以被看成早期中东牧民与农民在试图向自己解释，为什么自己的生活会如此困苦。对自然的征
46 服——他们心目中吃下智慧果所获得的知识——既是他们被惩罚的原因，也是惩罚的形式。20世纪的哲学家约翰·帕斯摩尔认为，创世故事其实是对自己行为的合理化："在《创世记》被创作出来的时候，人类已经开始着手改造自然。(这些故事) 让人为自己的行为找到了合理的解释。其实人类并不是因为《创世记》让他们去征服世界才去这样做的，正如人类不是因为《创世记》的指示才知道要繁衍后代。《创世记》只是用来抚慰人类不安的工具。"

有趣的是，《创世记》中的许多中心元素——世外桃源般的花园和人类的堕落、一条蛇、一棵树、半是惩罚半是挑战的杂草爆发——都或多或少地出现在了其他文化的创世故事中。这些元素作为象征符号，似乎在人类的意识深处扮演着某种不可或缺的角色。在经典的希腊罗马神话系统中，也有一个伊甸园般的地方，这是一个永远是春天的田园乌托邦，这里永远长着各式各样充足的粮食，不需辛苦劳作便可生活无忧。人类也被从这个天堂中放逐。不过放逐的目的不是惩罚，而是试炼。神灵们认为，给人类设置障碍可以激励他们思考和进化。杂草可以帮助他们塑造人格。维吉尔极富启发性的伟大诗作《农事诗》就和基督教出现以前意大利的农家生活有关，诗中描写朱庇特*十分赞同"耕作的过程应当艰难"，并一手导演了人类的放逐：

他把毒液赐给黑蛇，

* 罗马神话中的诸神之王，对应希腊神话中的宙斯。——译注

命令群狼掠食、大海汹涌，
把蜜露从叶片上甩掉，藏起火种，
然后人们便会苦苦思索，不断积累经验，
逐渐锤炼出各种技艺， 47
在田垄中找到谷物的叶苗。

刻瑞斯教人类用铁器犁地，但也播下了麻烦之种，因此人类不得不“不断与杂草斗争”：

蓟在田地间
昂首挺胸；作物却开始死去，
多刺的蓬子菜
和蒺藜，在闪光的庄稼中长出，
无果的毒麦和不育的野麦称王称霸。

南美洲典型的部落神话在讲到农业起源时，都会提到人类堕落前以果实、树叶为食。然后一个化作负鼠模样的女人向人类揭示了玉米的存在。这株植物像树一般高大，长在树林中。也许由于那时的人类都是采集者，他们并未想到采集种子，而是直接将树砍倒，但随后他们就发现作物只此一株，不能满足他们的需求。于是他们不得不分发种子、清理森林并进行播种，这便是人类种植的第一种作物。

在南美洲其他地方——如在巴西的马托格罗索，人类学家克洛德·列维-斯特劳斯*就记录下了巴西中部欧菲埃部落的独特神话，

* 克洛德·列维-斯特劳斯（Claude Lévi-Strauss, 1908—2009），法国著名社会人类学家、哲学家，结构主义创始人，法兰西科学院院士。

这个故事与《创世记》中的农业故事竟是完全相反的。在许多前工业社会中，蜂蜜都被归类为植物，但在这个部落的故事里，蜂蜜从一开始便以作物的身份出现，可以种在土地里生长成熟。但它太容易获得又太过诱人，人们的过量食用很快使它供给不足。于是动物们
48 被派去收集野生蜂蜜——蜂蜜中的“杂草”。农耕的种种缺点一下子就不见了。“这个神话故事的独特性何在，一目了然。”列维-斯特劳斯评论道。它持有一种有些人可能会称之为“反农业”的观点，为以采摘收集为基础的经济模式说话。而且这个故事中描述的采集模式所具备的优点——多样性、数量充足和食物易保存——恰恰也正是支持农业的故事中所描述的农业所具备的长处，这也是人类掌握文明后会从不同角度看问题的结果。

早在中东地区的宗教传入英国之前，新月沃土的杂草就登陆了英伦大地。从地中海东部来的第一批新石器时代移民者大约在公元前4500年登上了英国的南岸，这时候英吉利海峡已经形成了几千年。他们把小麦和大麦装在罐子跟皮囊里带来，其中就混杂着一些从未在英国出现过的杂草的种子。在对公元前3500年前后的新石器遗址进行挖掘时，人们找到了虞美人、烟堇、白芥和野芥菜存在的最古老的证据。到了欧洲的青铜时代（公元前2000年至公元前500年），杂草大军中又加入了琉璃繁缕、卷茎蓼、藜、毛连菜、遏蓝菜和欧荨麻。

一个在英国汉普郡进行的精妙实验向我们展示了这些耕地杂草的扩散速度之快。在这个叫作“巴策古代农场”项目的实验中，考古学家们全部使用青铜时代的农耕技术。他们用古代工具的复制品在

小块的土地上耕作，并种植几种不同的古代作物。一块约900平方码（约合750平方米）的土地，耕作工具只有一把原始的铲子，遏蓝菜从一块只有1平方码（约合0.8平方米）的土地开始生长，不到10年 49
就蔓延到了整片地上。我曾亲眼看见，克莱尔郡巴伦风景区古老的石灰土草地，仅仅因为做了几年牧场就长满了杂草。这片独特的石灰岩地貌上，分布着来自三个不同气候区的植物——山地龙胆、大西洋海岸的植物和来自地中海的兰花，自上个冰河时期结束后它们便一起生长。但在牛群践踏和排粪的痕迹周围，这种独特的混合植被消失了，取而代之的是一条长满酸模、车前草和蕨麻的杂草带，它们出现在哪里就标志着哪里已被杂草入侵。

早期的农民们并没有什么好的除草方法，除了用手一点点拔出杂草来，就是吃了它们。有些植物——比如野胡萝卜——在作物中间生存得很成功，可能启发了人类拿它们当作食物。燕麦在中东地区并不是粮食，但在北欧它们可是从一种农田杂草——野燕麦培育而来的农作物。藜因为种子含油量高，在冰河时期曾被人类采集甚至可能种植过。如今依然能看到藜在粪堆上和肥料丰富的田里长成灰绿色的一大片，因此它们在古代肥堆上冒头时一定相当显眼。它的叶子和种子都含有淀粉，可以做成稀粥，种子可能还被做成过死面面包。到中世纪时，藜——古英语中写作melde——已经是十分重要的主食，以至于许多人类定居点都以它命名。地名的语源学是出了名难研究的领域，不过瑞典历史地理学家艾勒特·艾克瓦尔*认为，剑桥郡梅尔本（古英语中写作Meldeburna）的地名含义是“两岸长

---

* 艾勒特·艾克瓦尔（Eilert Ekwall, 1877—1964），瑞典隆德大学教授，历史地理学家。

50 有藜的溪流”，而萨福克郡的米尔顿（在1130年前后写作Meldings）则是“长着藜的地方”。[米尔顿如今的居民们对村庄名字的起源一点都不怀疑。20世纪70年代他们还托人做了一个6英尺（约合1.8米）高的藜的铸铁像，并把它放在行政区边界的马路旁。]在其他地方，在更有组织的农业出现以前，荨麻、繁缕、酸模、西洋菜和锦葵也在很长时间里充当了人类的必需食物，于是存活了下来。

杂草——无处不在、顽固强大的生物——还具有魔力，它们的用途也并非局限于房前屋后、田间灶头。1950年，两个挖煤人在丹麦托兰沼地的一片酸沼中，发现了一具保存完好的冰河时期人类的尸体。人类学家P. V.格洛布*用引人入胜、感情丰富的笔调记录了这一发现，标题为《沼泽人》，文中描述了这个人的特征如何清晰鲜活，以至于人们一开始以为他死去的时间并不长。“他躺在潮湿的床上，就像睡着了一样，侧卧着，头微微前倾，四肢弯曲。他表情安详，双目轻合，嘴唇微噘，像是正静静祈祷。仿佛有那么一刻，死者的灵魂从另一个世界穿过西方天空中的那扇门，回来了。”

但他已经有2 000岁了，而且他的颈部紧紧套着一个用皮带制成的绞索。他是被绞死的。同样不同寻常的是人们在尸检中的发现。在他的胃里还有他最后一餐的残留物，由于保存完好，可以在显微镜下辨识。在托兰人被处决前的12到24小时，他吃了一碗用农作物（主要是大麦跟亚麻）和很多不同种类的杂草制成的稀粥。其中有些
51 杂草——如酸模、卷茎蓼、狗尾草、田春黄菊和亚麻荠——可能是采集谷物时一起采下的。但除此之外他胃里萹蓄的种子出奇地多，这

* P. V.格洛布（P. V. Glob, 1911—1985），丹麦考古学家、人类学家。

个数量足以说明这些种子是有意采集的。这个发现有些古怪。萹蓄种子个小且数量并不算多。大费周章地采来做食物并不值得。但这种杂草根系独特，整个根部都是茂密的卷须，如网般交织，很难从土壤中拔出，这些特点从它的俗名“魔鬼的皮鞭”中可见一斑。也许萹蓄的种子被看作这些顽固的杂草离开田地的标志，因此是作为吉祥之物被人类带着敬意采集而来的。

2年之后，在格劳巴勒的一片酸沼中，另一个铁器时代的人类被发现，发现地点就在托兰东边11英里（约合18千米）处。他的胃容物与托兰人相比，保存得更加完好，量也更多，人们在他胃里发现了至少63种不同的种子。除了在托兰人胃里发现的那些，还有三叶草、黑麦草、绒毛草、藜、毛茛、羽衣草、蓍草和还阳参。

格洛布留意到这两个古代人的胃里都没有任何蔬菜或秋天的果实。死者应是死于冬天或初春，那时植物还没长出叶子。他推测这两人死于冬至庆典期间，这个庆典是为了催促春天到来，庆典上常用人类做祭品。这也解释了为什么两人的胃容物很像祭典食物，这种食物由粮食和与粮食相似的杂草特别混合而成，以取悦铁器时代的丰饶女神那瑟斯。“食物中，”格洛布分析道，“有且仅有大量的谷物和花的种子，寓意是让它们在女神降临春之大地时萌发、生长和成熟。” 52

几年之后有人为托兰人最后的晚餐提供了一种别出心裁的解释。1954年夏天，英国广播公司（BBC）电视台的明星考古学家莫蒂默·惠勒爵士和格林·丹尼尔博士在他们的节目中也准备了这样的稀粥。他们吃得很痛苦，但还是就着盛在一只牛角里的丹麦白兰地把粥全吃下去了。留着胡子的莫蒂默爵士向来言论大胆，他对丹尼尔说，他认为沼泽人根本不是被献祭了，而是因为受不了老婆的厨艺自杀了。

到中世纪时，杂草和野生植物基本失去了作为补充食品的经济价值。凯尔特民族曾以荨麻肉汤和野生大蒜为主食；英国中部地区的农民则喜欢嚼酸模柠檬味的叶子润喉解渴；约克郡的人会用椭圆叶蓼（当地人称为“热情草”）简单的叶子制作祭典菜肴；而打仗和收成不好的时候人们几乎什么都吃，哪怕是长满刺毛的猪殃殃也能当食物。但在农业经济下——至少在英国——面包和种植的根菜已经取代了采集来的坚果和杂草种子。

可是没有被取代的——而且一直到现代还依旧高涨的——是人们对野外觅食的热情，这种觅食方式带有一种充满仪式感的魅力，仿佛食用野生植物能让你感受到祖先的生活，能让你更细腻地体会
53 四季变化，能让你对大自然创造食物的过程有更完整的理解。比起在英国，野外觅食在欧洲内陆地区更为盛行。古老的“采摘”（*la cueillette*）传统——采摘当季的野生绿色植物和菌类——如今在法国西南部仍十分流行。春天时，巨葱、蒲公英和薯蓣的嫩尖都是最受欢迎的采摘对象。“采摘”不再具有重要的经济价值，而是作为对古老的人与大地关系的再现、对劳动才能获得食物这一精神的歌颂保留了下来。希腊的克里特岛上，复活节时村民们最喜欢的活动就是星期天外出采集 *stamnagathi*，即针叶菊苣苦涩的叶子，这一风俗是为了显示人类对冬天之乏味无趣的抗议。在19世纪的美国，亨利·梭罗*赞美“采集”具有一种神秘的特质，让采来的杂草野果别具风味：“阴冷的11月里，一边踩着褐色的土地一边品尝白栎橡实苦

* 亨利·梭罗（Henry Thoreau, 1817—1862），美国著名作家、博物学家、改革家和哲学家。

中带甜的味道，比给我一片进口的菠萝要让我欢喜得多。”

一个世纪之后，另一个美国人复兴了野外采集的传统，还写了一本不像畅销书却风行一时的书。尤厄尔·吉本斯出身于一个贫穷的家庭，在黑色风暴年代*的新墨西哥州长大。在他只有十几岁时，父亲为了工作不得不咬牙外出打猎，剩下的一家五口只能靠一把豆子和一只鸡蛋过活。尤厄尔带着一只背包跑到山上，回来时包里装满了可以吃的野生植物。接下来的一个月，全家都靠他采集的食物度日，用他们自己的话说是尤厄尔救了他们的命。

之后的30年中，吉本斯摘过棉花，在修船厂帮过忙，在海滩打过杂，但他一直梦想着能成为一个作家。他尝试写作的小说从未成功
出版过。但在一个作家代理人的建议下，他把自己采集野生植物的 54
经历写成了一本书，还取了一个十分吸引人的标题——《寻找芦笋》(1962)。书中全是美国本土的民间知识，各种果实和杂草的采集指南，还有包含令人难以置信的食材的华丽食谱（类似的食材包括虎杖酱和牛蒡芯腌菜）。少年时的他采集食物是为了生存，但现在目的完全不同了，如今的采集是为了重新感受大地和四季，是为了在一个超市文化泛滥的时代重新发现食物的真谛。这本书准确地把握住了20世纪60年代中产阶级对环境问题的焦虑，并开启了一个至今仍未退却的席卷太平洋两岸的采集狂潮（吉本斯把这些人叫作“新原始食物采集者”）。但正如吉本斯这个自造词中“原始”两字所表达的含义所示，野外采集的根源十分深远，它可以追溯到基督教对杂草的妖魔化，
可以追溯到新石器时代被献给丰饶女神做祭品的人胃里的最后一餐。 55

* 也称“肮脏的30年代”，指1930—1936年北美发生的一系列沙尘暴事件。——译注

第四章

宽叶车前

——“百草之母……蕴含着力量”

看着阿尔布雷希特·丢勒*的非凡画作《大片草地》(1503)，你会看到想象力突破了那个时代的艺术窠臼和文化束缚，把这杰作向前推进了3个世纪。在这幅作品里，绘画艺术发现了生态学。画中所画可以是21世纪初，或其他任何时候的任何一片荒地的任何一个角落。这是倾注了敬意与关切画出的一丛杂草，仿佛画笔下的它们是天堂里的花。

这幅画的结构极为简单。作品的结构即植被本身的结构，好像丢勒只是随意在土地上那么一铲，然后把铲起的这块草皮变成了画的框架。画的近景是三丛宽叶车前，这种杂草紧跟着人类的足迹遍布全球，追随之执着紧密，从它的别名“路旁草”和“旅人的脚”中可见一斑。簇拥着宽叶车前的是一束束草地早熟禾。两朵蒲公英已过了花期，但花柱上依然缀着少许黄色并向左倾斜着。画的最后方——也是全画中唯一一种不算常见的植物——几叶虎耳草茴芹在

* 阿尔布雷希特·丢勒（Albrecht Dürer, 1471—1528），生于德国纽伦堡，画家、版画家及木版画设计师。

57 前方重重叠叠的草叶背后，只隐约可见。你观察这片植物的角度并非自上而下，也非其他常见的居高临下的人类视角，而是自下而上。作品下方几乎被斑驳的泥土填满，杂草扎根泥土中的情景清晰可见。最高的植物超出了画作的上缘，仿佛它们是高耸的大树，以树荫庇护身下矮小的同类们。整幅作品不但在视觉上优美典雅，还具备准确无误的科学性。呈现在你眼前的是一个小型生态系统，其中的每一个组成元素——从脚下潮湿的泥土到高处即将飞散的种子——都紧密相连。

丢勒之后，再没有人这么仔细地观察过这卑微的植物——直到有了19世纪早期的文学家们，比如“跌倒后”惊叹并爱上了杂草之美的诗人约翰·克莱尔，比如让少年维特躺进草地然后获得超凡体验的歌德——他笔下的画家主人公“卧躺在山涧那飞跌而下的溪水边的葳蕤的野草中，挨着地面观察千姿百态的小草；每当我感觉到我的心贴近草丛中麇集扰扰的小世界，贴近各种虫豸蚊蝇千差万别、不可胜数的形状时，我就感到那个照他自己的模样创造我们的全能的上帝的存在”。*

丢勒的《大片草地》不仅是第一幅描绘杂草群落的画作，还是欧洲第一幅真正意义上的博物学植物画，它预示着一种全新的对待大自然的人文主义态度。从植物画中现实主义的萌芽发展到丢勒的草地，足足经历了300余年。中世纪时期的野生植物画基本可分为两大类：一类是装饰性的，用来装饰《祈祷书》的边缘，画中是开花的草地，画风典雅；另一类是功能性的，给药用植物的描述性说明做

---

* 原文中那段英文没能在《少年维特之烦恼》一书中找到对应原文，疑为作者凭回忆所写。此处中文摘自韩耀成译本中最贴近文意的一段。——译注

配图。无论是上述哪一类，这些作品都毫无植物学上的准确性可言。诚然，如果需要的只是各个时节植物开花时的粗略形象，那么准确性就并不重要。但若要治疗疾病，情况就完全不同了。在当时人们认 58
为具有治疗作用的物品中，植物可能要占到90%以上。许多药方的开具根据都是魔法与前科学时期对人体机理认知的诡异结合，后者当中，古希腊和古罗马医生（如希波克拉底*和盖伦**）推崇的四体液学说最具影响力。但无论怎样谬误百出的诊疗系统，都要建立在正确鉴别对症植物的基础上。这就是草药书—— 一种记录药用植物特征、适用症和用法的书籍的作用了。

但16世纪以前草药书中的插图常被程式化地画成十分抽象的样子。并不是中世纪的画师们缺乏绘画技巧，当时的人物和动物画十分鲜活生动，作品可以在富有创造力的同时又毫不失真。但植物画却都像从同一本样本书中复制来的。这些图都极为简化并对称，花就是僵硬的茎上顶着形状不规则的一团，根就是把胡萝卜随便变个样子，仿佛植物们缺乏某种活生生的灵魂，没有什么品质值得艺术家们精心描绘。

但另一方面，画师们往往也不清楚自己应该画什么。以敏锐细致的眼光观察大自然的传统始于亚里士多德和泰奥弗拉斯托斯***，但随着希腊和罗马帝国的瓦解而渐渐被人遗忘。尤其是在中世纪的英国，盎格鲁-撒克逊人对魔法的信仰和极具权威的基督教会都阻挠人们探寻与植物生命和特性相关的知识。似乎质疑大自然的杰作而非 59

* 希波克拉底（Hippocrates，约公元前460—约前370），古希腊医师，被称为“医药之父”。

** 盖伦（Galen，129—约200），希腊解剖学家、内科医生和作家，其著作对中世纪医学有决定性影响。

*** 泰奥弗拉斯托斯（Theophrastus，公元前370—前287），亚里士多德的学生，植物学创立者。

毫不怀疑地接受传统的宗教说辞，是一种亵渎神明之举，是在挑衅上帝做出的安排。

有趣的是，与此同时，异教的一些古典时期的著作却地位卓著，尤其是那些辨认药用植物的书籍。阅读这些作品被认为是重新学习那些在英国黑暗时代散逸了的智慧。阅读者也没有将精力放在本该是重点的中世纪植物学和药物知识上，反将大部分注意力都花在了理解和重新解读宗教文本上面。实际上所谓研读就是不断地对文本抄写再抄写，过程中很可能会出现抄写错误。这些工作基本是由修道院完成的。僧侣们能够阅读拉丁文，通常也对医药略知一二，还很有可能有一座种着药草的花园，园中种植的植物可以治疗他们自己和周围居民的疾病。

他们最重要的草药学知识来源，是一本公元1世纪以希腊文撰写的书——《药物论》。此书诞生后的1 500年中，每一本欧洲的草药书或多多少少受其启发，或由此书演变而来，总之所有信息皆源自这一本圣书。《药物论》的作者派达尼奥斯·迪奥斯克利德斯[*]可能是一位来自小亚细亚的军医，并且是一位颇有造诣的植物学家。他在著作中强调，去大自然中亲身认识植物是十分重要的基础：

> 想要成为技术过硬的草药医生，那么无论是植物刚钻出地面，还是完全成熟，还是开始凋零，你都应在场观察。只见过植物发芽的人，不知成熟之物的形态；只查看过成熟之物的人，又辨认不出它破土而出时的模样。植物总在变
> 60 化之中，叶会变形，茎会长高，会开出花，会结出果，还有一

* 派达尼奥斯·迪奥斯克利德斯（Pedianos Dioskurides, 40—90），古罗马时期的医生与药理学家，其代表作《药物论》是现代植物术语的重要来源。

> 些其他特征可能也会变化，不仔细全面地观察它们，你就犯了一个严重的错误。

可惜的是，后来的作者和编者都没太注意他这段严苛的前言。这本书有一个豪华版，是来自6世纪君士坦丁堡的维也纳古本*，在整整400页的彩画中夹杂着一些博物学的画作，但许多更早版本的《药物论》中都完全没有插图。另一些版本中则只有那些程式化的植物画，或是对以前一些画师作品的粗糙复制，或是没什么新意的空想植物图。这种状况持续了几个世纪，反复的传抄使得图画与实际的植物越差越远，难以辨识。几乎没有画师愿意走到野外依照真实的植物作画，其中有一部分原因是他们有时也无法认出古典时期的作者所描写的是什么物种。但当时的观念认为，辨认物种是一种毫无必要或并不妥当的行为，查对古典教义与事实是否相符是一种不敬。

在英国的草药传统中，第一个从其他角度看待这一问题的契机出现在12世纪初。在1120年前后，萨福克郡贝里圣埃德蒙兹教堂的僧侣们完成了阿普列尤斯**所著《植物记》的一个新版本，这本书最早出现的日期可追溯至5—6世纪。这本拉丁文书籍并非原创，而是将迪奥斯克利德斯的一些处方和其他希腊的原始资料汇编成书，但散布书中的少量植物插画是据实而作，令人耳目一新，这在北欧地区是前所未见的。

阿普列尤斯《植物记》的原稿被保留了下来，目前存于牛津大学 61
图书馆。这是一本奇特而低调的书，比一本现代的平装书大不了多少，羊皮纸的书页上简单记录了仅100多种植物。行文虽算不上优

* 维也纳古本是指藏于奥地利图书馆的一系列手稿珍本。——译注

** 阿普列尤斯（Apuleius, 125—180），古罗马作家、哲学家。

雅完美，但尚可读懂，只是有时读起来感觉像一本咒语书。比如，写到艾草时书中认为，“若将此草之根悬于门上，则任何人都无法损坏此房屋”。关于蓖麻，书中写道：“汝将此植物之种子置于家中或任何地方，可保此地不受冰雹袭击；若汝将此种子悬于船上，则可平息任何暴风雨。”书中也有许多不合实际的荒唐插图，依旧是将对前人的粗糙复制和程式化的植物画法相结合的老一套。比如一种叫作“拉潘草”（名字以拉丁语、高卢语甚至埃及语给出）的植物就很难辨认，画中它的叶子呈绿色或亮蓝色，茎上还有金叶子装饰。阿福花在书中被画倒了，根看起来像一条龙。“格兰草”（可能是一种豆类植物）则纤弱地向四处伸展细茎，看起来像是一幅保罗·克利*的画。

但这些插图出自不同人之手，其中有几张是照着真实的植物清晰描画的，执笔者很可能是几位充满好奇心的僧侣，他们走进修道院的花园，走到萨福克郡的郊外，用值得迪奥斯克利德斯赞赏的专注力观察着生长的植物。毫不出奇，几乎所有这些写实画的描画对象都是常见、易得且好认的杂草。这其中有车前草、马鞭草、薄荷，还有华丽舒展着莲座丛叶的蒲公英（草药书中治疗尿路疾病的良
62 药）。春黄菊的花蕊像一个可爱的黄色茶壶套，它们的三瓣叶和红三叶草般紧凑的花枝都是很难认错的特征。有些作品的技巧十分纯熟，比如林地水苏（书中治疗割伤和溃疡的草药）复杂的唇形花朵就被绘制得精巧细致。但最不同凡响的一幅要数黑莓，书中说，要是被可怕的巨蛇咬伤，便应以这种多刺植物入药。历经900年，画中一簇簇的黑莓果实看上去依旧那么美味诱人，有种几乎要滴下水来的鲜活感。如同在乡村常看到的黑莓一样，每一个枝头都有几颗没成熟的

---

* 保罗·克利（Paul Klee, 1879—1940），瑞士裔德国画家，被誉为20世纪变化最多、最难以理解和最才华横溢的艺术家之一。

红色莓果，而颜色较深的核果中央则画着一个蓝灰色的点，完美呈现了熟果的光泽。

贝里圣埃德蒙兹教堂草药书上的车前草和蒲公英，被粗糙却专注地画在了纸上，被与咒语相去无几的语言写在了书里；而同样的植物到了丢勒笔下，便成了生动且富含生态学信息的杰作。这两者之间的跨越，便是中世纪人类对杂草态度的成形过程。那时杂草的处境并不复杂，它们充斥着人类生活的方方面面，同时依旧被认为是上帝对人类的诅咒。它们来历不明，据信还有魔法变身的能力。同样一棵植物，既可为良药又可为鸩毒。庄稼也可能“堕落”并转变为可怕的植物瘟疫。对中世纪的人们来说，这些邪恶的、用来惩罚人类的植物根本不值得细致观察和研究。这肆虐人间的神秘灾祸是人类堕落的苦果，无须多问，唯有忍耐。

英国历史学家福斯特·巴勒姆·辛克牧师（维多利亚女王御用牧师）发现，这种一味忍耐的态度到19世纪晚期依旧留存在萨福克郡乡间： 63

> 我听到一种说法，说杂草与土地天然一体，即大地创造了它们；从没人成功根除过它们，因为根本没人能做到这一点。它们的不朽之躯可直接从土中钻出，完全不需要种子，说此话者言之凿凿，仿佛毋庸置疑……这种对杂草的无知还被添上了神学的色彩，说大地长出杂草是人类违抗神之旨意而得的惩罚。因此从过去到现在直至未来，大地会一直生出蓟、虞美人和丝茅，作为对农民（不过为什么只有农民？）的惩罚。

托马斯·塔瑟*将农业与险恶世界的努力斗争记录成书，这本叫作《好农业的500个优点》的书写于中世纪末期，书中已没有了过去那种因恐惧而无奈接受现实的观点。取而代之的是字里行间的乐观，科学的发展向人类投来了曙光，提升了人们的信心，也带来了可行的解决方法。塔瑟以欢快的双行体诗歌书写全文，进一步凸显了书中的自信。而且此书是极少数清晰记录中世纪农民处境及他们对杂草态度的作品之一。塔瑟的记录似乎表明，尽管杂草十分顽固，让人头痛，但还算不上是埃塞克斯郡农民的对手。初夏是除草的时节，尤其是当一场大雨松动了草根之后：

64 五月来临，去找一把杂草钩、一把叉和一只手套，
然后除去杂草，因为庄稼不喜欢杂草。
给秋播作物除草，现在是最佳时机；
但六月才更适合为其他作物除草斩蓟。

烧掉五月的杂草，斩碎那些蓟；
艾鼬会把黑麦和小麦拽倒拉低：
蕨和毒麦，太过讨厌；
但就像金钱草一样，所有杂草都会消失不见。

---

* 托马斯·塔瑟（Thomas Tusser, 1524—1580），英国诗人，同时也是农夫。

塔瑟提到的杂草钩是一对长柄的耙子，其中一把的末端呈叉状，另一把的末端装有金属钩，这个钩子是用来把每一株杂草分别勾倒的。(尽管“锄地”这一技术为美洲土著所熟知，并且作为让空气进入土壤的手段，至少在维吉尔的年代便已在欧洲使用，但在英国将这种技术应用于控制杂草是两个世纪之后的事了。)社会历史学家多萝西·哈特利*在她的著作《英格兰的大地》中描写了除草者辛勤除草的过程。她没有解释自己是如何对这一过程知晓得如此详细确切、精确到每一个步骤的，但很可能是将古老绘画中的线索拼接起来，并凭借毕生实地调查中窥见的残留的农业古法进行推测重现。下面的文字便出自她的手笔：

> 他使用的工具有两把：第一把末端带钩，将躲藏在植物茎下的杂草勾出；第二把末端呈叉状，将杂草压倒在地。
> 然后除草者向前一步，用脚踩住压倒的杂草顶端，同时向身 65
> 后挥动钩子，将杂草的根部拔出地面，然后将拔出的草扔成一排。这样每一棵被拔出的杂草都完全从土壤中脱离，并且根部会盖住前一棵草的顶部。因此当除草者沿着犁沟走回去时，他会把除下的草盖在作物根部，但每两行作物的草堆之间至少留出一只脚的宽度。除草工作在一种固定的节奏下进行，而除草者双脚踩出的线就是收割者们进行大部分工作时的标尺。

这种工作的精细程度听起来犹如为每块土地量身打造，每株杂

* 多萝西·哈特利（Dorothy Hartley, 1893—1985），英国社会历史学家、插画家、作家。

草都被精确拔除，仿佛牙医拔牙一般。但中世纪的除草技术还是无法与大部分凶猛杂草的进化策略相匹敌。在特定季节除去可见的杂草，这个方法反而给一些植物带来了选择优势：比如根系较深或较分散，无法用钩子完全钩出的品种；或者在除草季节前已经开花结籽，利用除草工人摆放杂草的做法趁机将种子散播到土壤中的品种；又或者是另辟蹊径将萌发时间大幅度推迟的品种，例如可在收割和第一次翻地之间萌发的植物。再比如，长在农田里的猪殃殃和长在篱笆旁的就很不一样。田地里的猪殃殃萌发时间不同，种子大小也与农作物的种子更为相近，且生长时枝蔓更为贴近地面——这些都是为了对抗两三千年前的除草技术而演化出的特征。

坚持不懈的手动除草确实削弱了大部分杂草，尤其是那些在被
66 拔除或杀死前还未能传播种子的一年生植物，但对根系较深较庞大的多年生植物就不那么有效了，还常常会在不经意间帮助它们传播。这一类植物中有不少——如匍枝毛茛和蕨麻——都能从一小段根系或枝蔓上再生，因此以拔除大部分（但不可能是全部）根系并将其扔回泥土中为中心策略的杂草控制手段，只会让这类植物数量倍增。耕作之操劳辛酸，正如《创世记》中所言，叫人“终身劳苦”。

异株荨麻就是一种因农耕和除草而越挫越勇的植物。它们的天然栖息地为肥沃、泥泞、略经开发的土地，河谷营养丰富的淤泥上长出的茂密草丛和被动物粪便滋养的林中空地尤为它们喜爱。它们很容易就适应了耕地和牧场的肥沃土壤（尤其是池塘河流里的淤泥常被铺在田里以增加肥力），以及氮、磷丰富的人造场所——垃圾箱、篝火营地、教堂院落。荨麻不但靠种子传播，还靠能够迅猛生长的地下茎传播，这些茎一年推进的距离可以超过2英尺（约合61厘米）。这些地下茎即便只剩下毁损严重的碎片，依旧可以一边横向伸展，一边

把坚韧的、纤维般的根扎进土中，并最终从地下破土而出，生出绿叶点点的新枝。地面上庞大的植物体也只需地下那一丁点星星之火。土壤中的磷酸盐能够保持极长的时间，在索尔兹伯里附近的格罗夫
里山脉曾有罗马不列颠人的定居点，这里的人类早在1 600年前就已 67
离去，可荨麻却在这里的林地里欣欣向荣，直到今天。[*]

旋花科具备大量巧妙甚至强大到让人生畏的生存技巧。它们弯曲的根和善于攀爬的茎能够扼死其他植物，也为它们赢得了当之无愧的“恶魔之肠”的民间称谓。在化学除草剂发明以前，田旋花（*Convolvulus arvensis*）可是最让人头痛的杂草种类之一。它们美丽的外表很有欺骗性，粉色、白色或白底条纹的花朵在阳光的照耀下会散发出一缕淡淡的杏仁香，花蜜也会吸引大量不同种类的昆虫。它们卷曲的茎可能是寻找它们野外起源的一个线索。它们能爬到的最大高度为3英尺（约合0.9米）左右，完全比不上能够沿树攀爬的旋花，这表明“恶魔之肠”在入侵农田和花园前生活的土壤可能散布着低矮灌木——比如在结构不稳定的悬崖脚下生长的那类灌木。现代的田旋花分布地中，最接近它们原始栖息地的是海边那些植物低矮、多石的草地。但如今我们所认识的田旋花结构已十分精巧，可轻松应付各种农业压力，这说明在过去几千年的农业进程中这种植物可能在不断演化。

田旋花有一套几乎可以说是万全的保险系统，一系列繁殖和再生技能使它们能应对任何可能的状况。每一棵植物都能产生约600

---

* 荨麻繁荣昌盛的地区还包括如今的威尔特郡。从大片工业化管理的耕地中流出的化肥，加上家用清洁剂里的磷酸盐，一起涌入肯尼特河。每到夏天，两岸茂密的荨麻就会绵延成12英里（约合19千米）长的几乎没有空隙的植物带，有些植株可以长到10英尺（约合3米）高。——作者注

粒种子，这些种子中的一部分在夏天萌发，一部分在秋天萌发。如果
68 有些种子被埋得太深，一时无法发芽，那么在之后长达40年的时间里，一有机会它们还是可以随时复苏。一旦幼苗成功站稳脚跟，它的地下茎便会开始水平扩张。整个地下系统只需一个季度的时间，便可占领超过30平方码（约合25平方米）的土地，纵向深度也可超过18英尺（约合5.5米）。地面上的新枝既可以从地下茎上长出，也可以直接从根部长出。用锄头或犁斩断它的根，只能暂时性地削弱它，但此举同时会刺激新芽的生长。面对伤害，它们的反应迅速而又果断。几秒钟之内伤口处便会流出乳白色汁液，随后汁液会凝结成一层抗菌膜。几天以后伤口附近的休眠茎芽会开始隆起，并长出新的根和枝条。田旋花任何部位哪怕极为细小的一点碎片，都能够以这样的机制生存。要是哪个被田旋花气到七窍生烟的园丁把它剁成了100截，也不过是给了它们分身100次的机会。

地面上，缠绕茎的尖端拼命地探寻着阳光，它们会缠上任何直立的物体——包括其他植物——以寻求支撑（在实验室中，旋花的茎能够穿过用黑色管道做成的迷宫，准确找到光源）。对支撑植物造成的任何破坏都会连带伤害到旋花，它们需要支架。如果缠绕茎被部分埋到了土壤中或石头下，这些茎就会生根。如果这些茎被反复斩断，植物便会启动代偿机制，让自己长成灌木状，并催生多个分枝。如果它们被牛吃掉，茎中的化学信号会识别出动物唾液中的生长激素，促使植物生长得更加迅速。

旋花不费吹灰之力就能随机应变的本领，倒意外地让人类看到
69 了一些希望。旋花的生存策略如此强大，但它们并没能在耕地或被破坏的土地上纵横肆虐。林地中你看不到这种植物，因为它极为依赖阳光。老草场和牧场上经年累月长起的植被，也让它无处落脚。

有时候旋花确实能够侵入一些新落成的草坪，但它的根系再强大，在不断的割草修剪下也支撑不过一两年。“恶魔之肠”是个强大的生存者，但远不是什么超级杂草。

尽管像荨麻和旋花这样的杂草都如妖魔般强大，但据我所知，并没有哪一种因卷进巫术、渎神或什么诡异之事而被人类审判的。它们很幸运。在中世纪时——实际上直到19世纪中叶——任何生物一旦被认为违背了上帝的意旨或社会准则，就可能面临审判。1499年，几只麻雀因为把鸟粪拉在了法国圣樊尚大教堂的长椅上而被逐出教会。1546年，一群象鼻虫以破坏穷人圣朱利安教堂的葡萄园的罪名被审判。这种审判在16世纪时十分普遍，而著名的法国律师巴塞洛缪·沙瑟尼*因为动物辩护而声名鹊起。朱利安·巴恩斯**在其恶作剧之作——短篇小说《宗教战争》中纪念了这位律师的工作，在故事中一群蛀虫咬断了贝桑松主教座位的椅子腿，令他“有违自己意愿地摔倒失态”，于是这群蛀虫被判逐出教会。沙瑟尼为虫子们辩护，争取到了一个更轻的判决。它们未受到惩罚，因为当地居民“为这些虫子找到了另一片草场安家，在这里它们能安心进食而不会给 70
圣米歇尔教堂造成危害，而且这些虫子应遵从法院至高无上的权力，迁去那片草场”。(这时就已初步形成的为不受欢迎者另觅领地的构

---

* 巴塞洛缪·沙瑟尼（Bartholomew Chassenée, 1480—1541），法国著名律师，为老鼠打官司而出名。

** 朱利安·巴恩斯（Julian Barnes, 1946— ），英国作家，2011年以《终结的感觉》获布克文学奖。

想，呼应了如今在花园里为杂草保留一角和在耕地旁空出条形土地不行耕种的做法。)

虔诚的中世纪人类对杂草们所做的最坏的事情，是赋予了它们种种恶名。至少有20种植物的俗名（大部分如今已废弃不用）把它们定义为魔鬼的植物。春黄菊是“魔鬼雏菊”。田野毛茛是“魔鬼之爪”、“无处不在的魔鬼”、“魔鬼的车轮”和“魔鬼的马梳”（这些名字大多是参照其种子的形状而起的）。颠茄是“魔鬼的大黄”和“魔鬼的莓果”。毛蕊花——“魔鬼的毯子”（因为此植物长有绒毛）。金钱薄荷——“魔鬼的烛台”。菟丝子——“魔鬼的线”和“魔鬼的网”（也叫“地狱草”和“地狱缠”）。百脉根——“魔鬼的手指”（但也叫“圣母的手指”）。大繁缕——“魔鬼之黍”和“魔鬼的裙扣”。针果芹——“魔鬼的蜡烛”。天仙子——“魔鬼之眼”。荨麻——“魔鬼之叶”。峨参——“魔鬼的肉”和“魔鬼的燕麦粥”。蒲公英——“魔鬼的奶桶”（因为这种植物会分泌白色乳液）。春蓼——“魔鬼的捏拧”。卷茎蓼——“魔鬼的绳索”。虞美人——“魔鬼之舌”。毒欧芹——“魔鬼之杖”。还有泽漆，一种并不起眼的9英寸（约合23厘米）高的植物，被给予了最奢侈的恶名，苏格兰部分地区称其为“魔鬼的苹果树”。

但我们无法确定人们是否真的认为这些杂草与魔鬼有关。这些与魔鬼有关的绰号很可能只是并无不敬的调笑，比如称呼某人为“那个小恶魔”。真正将杂草与超自然力量联系在一起的情形，正如
71 我下面将会讲到的，与这种情况截然不同。

1523年，约翰·菲茨赫伯特所著的《农耕之书》*更为郑重地列

---

* 原文为*Complete Book of Husbandry*,这里作者似写错书名，菲茨赫伯特所著的书为*Book of Husbandry*，故没有翻译为“全书”。——译注

出了一长串杂草的名字（它相当于世界上第一份杂草黑名单）。“5月将尽便是为作物除草之时，”他这样写道，让人不由得联想到托马斯·塔瑟，“杂草多种多样，有蓟、白芥、酸模、毒麦、黑麦草、南茼蒿和臭春黄菊。”最后这种杂草是塔瑟笔下的“五月草”，其分泌物有刺激性，能使农民的皮肤起水疱。南茼蒿开黄色花，塔瑟称之为“金钱草”，也叫“黄金草”（可不是只有动画片里的盗贼才拿黄金当钱用，早在这以前黄金就是货币了），是中世纪最让人头痛的杂草之一。这种杂草的棘手程度令英王亨利二世专门颁布法令治理它，这一法令约束力之严苛可与1959年颁布的《杂草法案》比肩。

但若按对人类的影响力而言，最严重的入侵者当属毒麦（cockle）。这个名字可以指代两种完全不同的物种，两者之所以俗名相同，是因为它们的种子如果误与小麦一起碾磨，做成的面粉就会味道极差且常具毒性。第一种植物为麦仙翁（corncockle），粉红家族石竹科的成员，精致的紫色花朵从花苞中绽放时犹如飘扬的旗帜，它们的种子与小麦种子同时成熟，大小和重量也与小麦相去无几，因此在扬谷时很难与小麦分离。它们会让面粉——以及用这种面粉做成的面包——变成灰色。这种植物中含有一种叫作皂苷的有毒糖苷，进入血液后会使红血球和其他细胞破裂。这种病症（如今在印度仍十分常见）叫作麦仙翁中毒（githagism），英文名取自这种植物的拉丁学名 *Agrostemma githago*，症状为疲乏、打哈欠、体重下降和肠炎。 72

另一种毒麦是黑麦草（darnel-cockle），菲茨赫伯特笔下的darnolde和《圣经》中的tares都是指它。这种草也会被简单地称为darnel，是毒麦属成员。一旦这种植物的种子被碾磨然后做成面包，吃到的人便会出现另一些症状——耳鸣、恶心、视力减弱、腹痛和腹泻，不过这些症状几乎都不会持续很久。

值得注意的是，当5月末6月初许多杂草被钩子钩出并被胡乱埋进土中之后，它们又会在仲夏节祭典上再度露面——但这一次却是以正面角色出场。仲夏节当晚，乡村点起盛大的篝火，成捆的野生植物被丢向明亮的火焰。这些植物大部分都是农业杂草，其中包括贯叶连翘、南茼蒿、虞美人、春黄菊、艾草、新疆千里光、车前草和马鞭草。

仲夏节是北欧一年中最重要的日子之一。时值夏至，太阳在沉入漫长冬季前最后的爆发使它看上去像是要长明于空中，夜晚如此短暂，仿佛要与白天融为一体。对中世纪的人们而言，这一刻人类与自然——以及凡间与仙境——之间的界限可能模糊了起来。难怪每到这时都会举行盛大的异教祭典——哪怕是在基督教盛行的英国也是如此——而这一习俗一直延续到19世纪（少数地方甚至延续到了21世纪）。仲夏时节，未来可以被窥见，来年定会风调雨顺。

几乎所有前科学文化的信仰中最重要的原则都是交感(sympathy)。简言之，人或物可以被相似的东西治愈，或者激发，或
73 者产生共鸣，有时也可能是排斥。让骨折的小孩从开裂的树干中间穿过，然后对这棵树进行包扎，便可以加快他骨骼愈合的速度。如果人类舞者模仿动物的交配仪式，便可以让动物更加多产，甚至可能让人类也更加多产。悬挂在花园门上的镜子能够反射光线，因此也能驱走雷雨云。这种交感巫术(sympathetic magic)的中心思想是类比，即相信宇宙间所有不同的物体都是连接在一起的——这种连接并非指实实在在的接触或环境上的互相影响，而是一种由形及意、单纯通过外在形象所造成的影响。

因此熊熊燃烧的火焰能够增强太阳的热力。燃遍整个欧洲的仲夏火焰节，将这种交感巫术发挥到了极致。炫丽的光与热的表演，将

在太阳的能量即将走向衰败时再度激发它。一个额外的好处是这些火焰将烧尽瘟疫和土地中的“有害之物”。有些地区如今依然保留着这一习俗。在比利牛斯山，火焰是由教区领袖——有时也可能是某一条街的居民——点燃的。在瑞典，盛大的篝火旁还会立有花柱，但在更北边的一些国家里，竖花柱不是在5月而是在6月底。在英国的康沃尔郡，这一习俗最近再度兴起，仲夏节时你可以看到康沃尔郡群山山顶那一连串的篝火，旁边还有一排排被柱子高高顶起的燃烧着的柏油桶。

在英国的部分地区，仲夏节火焰要点在田地的上风处，这样一来具有净化魔力的烟才能被吹向作物和家畜。被选作燃烧物的植物本身要能够反映出太阳的魔力。它们大多是夏日开花的品种，白色、
红色或黄色的花朵对应着太阳的形与色。这些与作物相伴而生的植 74
物，可能也有着很显赫的出身，就像在托兰人胃里找到的新石器时代丰收祭典所用的祭品萹蓄那样。

中世纪时，仲夏节篝火被基督教会占用，教会称点燃火焰是为了向使徒圣约翰致敬，因为他的节日（他的生日而非忌日）正是6月24日仲夏节。但仪式的异教含义并未改变。年轻女孩们讨论着未来的恋人，年富力强的农民小伙则从火焰中穿过。仲夏节被赋予基督教圣人的色彩后，最显著的变化体现在了篝火里燃烧的植物上。贯叶连翘英文为St. John’s wort，意为“圣约翰之草”（在基督教出现以前这种草所使用的名字已经遗失），这种植物就是典型的可以作为太阳之映象的草。它开在盛夏，花朵为明黄色，呈星状。它的另一个特点更让中世纪的人们认定它代表着太阳那赐予万物生命的光芒。它的每一片叶子上都有透明的小圆点（这一特点也被用在了它的拉丁学名*Hypericum perforatum*上，其中*perforatum*就是“洞、孔”的意思）且正

冲着天空，太阳光穿叶而过落在地上，仿佛春日树林中斑驳的树影。

如果说中世纪的草药书混杂着宗教含义和对自然界的各种怪力乱神的认识，从而反映了当时基督教对耕作和植物之功用的看法，那么像仲夏节篝火这样的仪式庆典可能就是这些看法为普通人所接受的最好机会。还有少量盎格鲁-撒克逊的草药书，也讲到了关于植物功效的常见看法、凯尔特人的知识与交感巫术的集锦，以及边远地区的基督教仪式。在这一时期，植物不再被认为是由神种下的，但它
75 们确实具有某种能够避开或抵挡有害影响的力量。危险的力量散布在空气之中，随时会造成不好的结果——从收成不好到丈夫不忠，事事皆有可能。疾病也常被归结于一种神秘无形的物质——“精灵之击”(elf-shot)，这是超自然生物向倒霉的凡人发起的攻击。在贝里圣埃德蒙兹《植物记》成书约两个世纪前，有一本叫作《博尔德医书》的书中提供了“精灵之击”的治疗方法，这个方法绝对是植物巫术与基督教仪式的完美结合：

> 星期四晚上太阳落山之时去堆心菊（可能任意一种菊科花朵都可——尤其是花朵呈碟状、形似太阳的植物，如洋甘菊）生长处，然后吟唱《万物颂》或《主祷文》，做一次连祷，并把你的刀插入草中……以你最快的祈祷速度重复以上程序，把草和刀一起放在圣坛下方；等到太阳升起，将草洗净，然后与药水苏和十字架上的青苔混合成饮品；用牛奶煮沸三次，加入圣水三次，并在过程中吟唱《主祷文》、《信经》和《荣归主颂》，然后做一次连祷，并用剑在药水周围三面画十字，完成后让病人饮下，不久自会康复。

与“精灵之击”关系密切的是“飞行的毒液”(flying venom)，这是一种随风吹向各处的危险的灵气。有些人认为它是在奥丁将巨蛇或龙斩成9截后由它的碎片释放出来的——这一观点将疾病的病因与最古老的邪恶化身结合在了一起。最有效的预防措施是以盎格 76
鲁-撒克逊人的9种圣草为基础编写的咒语或熬制的汤药，这9种圣草中包括好几种为人熟知的杂草：艾草、车前草、西洋菜、春黄菊或洋甘菊、药水苏、异株荨麻、细叶芹、小茴香和野苹果。杂草既可以是诅咒又可以是圣物，但当时的人们并不觉得矛盾。如现在一样，它们当时的角色也与所处环境有关。在土地中，它们是烦扰；在病房里，它们是良药。而它们在田野中的普遍与顽强甚至使它们的药效看起来更加强大。

车前草过去被称为“百草之母”，几乎所有古老的药方中都有它的身影，最早甚至可以追溯到凯尔特人的火祭仪式。它的外表毫不起眼——一丛灰绿色的叶子上立着一个老鼠尾巴似的穗状花序，因此我们不清楚它是如何获得如此风光的地位。但作为一种杂草，它“野”的程度——愿意忍受种种不利与人类共存的程度——可能与重要地位的获得有很大关系。盎格鲁-撒克逊语中它的名字意为“长在路边的宽叶草”，这就是车前草的典型习性与栖居环境。马路、田埂、教堂阶梯，都是它们欣欣向荣之地。它们把“紧跟人类脚步”的字面意思发挥到了极致。它们那贴地而生的叶坚韧又富弹性，不怕踩踏。你可以踩过去、碾过去，甚至开车轧过去，它们依旧继续生长。甚至越是被践踏，它们就越生机勃勃，而长在它们周围的脆弱植物早已被摧毁。因此，根据交感巫术的法则，车前草会是压砸或撕裂伤的良药。(从某种程度上来说，这一点确实是真的。车前草的叶子里有很高比例的单宁，可以收敛伤口和止血。) 77

车前草柔韧的力量不仅应用在了急救上，它还是一种占卜草，可以帮助人们预见未来，尤其适用于人神两界界限最为模糊的时候。仲夏节的贝里克郡，年轻女子们用开花的车前草为自己预测未来的爱人。用车前草的性器官做预示植物，这样的占卜不但微妙，甚至带有情欲的意味。占卜是取两根“老鼠尾巴”般的穗状花序，并去掉上面所有可见的紫色花药（这是盛有花粉的雄性花器尖端）。将这两个花序用酸模叶包好，放在一块石头下面。如果第二天花序上萌发了更多的花药，就说明恋情将近。

甚至在17世纪的伦敦，仲夏节里依然能见到这种车前草占卜。1694年6月24日，约翰·奥布里[*]在蒙塔古大楼[**]旁的草地上散步时，看到了二十几个女子，“她们中的大部分人衣着光鲜，跪在地上，十分忙碌的样子，像是在除草”。他向一名年轻男子询问她们在做什么，得到的回答是“她们在找车前草根下的木炭，晚上把这些木炭放在枕下，就能梦见未来丈夫的模样”。盎格鲁–撒克逊人的《九草诗》早在近1 000年前就指出了车前草这些治愈、辟邪和预知未来的力量：

而你，车前草，百草之母，
坐东向西而开，蕴含着力量，
在你上方碾过了战车，行过了女王的坐骑，
在你上方新娘哭泣，牛铃叮当；
78 这些你承受住了，这些也为你厌恶，
所以现在抵受住空中飞行的毒液吧，
抵受住地上飘荡的可憎之物。

* 约翰·奥布里（John Aubrey, 1626—1697），英国古文物收藏家、自然哲学家、作家。
** 大英博物馆最早的所在地，位于英国的布卢姆斯伯里。——译注

1 000年过去了，如今我们知道确实存在着某种“飞行的毒液”——不过这毒液并不是杂草能帮我们抵御的，反倒是它们散播的。空气和土壤中不断进行着化学信号——植物信息素的流通，这些信号的作用包括阻止昆虫食用、吸引传粉者、消灭竞争者、促进友方植物生长和警告其他植物有昆虫来袭。这些信息素可能是些可挥发物质，能够从叶面进入空气中，或是某些水溶性的根部分泌物，可以从根部渗入土壤。参与的植物越多，信息流就越复杂，而对于建立已久的植物群落来说，这种化学信号网络便是屏蔽杂草等入侵者的手段之一。但在经过破坏开发的地方几乎没有成熟稳定的植物群，因此也几乎没有什么化学信号，于是杂草们便开始建立自己的化学防线以抑制竞争者。田旋花和丝路蓟释放出的信息素可以抑制粮食作物的萌发。一系列以美国杂草偃麦草的根部为对象的精巧实验表明，它们抑制玉米生长的手段除了传统型的独占土壤营养外，还有主动释放毒素毒害作物。偃麦草的每一个部位都能产生这种毒素，因此有些毒性是通过空气传播的。即便是一些杂草的种子——如藜、 79
曼陀罗和稗——也会向土壤中释放化学物质，抑制卷心菜、胡萝卜和番茄等农作物的种子萌发。但化学信号的传播并非单向。大麦、燕麦和豆类也可以抑制藜的生长。棉花类植物释放的信号能够促进寄生植物独脚金的萌发，尽管棉花本身并非这种植物的寄主。

杂草和其他植物之间这些看不见的化学交锋，我们所知甚少，但早在500年前就有植物学家凭直觉从另一种讨厌的杂草身上认识到这种化学信号存在的可能性。菟丝子是一类让人惊叹的植物，它们不但过着彻底的寄生生活，并且几乎完全没有根。它们寄生在百里香、豆类以及——尤其是在中世纪时——亚麻的身上。亚麻菟丝子可以轻松杀死一整棵植物。

菟丝子的生长神秘怪异。它的种子在晚春时候萌发，并长出红色或黄色的细线。这些线上没有叶子，没有叶绿素，也不依附于大地。它们看起来与其说在生长，不如说更像滑行。这些幼苗的顶端钻出地面后，会慢慢向前移动。同时整个细线般的茎开始形成螺旋状，如果把这个过程快进着来看，你会发现它们的行进方式很像蛇类。一旦菟丝子找到并确认了合适的寄主，它便会缠上这棵植物，松散卷曲的茎也会一下紧紧缠绕起来。茎上还会伸出细小的吸器，可以穿透寄主的组织并形成导管，吸取水和营养物质。若被菟丝子缠上的是像荆豆或杜鹃花科这样的大型木本植物，寄主虽会被其削弱，
80 但很少会因此死亡。但若是较小型、偏肉质的植物——如亚麻——被寄生，后果常常是致命的，不过，在杀死寄主之前，菟丝子当然会把种子传播出去，保证后代的未来。

第一个抱着好奇心仔细观察菟丝子的是威廉·特纳[*]，他是一位毕业于剑桥的博物学家、牧师和医生，杰出的英国植物学家约翰·吉尔摩[**]称他为“英国第一位在先贤草药学家启发下将草药学在欧洲大陆发扬光大的人，他冲破权威与迷信的藩篱，用亲身的观察和体验描述英国的植物”。特纳的草药书于1543年出版，此时距丢勒那幅具有突破性意义的画作问世只过去了30年。在书中他是这样记录菟丝子对其他植物的寄生的：“菟丝子寄生在草本植物和小型灌木上，

* 威廉·特纳（William Turner, 约1508—1568），英国博物学家、牧师和医生。

** 约翰·吉尔摩（John Gilmour, 1906—1986），英国植物学家，曾任剑桥大学植物园主任。

如同槲寄生寄生在树上一样。菟丝子仿佛红色的竖琴弦，紧紧缠绕在植物身上……据我的记录，被菟丝子寄生最多的植物是亚麻和蚕豆。”约翰·杰勒德在他1597年出版的草药书中进一步分析了菟丝子，并提出“这种植物的特点会随寄主的属性品质改变”。现代植物学家已经发现菟丝子确实有不同的品种类型，每一种都演化出了识别特定寄主化学信号的本领。菟丝子似乎能从叶片释放出的挥发性化学物质中辨认出独特的成分，从而“嗅”出自己的寄主。在宾夕法尼亚州立大学，生物学家孔苏埃洛·德莫赖斯一直在研究以番茄为寄主的各种菟丝子的追踪技巧（菟丝子在美国也被称为“勒死草”和“爱藤”）。她发现生长中的菟丝子茎的尖端能够缓慢转动，“嗅探”寄主的方向，然后坚定不移地直向着目标而去。对红色毡料、烟斗通条、有色液体小球制成的人造番茄，它们理都不理，因此它们并不是 81
以颜色为线索。但当德莫赖斯从真的番茄中提取了气味化学物质，将其涂在一块橡皮上时，菟丝子马上向橡皮的方向伸出了卷须。

从黑暗时代的迷信到理性时代的开明好奇，这一转变有一个颇具讽刺意味的小注脚。修道院和大学都是筑有高墙的地方。墙内有他们的植物园，也有他们的知识，这象征着他们向外界宣告这里才是智识之权威所在。当然，那些有潜力成为杂草的植物都对边界怀着轻视。于是修道院的花园里，一些药用植物长进了围墙之中。它们把高墙当成了进入外界，同时也是进入大众视线的垫脚石。

修道院成了传播杂草的地方。有些宗教机构，如克吕尼隐修会（天主教本笃会的一个分支），即便在法国最南端也有他们的修道院，并且他们把药草也一起带到了那里。这些药草中有一些种类——比如一些农业杂草——最早长在地中海地区干燥多石的地方，但后来它们发现，原本为了困住它们而设计的修道院干燥的石墙，竟成了它们出逃的理想跳板。

贝里圣埃德蒙兹修道院是1120年阿普列尤斯《植物记》的成书
82 之地，那里的断壁残垣如今还在，并且上面缀满了杂草。有些是比较
新的品种（比如醉鱼草），这表明这些墙不但是出逃的踏板，也是入侵
的桥梁。但有些品种——如短舌匹菊（用以治疗头痛）、白屈菜（用
以治疗眼疾）和糖芥（用以治疗溃疡和帮助“臀部的砍伤或裂口”愈
合）——可能是900年前就已经长在修道院药草园里的植物。如今
所有这些植物都能在全英国的石料场和垃圾场轻松找到。

如果说农田为杂草提供了通往乡村的入口，那高墙和道路则为
它们打开了进驻城市的大门。无论人类试图建造怎样的壁垒以捍卫
83 文明、阻碍野性入侵，杂草都能找到突围之路。

第五章

夏枯草

——杂草亦良药

有一种杂草在巫术魔法盛行的年代声名大噪，它的名字叫作风茄。这种叱咤风云的茄科植物是地中海地区分布很广的杂草，喜欢长在橄榄园、休耕地、麦田等翻耕程度不深的土壤中。它有一种神秘的吸引力。它那丛状的深绿色叶子巨大且布满褶皱，平贴地面生长着，通常到了深秋时节叶丛中央就会长出一簇深紫色的花。但最让植物采集者们着迷的是它的根。风茄的根呈深叉状、肤色，偶尔会出现粗具人形的根，看上去仿佛一个小侏儒，并且具有生殖器。因此，根据交感巫术的原则，风茄被认为具备春药和治疗不育的功效，甚至还能当作驱邪的药剂。

关于风茄的生长和用途有许多传说逸闻。据说它在绞刑架下生长得最好。逐渐腐烂的尸体会为长在下面的植物带来肥力。如果这具尸体属于男性，那长出来的风茄根就呈男性模样；如果尸体属于女性，长出来的根就会呈现细致的女性特征。鉴于风茄根象征着一个人，采摘时需要用特殊的技巧保持距离，以免采集者不慎将其损伤而
犯下某种意义上的谋杀罪，进而因此受到某种惩戒和报复。这种植物 85

被拔出时会发出尖叫，因此建议采集者将狗拴在风茄上代替自己拔根，假如发生意外，可以牺牲狗的性命来保自己平安。

从医学角度而言，风茄确实含具有麻醉镇定作用的生物碱。在古典时代，风茄是一种手术时使用的温和麻药。在英国兜售风茄的草药商们并不总能得到真正的风茄根，于是他们便用其他植物的根替代，常用的替代品是毒性强过风茄许多的泻根。事实上，很多关于采摘风茄根的迷信传说——比如致命的尖叫、闹鬼的绞刑架等——似乎都是由专业植物采集者和收购者们散布，借此吓退其他想要染指这棵摇钱树的人。

明察秋毫的威廉·特纳严厉批判了这种风茄造假的行为：

> 那些被做成有毛发的小人形状并装在盒子里在英国兜售的假风茄根，完全是愚蠢的毫无价值的东西，根本不是天然形成的。手艺精湛的贼人们将它们细细修整，竭尽所能愚弄可怜的人们，抢走他们的智慧和金钱。我一生中曾多次亲手将风茄根拔出土地，但从没见过现在市面上常见的装在盒子里卖的这些形状的根。

问题是人们对观察植物逐渐浓厚的兴趣（代表人物是特纳），却
86 被植物贩卖者们——某种程度上也被教会——利用来支持刚具雏形的智能设计论。药效形象说 (Doctrine of Signatures) 是交感巫术经过调整梳理、去除明显的巫术成分再加上教会权威勾兑而成。这个学说认为，上帝为植物“设计”了具有暗示性的外形和颜色，以便人类“悟出”它们具备治疗哪种疾病的效果。至此，细致观察植物以便解读其药效的行为变成了虔诚信奉基督教的表现。

药效形象说最狂热的支持者要数17世纪牛津毕业的植物学家威廉·科尔斯[*]了。他在《伊甸园的亚当，或自然的天堂》中简要概括了这一系统。

> 尽管罪孽和魔鬼把人类投进了疾病的苦海，上帝的慈悲却尽显于他的杰作之中，他让草长满群山，让人类有草药可用，他的仁慈降临在百草之上（就如同降临在每个人身上），不仅让它们具备了独一无二的形态，还给了它们独有的特征，从而使人类能从这易于辨认的特征中明了它们的用途。三叶心形草（即褐斑苜蓿）的得名不仅因为它的叶子呈三角形，很像人类的心脏，还因为每片叶子都含有一个完美的心脏图像，颜色也是血肉之色。红花琉璃草（hounds tongue，直译为“猎犬的舌头”）的外观与猎犬的舌头相差无几，并且如果你把它放在脚底便可以束缚住猎犬的舌头，使它不会冲着你狂吠。

神为植物所做的设计，以及因此而具有了神圣感的植物之用途， 87
即便在最卑微的杂草身上也能毫无例外地找到。白屈菜多节的、长满疙瘩的根是用来治疗痔疮的。荠菜肾形的种荚表明它是用来治疗泌尿系统疾病的。风茄的根、枝、叶、果，无论是天然的还是人为修剪过的，都是治疗不育和催情的特效药。被穿凿附会的不仅有植物的外形，还有它们的习性。药用墙草是一种常见杂草，它们的根能够穿透岩石，因此它们可以治疗肾结石。黄花九轮草的花序遇风吹会不停颤

---

* 威廉·科尔斯（William Coles, 1626—1662），英国植物学家。

动，所以它能治疗帕金森病，即古时的“震颤麻痹”。

科尔斯眼中真正的杂草，即按他的定义出现在不恰当的地方的植物，是那些没有被神赋予药效的植物。乍看之下，这些植物长在大地上没有任何用处。但他也提醒读者不可太快否定它们。它们的功效可能只是还未被发掘出来。然后他又对杂草看似无用却依然存在的现象给出了一个解释——这个解释很容易让人想起维吉尔《农事诗》中朱庇特创造杂草的情节。“如果它们虽无其他用处，却能让人类在除草中受到磨炼，那它们就并非毫无用处，须知倘若人类无须斗争，他们身体里的灵魂之火会熄灭一半。”

药效形象说反映出的绝对的人类中心主义让人惊讶，但以17世纪的状况而言也算情理之中。这一学说的支持者从未想过，植物长成如此形状颜色，也许是出于自身的原因。蒲公英花朵的黄色与吸引昆虫传粉没半点关系，这一特征明明是在暗示这种植物可以治疗尿路疾
88 病。牛蒡种子上的钩子也不是为了帮助它们传播，而是表明它们可以从毒蛇咬伤的伤口中吸出毒液。核桃（根据药效形象说，是专治头部疾病的良药）则是此类植物中的典型。核桃壳之所以没设计成跟果仁完美契合的形状，就是为了让我们由此联想到我们的大脑，进而领会上帝的智慧。

奇怪的是，药效形象说直到现代也还在影响着草药学。但植物医药学的主流还是越来越倚重以观察为基础的研究方法，这也是为特纳所青睐的方法。英国第一本真正的通俗植物指南是约翰·杰勒德的《草本志，或植物简史》（1597）。书中大部分内容并非原创，而是对佛

兰德植物学家朗贝尔·多东斯[*]1583年的一部作品的未具名挪用。但杰勒德对植物充满热情，描摹植物特征时很有诗人的天赋。他的书中提到了约2 000种不同的植物，尽管他对杂草（他极少直接使用这个称呼）的记录并不是英语文献中最早的，却绝对是最早对杂草表现出美学层面赞赏的文字。同时杰勒德开始形成了一种现代的、理性的观点。他鄙视药效形象说中那些较为夸张的理念，还曾抨击过此学说的代表植物风茄："关于这种植物已经有太多无稽之谈，我不知这些谣言起于老妪、游医还是药贩……但可以肯定的是，某个或某些想要名利之人就是我所说的这些错误的始作俑者。"他对"游医或药贩"的嘲 89
弄，是植物疗法不同派别大论战首轮交锋中的一次出击，而这场大辩论将在17世纪结束前改变英国的医疗状况。此言一出，三大专业机构立即掀起争论，并因此长期处于对立状态，这三大机构分别是：内科医学院，一直试图规范全英医疗系统的权威机构；药剂师协会，药物的制造者和供应商；理发师医生联合会，有资格进行手术的机构。

约翰·杰勒德本人就是个外科医生，不过当然不属于被他抨击的游医之列。1562年他17岁时，他曾跟随一名伦敦的理发师医生亚历山大·梅森做学徒，梅森晚年还被选为理发师医生联合会主席。但杰勒德真正的兴趣所在是园艺，自1577年开始他便负责管理威廉·塞西尔爵士[**]名下位于河岸街的几处美丽花园。杰勒德自己的花园位于费特巷转角处。他对伦敦了如指掌，看《草本志》的乐趣之一，就是透过他的文字你仿佛亲眼看到了16世纪伦敦的植物景观。他写西敏寺的脐景天"布满了连接乔叟墓和西敏宫的那扇门"；麝香锦葵"长在泰伯

* 朗贝尔·多东斯（Rembert Dodoens, 1517—1585），比利时植物学家和医生。

** 威廉·塞西尔爵士（William Cecil, 1520—1598），英国政治家，英女王伊丽莎白一世的首席顾问。

恩刑场左边的灌木丛和篱笆中，你从伦敦去老福特浴场的路上就能看到它们”；欧白英“长在柏孟塞街萨塞克斯伯爵大宅花园墙外，靠着壕沟的那边”；红叶虎耳草“长在赞善里的砖墙上”。正如剑桥的神学教授、植物历史学家查尔斯·E. 雷文的评论所说，“如此懂得装点这座城
90 市之物，纵使犯错也让人不忍计较”。

但杰勒德的足迹遍布整个英格兰，而且他广交好友。他用华丽而又准确的文字描述了当时还很罕见的柳兰及其借用风力传播种子的特点——这个特点使柳兰在3个世纪之后成了一种极为成功的杂草，而他对柳兰的描写得益于他曾经在约克郡找到并亲手种植这种植物的经历：“地下长出的枝条很多，高度可达到6英尺（约合1.8米），枝上缀有极为美艳的华丽花朵，四片花瓣皆呈有光泽的紫色，花的中央是黄色花蕊。种荚较长……里面的种子多毛，可以在种荚打开时随风飞走。”他还在肯特郡“一片白垩土的农田中”发现了一种蓝花琉璃繁缕，这与后来爱德华·索尔兹伯里看到的种类相似，他还记录说这种花的红色种是农民的晴雨表。如果花的花瓣合拢，就说明第二天是雨天，若花瓣展开则说明第二天是晴天。

书中的条目包含了很多这样的民间知识。猪殃殃细长且布满小钩的茎可以用来过滤牛奶，同时也是治疗毒蜘蛛咬伤的良药。款冬的叶子晒干可像烟草一样吸——“还能有效对抗”肺部疾病。开黄花的南茼蒿，让黄疸病人“洗过澡后”服用，能恢复正常的肤色。杰勒德这种漫不着边的写法着实让人不满，好在他的文字有趣，可抵去一些读者的怒气；再者，作为庸医骗术的批判者，他却不止一次地认同一些仿佛巫师调配的邪门药方。有些基于人们长期经验的药物用法较为合
91 理——如用富含单宁的夏枯草叶做止血剂，用薄荷缓解胃部不适。但杰勒德的轻信，或者是他的幽默感，却传达了一些完全不合情理的信

息。比如在写仙客来时，他坚持认为孕妇应当远离这种植物；她们甚至应该避免“第二次来到同一片仙客来面前，因为这种植物天然的吸引力，毫无疑问会使这样做的孕妇……早产”。他还向读者保证，自己已经用细网格罩住了自己花园里的仙客来，“以防哪位妇女因为第二次靠近同一株仙客来，而不幸成了我这个说法的验证者”。

当托马斯·约翰逊[*]——约克郡绅士、伦敦药剂师和保王党士兵——在1633年准备出版新版《草本志》、对原版进行“扩充和修正”时，他曾批评作者这段仙客来危险论写得“娘娘腔”，“听信假语村言，而非由理性或经验所得”。他还借着杰勒德关于某种野生芍药的记录——杰勒德声称自己在萨斯弗里特发现了这种植物——散布了一些不利于杰勒德的谣言：“有人告诉我，我们的大作者是先把芍药种在那里，然后假装偶然发现了这个物种，对此我深信不疑，因为在那以前及之后再没人看到过或听说过这种芍药出现在英国野外的任何地方。”（至今在植物保育界依然有人采取这种做法。）

这种程度的攻击算是比较温和的，而约翰逊尽管比杰勒德更信奉实用主义，也远非什么严肃稳重的人。他的职责之一是带领药剂师协会的学徒们做实地考察，以使他们熟悉药用植物，而他记录这些考察的日志读来毫无条理——正如你所想，这毕竟是一帮学生放风 92
撒野的良机。最雄心勃勃的出行当数1629年的肯特郡北部之旅。一个十人的团队分乘两船，于7月13日从伦敦市出发，目的地是格雷夫森德[**]。他们几乎是刚一出发就遇上了风暴，一半人因此被迫在格林威治上岸。随后他们在罗切斯特再次会合，当晚投宿在了一家旅店。喝

* 托马斯·约翰逊（Thomas Johnson, 1600—1644），英国药剂师和植物学家。

** 英国城市，位于肯特郡西北部、泰晤士河南岸，有伦敦港大门之称。

酒占据了他们大量的考察时间，醉醺醺的状态也几乎贯穿整个考察活动，因此也不难理解，他们此行发现的第一种植物竟然是“酒馆墙上摘下的青苔”。随后几天中，他们徒步穿过了肯特郡的乡村，向着查塔姆和吉灵厄姆的方向，一路找到了不少植物，这其中杂草——其药用价值不输于罕见植物——占据了重要的位置。第一天，他们记录了天仙子、毒参、新疆千里光、荠菜、龙葵、欧白英、药用墙草（在墓地发现）、长生草、三种玄参科农田杂草、臭春黄菊、针果芹、小鼻花和夏枯草。在谢佩岛，他们遭到了昆伯勒市市长的盘问——显然，这么一帮在自己领地上四处游荡的陌生人引起了市长的警觉。但在他们讲出此行目的的重要性后，市长十分满意，还以肯特郡的啤酒款待了他们。之后他们在谷岛上了一艘游艇，“前进了五六英里都没看见什么能让我们高兴起来的东西”——或许把“东西”替换成小酒馆更为准确。“路沿着河岸无休止地绵延。在酷热的白天，我们受着坦塔罗斯般的折磨*——被水环绕却
93 无水解渴。”因此，后来他们看见一辆驶往罗切斯特的装满啤酒的马车时，一定高兴坏了。约翰逊给学徒们装上啤酒，然后“懒洋洋地倚在啤酒桶中间”高兴地向他们挥手告别，继续去克利夫寻找大麻和罂粟（用他的话说，不继续工作恐怕“会因为懒惰松散被罚钱的”）。

约翰逊于1643年获得了牛津大学荣誉医学博士学位，1年以后作为保王部队的中校参与英国内战的他，在汉普郡的一次小规模战斗中受了致命伤。同年，尼古拉斯·卡尔佩珀——一位即便算不上名声最

* 坦塔罗斯为宙斯之子，起初深得众神喜爱，后因骄傲自大、侮辱众神，被打入地狱，永远受痛苦折磨。人们以“坦塔罗斯的痛苦”喻指能够看到目标却永远达不到目标的痛苦。

好也算名声最大的17世纪草药学家——也在战斗中受了重伤，受伤时他正参与纽伯里战役，只不过代表的是战争的另一方。他们在阵营上的差异不是偶然的。从表面上来看，卡尔佩珀正是杰勒德和约翰逊所谴责的那种江湖游医。他的草药学观点是基于深奥难懂的占星术和朴素的民间常识。但他同时也是个政治激进分子和民粹主义者，在英国革命的战乱岁月中，没有任何医生像他这样致力于建立一个可被平民享受的植物医药系统。为国会军作战时他胸口受伤，并且再没能从这次重伤中恢复过来，但他在剩下的10年人生里却写出了一部17世纪最出人意料的畅销书。

《英国医生》可以说是一本平民化的草药书，是一本价格便宜、描写生动、易读易懂的自我医疗手册，其中提到的植物都很容易寻得，绝大部分都是本土植物。在卡尔佩珀提到的约330种植物中，有三分之一左右在今天都可被大致归类为杂草。但《英国医生》的"杂
草性"表现在更深一层的含义上——这是一本向平凡致敬的书，无 94
论是书中的药材还是药材的用法，都再平常不过。融入当地方言的写作风格使得整本书十分杂乱，但又有一种奇特的吸引力。这本书时而令人入迷，时而时髦可爱，时而不可理喻，时而慰藉人心，时而讽刺，时而好辩，时而执着。作者写到"发怒咬人草"毛茛（很可能是指匍枝毛茛）时，用轻蔑的口吻说道："到处都能看到，极为常见，谁要是说他找不到，可能是因为他把头插在篱笆里了。"一个完全理性的人可能会觉得这本书偏离了草药书的主旨，反而滑向了迷信和宇宙占星，十分可笑。卡尔佩珀同时代的人甚至也认为这本书明显出自一个自私自利的蠢货之手。但他的怪诞和偶尔的庸医之谈多少因他写作此书的动机挽回了一些分数。这是一本平民的草药书，是为受苦的贫穷大众所写。这里没有拉丁语，没有危险的毒草，提到的植

物几乎都能在平常的园子里和乡村小道边找到。正如一名传记作者曾谨慎提出的那样，这本书是迈向全民医疗服务的漫漫长路的第一步。

卡尔佩珀于1616年出生在萨塞克斯郡的奥克利村，出生时父亲刚刚过世2周，死因可能是伤寒。他在外祖父威廉·阿特索牧师家长大，阿特索是伊斯菲尔德村的教区牧师，住处距离卡尔佩珀自己家40英里（约合64千米）远。作为外祖父家唯一的孩子，他在女性陪伴下度过的时间比在自己家时多得多，因此受到了她们在医药和厨艺上的更多熏陶。此外外祖父家门外就是广阔的阿什当森林，3个世纪以后的动画片《小熊维尼》中的百亩林便是以这里为原型，而卡尔佩珀无疑也像A. A. 米尔恩笔下的小熊小猪一样在这里尽情嬉戏。1632年，
95 外祖父将他送到了剑桥，此时他16岁。他来这里是为了学习神学，但无论他或他的家人对这段经历抱有怎样的期望，几年后这段学业还是戛然而止了。尼古拉斯爱上了一个社会地位远高于他的萨塞克斯女孩。这段爱情看起来毫无希望，但凭借着他的冲劲和激情——这也是今后贯穿他一生的性格特点——他成功说服了女孩与他私奔。他们计划在刘易斯的一座教堂里结婚。尼古拉斯从伊斯菲尔德乘马车出发，他的情人则从大宅附近步行。快到约定地点时，尼古拉斯却获知了一个惊人的消息：他的未婚妻在穿过南部丘陵时被闪电击中而丧命。

这场不幸对卡尔佩珀的观念和未来生活产生了深远的影响。他当时已经开始着迷于占星学和宗教激进主义，而这场飞来横祸在他看来既是极为不公的，又是对他冲动行事的一种惩罚。从这以后他的人生有了使命，他要找到能够打破疾病和自然灾难之专横的治疗方法。

在未婚妻丧命的几天之后，他便放弃了剑桥的学业，前往伦敦。他到圣殿关的西蒙·怀特的药材店里当了学徒，在逐渐学习草药知识的过程中，他将会学到“长生草”是一种可以“保护生长之地不受烈火或闪电袭击”的植物。由于这次学徒经历，他入选了药剂师协会，成为会员，并在伦敦城东部的斯毕塔菲尔德开设了自己的店铺，身份既是占星师又是草药医生。

这时候的伦敦处于革命之中，成了各种异端宗教狂热和极端意识
形态的发酵桶，短暂的混乱被推向了极致：宗教人士、月神崇拜者、政 96
治煽动者、地下出版商，以及招摇撞骗的巫师——比如亚瑟·迪伊之子、伊丽莎白一世臭名昭著的占星师约翰·迪伊医生。再加上当时传染病肆虐、农作物歉收，更为各种思想的滋生提供了温床，于是各式各样自称有治疗能力的人如雨后春笋般冒了出来。空气中到处弥漫着末日将至的危机感，人心惶惶。

局势的混乱也反映在了正统医学界。威廉·哈维[*]通过证明血液的循环和心脏的真正作用，颠覆了人们过去关于人体的认识。哈维是一名皇家医生，也是内科医学院的领军人物，而当时内科医学院正与药剂师协会、理发师医生联合会针锋相对，论战一触即发。内科医学院一直试图将药剂师的工作限制在调制和配发药物上，并禁止他们推荐治疗方法或出售“诡异”的药物。1618年4月，医学院成功令王室发布公告，命令所有药剂师购买并遵守新出版的《伦敦药典》，这本书里详尽罗列了允许他们使用的药物名称以及配药方法，内容精确到每一打兰[**]、每一滴提取液。

《伦敦药典》表面上看来是用药规范上的进步，限制无行医资格

---

* 威廉·哈维（William Harvey, 1578—1657），英国医学家、生理学家和胚胎学家。

** 药衡中指1/8盎司，约合3.88克。——译注

的药剂师造成的危害。但实际上这只是内科医学院巩固自身势力和
至高权威的举动。假如你认为按当时以及现代的标准卡尔佩珀就是
个江湖庸医，那你须得知道《伦敦药典》里批准使用的是怎样的药物
名单。药典中的药物按照字母顺序排列，从蚂蚁到狼的小肠，还包括
97 独角兽的角、人的眼泪、捣烂的燕子、蛾、秃鹫脂肪、波斯野山羊小肠里
的结石和许多有毒的异域植物，以及一些完全是虚构出来的植物。

在进入这个派系分明的世界时，卡尔佩珀的身份只是一个东部市
场的商人。他在自己的店里为人答疑，也在街上叫卖产品、发表演说
宣传自己的想法。园艺史学家埃莉诺·辛克莱·罗德*用文字再现了
他非凡的感染力："读着他那本荒谬的书时，脑海中一定会不由自主浮
现出他那副老混混（其实是个年轻混混）的模样，他站在街角发表的
演讲不但能吸引还能紧紧抓住普通大众的注意力，是因为演讲内容不
但易懂还很让人信服。"他痛骂经典宗教著作，吹嘘自己广博的知识，
甚至贬低其他占星师。那些通过病人的夜壶内容物进行占卜的人被
他戏称为"小便占卜师"。其他大部分同行——那些会根据病人当下
病情开药的"受人敬仰"的占星师——被他说成"胡说八道、漏洞百
出的人，就像说鸡蛋里装的都是肉那么不可信"。他自己的占星技巧
被称为"疾运盘"，需要根据疾病显现或伤害发生的准确时间来绘制
盘表，然后只需选择与这个星盘处在同一个占星节点的植物作为药物
即可——但卡尔佩珀从未解释过这个神秘的选择是如何做出的。然
而绘制星盘时确实需要详细询问病史，这一点使他的诊治具有了——
98 按现代的说法——整体观医学的特点，即治疗时病人和病情都被考虑
在内。

---

* 埃莉诺·辛克莱·罗德（Eleanour Sinclair Rohde, 1881—1950），英国园艺史学家、作家和园艺师。

无论卡尔佩珀的古怪理论是以何为基础，他的治疗手法在斯毕塔菲尔德及周边地区出了名。他因为便宜的收费和不拘礼节的风格而备受当地人欢迎。一个半世纪以后，1797年5月的《绅士杂志》上刊登了一小段他的速写，说他留着棕色长发，“体形瘦削”，并指出他是一个“出色的演说者，尽管演讲时十分自负，还爱讲俏皮话”，但这些都完全无损他的形象。

他也开始把影响力扩大到更大的范围。他为新成立的占星者协会做演说。他出版了一系列小册子和书籍，解释查理一世被斩首不久就发生日食的意义，介绍产科学，介绍兽医学。但作为一个彻底的圆颅党人*，他也碰上了麻烦。1640年，他在刚结婚不久就进行了一场决斗。决斗的原因已不得而知，但结果是卡尔佩珀不得不支付对手的医疗费用，并去法国躲了3个月。1642年，在英国内战一触即发的时候，他因使用巫术被判刑。一个叫作莎拉·林吉的女人在接受他的治疗后，很快就“日渐衰弱”。她指控他与魔鬼做交易，于是卡尔佩珀被捕并被判刑。他在1643年被监禁，监禁地点可能是纽盖特监狱。在国会军离开伦敦前去援救在格洛斯特被围的同志们时（具有讽刺意味的是，围困国会军的正是尼古拉斯的一位保王党远亲——约翰·卡尔佩珀爵士），刚刚获释不久的卡尔佩珀加入了国会军。去途中他们在纽伯里遭遇了埃塞克斯伯爵的军队，激战了3个小时，此战中尼古拉斯·卡尔佩珀被弹片击中胸口。 99

他再也没能从这次受伤中完全康复，并且将在受伤10年后死去，死时年仅37岁。但这个创伤却似乎对他产生了激励的作用，正如当年南部丘陵的横祸一样。在1648年前后，他接受了激进出版商彼得·科

* 圆颅党为国会知名党派，与保王党对立。——译注

尔的委托，准备将最新版的《伦敦药典》翻译成英语。对于正统医学界而言，此举近乎背叛或亵渎正统医学。内科医学院苦苦保守的机密即将如杂草种子般传遍天下，每个人都将获得受治的权利。卡尔佩珀译自《伦敦药典》的《医师指南》在1649年8月出版了。卡尔佩珀并不只是对原文进行了简单的翻译，还加入了他自己编写的新内容，其中包括原版中并未包含的100种植物的用法，这一做法使得内科医学院原本高涨的怒火平息了下来。卡尔佩珀清楚地表示，他勇敢地——也可能只是有勇无谋地——翻译出来的是医药知识，更是政治宣言。书的第1页是他签名的“译者致读者信”，这封信铿锵激昂地将政体与人体联系到了一起：

> 我们现在努力争取，也是后人若干年后将继续争取的，是国民的权利……但迄今为止在我的视神经（不管这是入侵我们身体的物种，还是一个信号收发装置，都无所谓）的帮助下，我看到我们的共同财富（不知道这么写是否有语法错误）的权利却被三种人侵害得最为严重，他们是牧师、医生、律师……第一种人骗取人们的灵魂，第二种人骗取人们的
> 100 的身体，第三种人骗取人们的家产。

这本书迅速热卖，并且几个星期之内便出现了盗版。卡尔佩珀信心大增，决定抓住机会，在1651年版《医师指南》中为他即将出版的通俗版指南做广告，称“这本涵盖草药知识的书会在半年内出版”。他的草药书果然于当年秋天如期发行，书名为《英国医生》，副标题写道：“一本完全医疗手册，凭借此书有病可以治病，无病可以保健，仅售3便士，药材全部是英国本土植物。”

以前出版的草药书基本都是为知识分子量身打造的奢侈品。即便是看起来亲切易读的杰勒德的著作，实际上也是以热衷园艺的中产阶级为目标人群的昂贵书籍，与被伤寒折磨的穷人们无关。卡尔佩珀的全新作品却打破了这个常规。正如广告中所承诺的，这本书仅售3便士。植物的排序也不是根据某种艰深难懂的分类学，而只是粗略按照字母顺序排列，从瓶尔小草（adder's-tongue）写到蓍草（yarrow）。书中几乎所有的植物都是英国本土物种，非本土物种只有几个，如菜蓟和核桃，但即便是这些植物也都是花园里十分常见的。（这种做法是出于实用主义的考虑，保证所有草药都能方便便宜地入手，而非后来草药师们宣称的英国植物长在英国土壤中，因此更适合治疗英国人的神秘主义论调。）卡尔佩珀对每一种植物都进行了描述，比如生长地、开花时间和药性用法。每种植物还都被赋予了一个"主宰"星：金钱薄荷的是金星，繁缕的是月亮，荨麻则归于火星。作者并没有解释主宰星的分配原则，但书中偶尔还是有迹可循。比如"水蓼"这个条目下，
作者精辟地写道："热而辛辣之物，受火星主宰，但土星亦对其有影响， 101
这点可从其叶片上的铅灰色圆点看出。"

不过尽管他如此不遗余力地宣扬占星学的重要性，这些理论并未产生什么实质上的影响。我猜卡尔佩珀是希望这些主宰星能发挥某种神奇成分的作用，就好比今天广告里常说的某某产品中含有"×成分"，是一种用来唬人的时髦用语。大部分条目"药性和用途"下的内容，都是药效形象说、宗教经典著作中的药方和大量古老民间常识的混合体。

关于蒲公英的描述十分优美，说它的小花中央"深深嵌入了黄色的点点花蕊"，还说它"受木星主宰"，但说到它疏通"老人和年轻人的尿道"的药效和它的乡间俗名"尿床花"时，又与占星学毫不沾边。

另一个与占星学也没什么关系的例子是榕叶毛茛，他用街头小贩般的调笑语气推荐它为痔疮良药，这种植物多节的根与膨大的血管十分相似，因此被药效形象论者认定为万灵丹，书中写道："父老乡亲们，现在我要告诉你们另一个秘密……痔疮草做成油膏或膏药，不但治痔疮妥妥的，连淋巴结核（英文为king's evil，直译为'国王的灾祸'）都能治好，但我不知道现在还能不能用'国王的灾祸'称呼这种病，咱们不是没有国王了嘛……"书里称赞酸模不仅是种好食材，还是种好药材："像花园里的其他植物一样是种健康的食材，但这种属于我们那个年代的美味已经不复存在了，如今的女人只因为它会把汤染黑就不肯把它放进锅里：傲慢和无知（一对开天辟地时就存在的恶魔）让人把美观看得比健康重要。"

102 按卡尔佩珀自己所强调的，理解这本书的关键是一种叫作苦艾的植物，这种有刺激性的、长着银色叶子的多年生杂草，后来因为成了苦艾酒的原料而出了名。但这本书里的苦艾词条却与其他任何词条都不同，读来仿佛一个人喝醉后信手写下的杂乱文字，一段发生在火星、金星和作者自己之间的难以理解的对话，一个关于苦艾驱赶蛾子，只因它们两者都受火星主宰的故事。可能这段文字是卡尔佩珀吃下苦艾后所写，不过让他神志错乱的不是火星，而是苦艾中会引起幻觉的成分，亦即苦艾酒酒力的来源。"忧郁的人，"他吃下苦艾后立即写道，"无法忍受声誉被误解的痛苦。"也许正如本杰明·伍利*在卡尔佩珀的传记中所说，用意识流的手法为一种最苦涩的植物写作条目，是对苦涩本身的寓言，是一个一生都与权威作战、只因表达异见就差点送命的男人的内心写照。

---

* 本杰明·伍利（Benjamin Woolley），英国当代作家、媒体记者和电视节目主持人。

卡尔佩珀的影响如今依然还在。有一家以卡尔佩珀命名的连锁店，出售的商品是药草，不过比起卡尔佩珀本人书中描写的种类要少得多，植物类型也更侧重于药草园中的植物而非路边的杂草。他的书依然有销路，但我想人们只是把它当作古时候的古怪趣闻来读，而非视其为英国内战时期城市四分五裂之下催生的打破常规之作。当然，它不再是一本自我治疗的指南，但其中推荐的植物却不太可能伤害到谁。有几种甚至真的有助于缓解一些小病痛，尽管缓解病情的原因并
非卡尔佩珀所说的那样。 103

他留下的最重要的遗产可能反而不那么起眼与明了。他对使用简单、无毒药物的坚持，对大众有权获得药学信息的执着，使他为医药民主化贡献了自己微弱的力量，并推动了药物中古怪离奇之物的剔除。即便是一剂简单的荨麻膏（能让“我们疲惫的身体”清醒振奋）也
比捣烂的燕子看起来好多了。 104

第六章

三色堇

——杂草与三个作家的故事

三色堇是一种常见的农田杂草，从植物分类学上来讲主要指两种植物。一种是三色堇（*Viola tricolor*），也叫静心花，花朵上的图案由紫色和黄色组合而成，对环境较为挑剔，整个英国沙质且为酸性的土壤上皆有分布。另一种是花朵较小的野生堇菜（*Viola arvensis*），有耕地的地方就能看见它们的身影。这两种植物无论大小还是颜色都大为不同，但倘若毗邻而生可自由杂交。

三色堇尽管随处可见、模样有趣，却不常入药。杰勒德认为它们可以治疗小儿惊厥、瘙痒和性病。卡尔佩珀同意这一观点，并做了一些很有他个人风格的补充：“这种植物是典型的土星主宰植物，冷且黏滑。由这种植物及其花朵煎煮出的浓汁……是治疗梅毒的特效药，这种草是强力的抗性病药物。”这个药用说明与三色堇平时在人们心目中的形象大相径庭——或者这可能是巫医时代常用的顺势疗法的一个例子：引发某种疾病的杂草同时也是治疗这种疾病最好的
药物——因为在平凡世界中，三色堇是爱情的象征。最迟从中世纪 107
开始，它们便迷住了人类，引发了人们各种浪漫的想象。在传统观念

中，乡野村民面对野生植物只会看到它们的实用价值，其他形而上的东西他们或无暇理会，或无法理解，可是乡间杂草三色堇被赋予的浪漫寓意无疑证明了这种看法是错误的。

三色堇成为爱情象征的原因不难理解。它的花看起来像一张脸，有两道高高的眉毛、两颊和一个下巴，上面还有看起来很像眼睛或笑纹的细线条。它们常见的外观是暗乳白色的花瓣上有几道紫色条纹，但细细看去每一朵花都各不相同，仿佛是被水彩画笔随意涂鸦出来的。有些花可能会戴着深色眼罩，有些花眉毛或下巴上可能长着紫色的美人痣。我还见过有蓝色和紫色条纹或斑点的三色堇，少数时候还会出现全紫的花朵。

在法国这些沉思着的小脸代表思想者，因此在中世纪时这些花被叫作 *pensées* （法语，意为“思想”），后来被英语化为pansy，即“三色堇”。但英语地区的人们从三色堇上看到的却是两张脸，这两个人所做的事情也完全不像思考这么“高级”——他们在接吻，两侧的花瓣是甜蜜的嘴唇，上方的花瓣则是他们的帽子。三色堇在萨默塞特郡的俗名叫作“吻我然后抬起头”，其他地方的俗名还包括“花园门后的吻”“在花园门口给我一个吻”“给我一个蜻蜓点水的吻”“跳起来给我一个吻”，最后这浪漫的命名活动在林肯郡的版本“去门口迎接她然后在地下仓库里吻她”中达到了极致。但它们更广为人知的名字是“静心花”，也许这个名字才反映了它们的用处：摘下一小束三色堇送给爱人，借着花上的亲昵索一个甜蜜的吻，然后心便安宁下来。

三色堇在沃里克郡和英国中西部还有一个更加忧伤的名字：徒
108 劳的爱。这个名字之所以出现，也许是因为三色堇下侧的三片花瓣可以看作一个女人被两个爱人夹在中间；因此这花代表了让人失意的、没有结果的、徒劳的爱。16世纪晚期，这一寓意被沃里克郡最富才华的骄子准确地把握，写进了一个关于植物的诗情洋溢的故事中。

莎士比亚的《仲夏夜之梦》可能是英语文学中唯一以一种杂草的功效为主线展开情节的戏剧。森林中的乱点鸳鸯谱皆由仙王的手下帕克而起，他趁几个主角睡着，把三色堇的汁液挤在了他们的眼皮上。这样等他们醒来之后就会爱上第一眼看到的人。

莎士比亚在埃文河畔斯特拉特福出生长大，对沃里克郡的各种野花和民间故事都了若指掌。因此他理所当然地认为他的观众们也一定很熟悉这些植物，熟稔它们的俗名和逸闻。他的作品中提到了100多种野生植物，并且毫不奇怪，其中大部分都是很常见的植物，亦即杂草。

雏菊，即《爱的徒劳》中所说的“杂色”菊，至少在四部剧中出现过，而在《鲁克丽丝受辱记》中，雏菊不仅象征着处女的纯洁，还象征着春天的来临：

> 她的另一只纤手，在床边静静低垂，
> 映衬着淡绿的床单，更显得白净娇美，
> 像四月雏菊一朵，在草原上吐露芳菲。* 109

雏菊还是溺死的奥菲莉娅手中“奇异的花环”的组成之一——“毛茛、荨麻、雏菊和长颈兰”是花环的材料，但具体所指的植物物种为何，植物学家们和评论家们至今仍争论不休。莎士比亚的观众们

---

* 文中莎士比亚作品的译文，均摘自朱生豪先生的译本，个别植物名有改动。——译注

应当是知道这些植物的种类和象征意义的。以自然做比喻是16世纪常用的文学手法，莎士比亚则把这个技巧融入双关、隐喻和眨眼点头之间，用得行云流水，但这些比喻都只通行于小范围内，地方性太强，以至于大部分都无法为观众领会。《辛白林》中一段哀婉的台词这样写道："才子娇娃同归泉壤/正像扫烟囱人一样。"这个比喻听起来十分奇怪，可一旦你知晓"扫烟囱人"在沃里克郡方言中是指黄花掉落后全是绒毛的蒲公英，这个谜就迎刃而解了。

《仲夏夜之梦》中处处是包含植物意象的妙句。这出戏的大部分情节都发生在一座森林里，虽然这座森林被设定位于雅典附近，可林中完全是英国植物组成的英国景致。不过这片景致并非完全依照现实来编排，各种植物主角们来自不同的季节和不同的生长地。即便是沃里克郡的亚顿森林，也不可能像仙后提泰妮娅那"茴香盛开的水滩"一样，让你随时能采到一束香气扑鼻、五光十色但在不同时节开放的花朵。

《仲夏夜之梦》的情节看似非常简单。雅典贵族伊吉斯策划了一场盛大的婚礼，想撮合女儿赫米娅和狄米特律斯结婚。但她拒绝了这桩婚事，因为她爱的是另一个叫作拉山德的人。于是她逃进森林，却不知身后跟着心怀鬼胎的好友海伦娜，而海伦娜偷偷爱慕着狄
110 米特律斯。但在她们进入森林时，这里已生冲突。仙王奥布朗与他的仙后提泰妮娅发生了争吵，原因是她拒绝将印度小王子（仙后手下精灵所偷）送给仙王做侍者。然后杂草法术登场，一丁点植物恶作剧就把小小的冲突变成了一场轩然大波。

能把自己的知识——比如关于植物的民间知识——变成制造戏剧性情节的工具，正是莎士比亚过人天赋的一部分。假如莎士比亚曾经去学校里学习戏剧，他就会学到这种技巧，伊丽莎白时代把这

种手法叫作“灵活转折”。给一种迷信说法、一个谣言、一个神话故事或一个真实的历史事件加上一点巧妙的叙述上的改动，老故事就会焕发出新的戏剧活力。奥布朗的亲信帕克也是制造“灵活转折”的情节推动者。帕克这个形象来源于好人罗宾[*]，他调皮捣蛋又熟稔各种植物。奥布朗因提泰妮娅的固执而伤心，派帕克去取一种特殊植物的汁液并趁仙后睡着时滴在她的眼皮上，如此一来她将“疯狂爱上”睁开眼后看到的第一个生物，可是帕克顽皮得昏了头，把这具有魔力的汁液滴到了几乎每个在森林里游荡的失意的恋人眼皮上。

在这个故事里，莎士比亚将经典神话、英国中部民间故事和喜剧创作结合在了一起。奥布朗把三色堇叫作“西方一朵小小的花”，把它从雅典的边远地方带到了观众面前。但这朵花已经被丘比特的一支箭赋予了魔力，原本乳白的颜色，也“已因爱情的创伤而被染成紫色”——这个描写既忠实反映了三色堇的颜色，也呼应了奥维德《变形记》中桑葚从白色变成血染的暗红色。莎士比亚用他家乡通用的美妙俗名称呼三色堇，叫它“徒劳的爱”[**]，这简直是为故事中饱尝爱情之苦的雅典年轻人们量身定做的植物。但帕克将这种植物的汁液挤在倒霉的主人公的眼皮上这一桥段，并非出自任何民间故事，我想 111
这应该是莎士比亚自己创作的，是一个绝佳的喜剧手法。

要是我自己研究莎翁笔下植物的象征意义，研习到这个程度也就差不多了。但我十分有幸地体验了一把专业人士对这一课题的钻

* 英国民间传说中顽皮善良的精灵。——译注

** 朱生豪先生将它译作“爱懒花”。——译注

研精神。2005年斯特拉特福的皇家莎士比亚剧团团长格雷格·多兰酝酿着要排一版新的《仲夏夜之梦》，他邀请我与他一起研究剧中自然象征法的运用，为同时拍摄的电视纪录片做素材。他尤为感兴趣的是对提泰妮娅的“水滩”的那段描写，以及这种植物组合为何具有非凡的魅力：

我知道一处茴香盛开的水滩，
长满着樱草和盈盈的紫罗兰，
馥郁的金银花，芗泽的野蔷薇，
漫天张起了一幅芬芳的锦帷，
有时提泰妮娅在群花中酣醉，
柔舞清歌低低地抚着她安睡。

这个植物名单确实十分古怪。这些植物尽管都是野生的（只有麝香蔷薇[*]除外），但算不上是杂草。不过它们之间差异之巨，足以让人忽略它们那小小的相似之处。它们中有灌木，有攀缘植物，也有小型丛生的多年生植物。它们的生长环境各不相同，开花时间也分散在一年的不同时节。

这不仅为解读剧本台词带来了困难，还给整个项目的运作安排
112 出了个难题，因为格雷格希望能在真实的植物旁边拍摄讨论的过程。我们细细比较了不同的地点，权衡距离的远近与景致的优劣，查看很长时间内的天气预报，最后终于选定了奇尔特恩的一处风景绝佳的白垩丘陵，那里我还算了解，并且我估计在那里我们能拍到提泰妮娅

* 英语原文在野蔷薇前面还有一个麝香蔷薇，但朱生豪先生翻译时没有译出。——译注

"水滩"上6种植物中的4种。我们向着特维尔[*]的风车进发了，那时距离仲夏节只有几天。"樱草"（西洋樱草）和"紫罗兰"（香堇菜）早过花期，但我们还是找到了"芗泽的野蔷薇"（多花蔷薇）和一片货真价实的"茴香"（红花百里香）盛开的"水滩"（河岸）。

我们坐在岸上向山谷中的村庄望去，品味着提泰妮娅那诱人的植物群。赤鸢和鵟——刚刚回到这片丘陵——乘着上升气流盘旋，这景象与莎士比亚时代的天空别无二致。我们下方是白垩土壤包围着的麦田，看起来像是要被旁边大片大片朱红色的烟堇点燃了。这种杂草得名于它纤细的灰绿色叶子，它们看上去很像雾气——*fumus terrae*，直译作"大地之烟"。但此时此地，花正怒放，一点不似烟雾，而像"大地之余烬"。格雷格告诉我，莎士比亚描写疯掉的李尔王的花冠时曾提到过这种植物的俗名"地烟草"："高声歌唱，头上插满了恶臭的地烟草、牛蒡、毒参、荨麻、杜鹃花和各种蔓生在田亩间的野草。"将杂草编成头冠，这就是李尔王丧失心智的铁证。听格雷格吟诵着这些台词，我能够感受到这些植物名字中蕴含的力量，那种迸发出的屈辱感。他跟我说，《仲夏夜之梦》的写作缘由是为了庆贺莎士比亚一位赞助人的婚礼，里面有很多私人的和当地的玩笑。帕
克的一个精灵朋友就唱了一段关于黄花九轮草的歌："黄金的衣上饰 113
着点点斑痣；/那些是仙人们投赠的红玉，/中藏着一缕缕的芳香馥郁。"她把这种花叫作"近侍"，它得名于伊丽莎白一世那些穿着奢华的金色刺绣戏服跳来跳去的内臣们。

我们仔细研究了提泰妮娅的那些花，在我看来各植物间唯一的联系就是浓烈的香气。红花百里香香气宜人，杰勒德的《草本志》出

---

* 位于奇尔特恩的一个村庄。——译注

版于1597年，比《仲夏夜之梦》首演晚一年，书中形容这种植物“芳香扑鼻”。堇菜是野生花朵中气味最为香甜的，莎士比亚常在作品中提及它。《冬天的故事》中说堇菜“比朱诺的眼睑或希赛利亚的气息更为甜美”。金银花为忍冬属，它的花在夜晚香气尤为浓郁。“野蔷薇”（多花蔷薇）的叶子有一股迷人的苹果清香，这一点在雨后尤为明显。麝香蔷薇只看名字便知其芬芳。以上几种植物中没有一种是真的具有催情作用的，但它们那具有诱惑力的香气很可能会扰乱提泰妮娅的心神，而非平静她的心绪。于是她“跳舞作乐”，而非一夜酣眠。

只有樱草看起来有点格格不入，它既无芳香也无什么象征意义。这并不是植物学意义上的高报春（*Primula elatior*，仅分布于东英吉利，在莎士比亚的年代还未被发现分类），而是一种分布极广的欧报春和黄花九轮草的杂交种。格雷格认为樱草可能是某种朋友间的私密玩笑，也许诗人赞助者的绰号叫作樱草，更有甚者，是指赞助者的未婚妻。我怀疑“樱草”(oxlip)的出现不过是为了增添更多的“l”音：野生 (wild)，紫罗兰 (violet)，芗泽 (luscious)，野蔷薇 (eglantine)，平静 (lull)；甜蜜悦耳的“l”，象征着爱 (love) 与欲 (lust) 的“l”。第二幕第一场结尾，还出现了脱落的蛇皮这样富有色欲意味的场景，“发亮的皮”就躺在群花的水滩上。与此用法相似但
114 寓意完全相反的是李尔王花冠上的杂草——牛蒡 (hardocks)，毒参 (hemlock)，荨麻 (nettles)，杜鹃花 (cuckoo-flowers) ——充满了讨厌的“k”。李尔王的花冠听起来让人不舒服、暴躁，而提泰妮娅的花床则充满诱惑力，即便对植物本身一无所知也能感受到这些情绪。两个植物名单就像是戏剧中的“法术”，在作者的安排下不仅从意义上，还能从声音上引发观众的喜爱或厌烦。

诚然，在莎士比亚的所有作品中，他的语言都是多层次的：有明写，有暗喻，同时又朗朗上口，三者结合，音、形、意兼备。他以杂草作喻的手法应用自如，表明杂草在民间并非（或者至少在当时并非）表面上看起来的这样单纯、只被认为是农业上的祸害，它们还有更深刻的文化和生态上的内在含义，而这些含义都像基因一样被编码在了它们的名字中。

2个世纪之后，诗人约翰·克莱尔对三色堇的命名提出了不同的看法。1820年，他出版了自己的第一本诗集——《描绘农村生活和景色的诗篇》，并引起了轰动，轰动的原因简而言之就是他完全不避讳使用当地方言写诗。这些诗里有许多关于野花杂草的鲜活而亲昵的描写，克莱尔——史无前例地以一个全新的角度——用与同伴乡亲交谈的语气赞美了它们。“欢迎你，老伙计！”《致四月的一朵雏菊》这样开头，“赞美你，美之珍宝！蔑视时间与地点/毫不在乎地在粪堆旁边蔓延。”

《描绘农村生活和景色的诗篇》一书深受散文家利·亨特[*]的妻妹、园艺作家伊丽莎白·肯特喜爱，她在自己的著作《本国之花，或便携花园》（1823年由泰勒和赫西出版社出版）中提到了这些诗。“泰 115
勒和赫西”也是克莱尔的出版商，于是出版社向克莱尔免费赠送了一本肯特的著作以表敬意。克莱尔十分喜欢此书将朴实实用的园艺知识、充满感情的植物介绍和诗一般的暗喻散漫结合在一起的手

* 利·亨特（Leigh Hunt, 1784—1859），英国评论家、诗人。

法，而肯特无疑也在书中称赞了克莱尔的花草诗（尽管她的语气十分傲慢）：“要说花的语言，没人比想法单纯的农民诗人克莱尔理解得更好，他的作品就像一片美丽的乡村，有着各种树木、草地、荒原和花园。”很快克莱尔就回信给出版商赫西，附上了一些他所做的当地花草的笔记，他曾打算将这些笔记结集成书，而整体而言，与莎翁的作品相比，这些笔记更能直接反映野花与人之间的关系。信中他这样写三色堇（在欧洲荚蒾和欧石南中间）：

> 它们被我们叫作“堇菜”和“粉色约翰花”，但我不知道这些名字的来源。这种花有一个田野中的野生种，开着很小的黄花，叶子则跟在花园里种植的那种一样。我为了观察它如何从野生种向栽培种变化而尝试自己种植，但它实在太喜欢野生的环境，我无论怎么努力也种不好，最后只好放弃，任由它们长在农田里。我十分喜欢肯特为它所起的一些名字，“蝴蝶兰”和“翼兰”都十分契合它的特点，前者尤佳。我不喜欢L.亨茨取的“闪闪亮”，这名字不适合花，倒适合酒。

克莱尔是否也觉得“徒劳的爱”不适合三色堇，认为它太过矫
116 揉造作和都市化？这个名字在他的家乡北安普敦郡也有使用，但他从没提起过。打从一开始，他对植物的热情就集中在它们的生命力和独立性上。他把它们当作与自己平等的生命来写，它们有自己的生活规划和家园。他的诗中满是精妙的隐喻，写它们的民间用法和文学联想，但他最重要的写作内容永远是这些植物本身，而不是它们的各种象征和寓意。在这一点上，他与莎士比亚有着根本的区别，而

对这一区别他从来都直言不讳，尽管他对莎翁的作品熟悉又尊敬。1824年，在一封与花有关的信中，他就一种俗名叫作“杜鹃”的植物发表了自己的看法：

> “碎米荠”……被我们叫作“欧丁香”和“淑女的外衣”，但除了在书上看到过，我从没听过有人叫它“杜鹃”。栎林银莲花也会被孩子们叫作“淑女的外衣”。但通常人们称为“杜鹃”的是红门兰属的一种植物……这是我知道的“杜鹃”，春天它们会挂上蓝色的铃铛，那是“袋状的杜鹃花苞”。我经常提到这种植物的花是紫色的，内壁有暗色斑点，它的叶子上也有黑点。它们总与杜鹃鸟同时出现，在我心目中它们才是英国唯一的“杜鹃”花。随那些莎士比亚评论家怎么说，对我而言就算莎翁本人在这个问题上也没有权威，像我这样一直以来都是乡野村夫的粗人只把这种植物叫作“杜鹃”，而在这种植物名称的事情上，粗人总是最有发言权的。

对克莱尔而言，“粗鄙”是价值与真实性的检验标准。“粗鄙”中 117
包含了平凡、卑微和不造作，而这些正是他所崇尚的人和自然的品质。伊丽莎白·肯特后来在对克莱尔的夸赞中写道（这次语气恭敬了许多）：“这位诗人是一个真正的热爱自然的人：大自然即便麻衣荆钗，也依旧能打动他。即便只是看到一棵小小的杂草也会让他喜悦。”克莱尔极少公开使用拟人手法，但对他而言杂草就像是植物世界中的贫苦农民——随处可见，有一种谦逊之美，不被人重视；有用，却常被误用；会惹麻烦，没错，但它们也只是在尽自己所能过好自己的生活。他在1827年创作的《牧羊人的月历》可能包含了英语诗歌中关于杂草的最长段落，诗中他描述了除草人的工作过程（除草者使用的工具还跟300年前塔瑟描写的一模一样）以及他们如何处理除掉的草：

每日清晨除草者们集合，
从麦田里除去蓟草，并任它们在烈日下枯萎。
那么多杂草都开了花，
鲜红的虞美人气味难闻，惹人头痛；
田芥菜金黄如太阳，整个五月都铺满田地；
斑鸠菊喜欢长在仿佛泼过酸液的恶劣地方，
即使是危险的道路旁，也有它们紫色的花朵，
它们的叶子像蓟一样长着刺，
但密密地长着，不会刺伤别人，
118 若是被孩子们用力握住，刺便会像毛发一样软缩；
金色花蕊，如繁星般的红色花朵，
是害怕夜晚和大雨的琉璃繁缕，
它们常被叫作“牧人的晴雨表”，
它们会一直沉睡到太阳把雨水晒干，
然后才醒来打开低矮的花，
然后再次合拢沉睡，
除草人看见，便说要下雨了，
嘲笑它们太早闭拢的男孩们，
管它们叫作“正午就睡觉的约翰”；
烟堇也是个因迷信说法而出名的植物，

它们开着红色和紫色的杂色花朵，
除草时节姑娘们将它们采下，
在水、奶和乳清中煮沸，
节日时用来清洗，
让她们更加美丽光洁，
洗白夏日晒黑的双颊；
简单娇小的勿忘我，
引诗人们注意的柔和的蓝花瓣中央，是一点黄色花蕊。
这些花被众人毁坏折磨，
在充满希望的甜蜜的五月，
它们寂寞的快乐也被剥夺。
每当看到自己的孩子在花园中嬉戏，
妇人们便想起童年回忆，
于是止住手中的杂草钩，
放过这些花儿。

莫莉·马胡德*在《作为植物学家的诗人》一书中指出，这个场
景是十分喧闹的。克莱尔可能是人群中唯一一个清楚地知道自己对 119
语言着迷的人，但所有除草者都喜欢闲聊八卦：小伙子，姑娘，甚至是老妪（除草这种活男女老幼都能做），指指点点，聊天，可能还时不时把一些古老的药草（如烟堇）塞进围裙的口袋里。在克莱尔眼中，杂草也是这谈话的参与者。他对它们有一种休戚与共的感情，仿佛大家都是同一片土地上的伙伴。在一个不熟悉的地方偶遇荠菜，他

* 莫莉·马胡德（Molly Mahood），现为英国肯特大学文学教授，著作《作为植物学家的诗人》由剑桥大学出版社于2008年出版。

会叫它“古老的邻居……它的每一个特征都惹人喜爱”。对于雏菊他说：“小小的雏菊有着金色的花蕊和银色的花瓣，脸上还带着一抹柔和的绯红，无论是在我们这里的低地沼泽，还是在瑞士的高山上，它们都是如此美丽——如果它们也会长在高山上的话。”

我们不知道克莱尔是如何做到用丰富的笔触把田间劳作写得如此熠熠生辉，他明明是亲身参与劳动的一分子，而非只是远远看着做些感性的抒情。克莱尔自己也是名除草工，这个工作在美洲被形象地称作“弯腰劳动”。他知道，若想控制杂草们“具有破坏力的美”，除草工作就是必需的，并且他很可能也同意诗人、评论家杰弗里·格里格森*（克莱尔的一位早期推崇者）所说的：“当我看着男人和女人弯腰在作物间忙碌的身影，我就意识到这对他们来说并非什么愉快的事情。”但对克莱尔而言，弯腰也是一个习惯动作，一个不由自主的反应，一种与大地亲近的姿势。他经常说要“放低自己”，近距离凝视一株植物或一只昆虫，或者是把诗歌的第一稿写在旧种袋和粗麻布糖包上。他的举动像是鸟儿一样，好奇，随性，却又饱含深情和
120 理解。克莱尔想要成为大地生态群中的一部分，想要从大地的角度看这个世界。正如我们从丢勒的《大片草地》中所看到的那样，这样的心态，这样炽热的目光中，这些卑微生物的重要性——以及看起来的比例——都会大为不同。“以前每到星期天，”他在一篇日志中写道，“我总是喜欢躲在树林里，而不是去教堂。我舒服地猫在叶子中间，躺在长满青苔的岸上，树下的蕨菜长着冷杉一样的叶子，然后我就这样保持一种‘奇特的静止状态’，花好几个小时看小虫子在高高的草茎和宽宽的叶子上爬上爬下。”一片杂草变得如森林般丰富。

---

* 杰弗里·格里格森（Geoffrey Grigson, 1905—1985），英国诗人、作家、评论家和博物学家。

一棵“巨大的猪草”(可能是独活属植物)也有着“大树般”的威严。一片在彩虹下开着花的荆豆也变成了“金色的海洋”。他的几首写给杂草的诗题目都很长，仿佛是为了补偿这些植物的低调谦卑，比如《致孤独的野外默默开着的一朵不起眼的花》《一朵沙漠之花的周年纪念》。

在这样热切专注的目光里——用艺术史学家伊丽莎白·黑尔辛格[*]的话说——“映入眼帘的都印入了心间”。任何看起来对植物很重要的东西——茎上保护性的卷曲，花瓣上的斑点——对克莱尔有同样的重要性。他的描述不但精准到每一个小细节——“边缘有褶皱的雏菊，明亮的古铜色的毛茛”——还包含着一个真正的生态学概念，即即便是最不起眼的“荒野之草”也与它的生长地和生长地上的其他所有生物有着生物学上的联系。(“荒野之草”是一首歌谣的名字，这首歌谣与尊严有关——既包括克莱尔的尊严，也包括植物的尊严——并且结尾时克莱尔没有“采下娇嫩的花朵”，而是把整个植株连根带泥地带回了自己的花园，让它在这里安全地生长下去。)在《斯沃迪泉的挽歌》一诗中，随着情节发展，他一步步得到了逻辑上的——以及生态学上的——结论，并且这首诗是以“一块地”的口吻 121
写作的。斯沃迪泉是海尔普斯顿南部边界一块长满草的公地，但它不停地被滥用，被翻耕种小麦，被开采沙子，被剥去草皮。克莱尔给了它一个发声的机会，以哀悼它的命运，并讲述那依赖它存在的复杂的生命网络。杂草也是这个系统中的一部分，有利于保持水土，还可以为昆虫提供食物：“蝴蝶可能将要飞来/而我已无力养活它们。”

在一首为千里光而写的十四行诗中，他把这种杂草放在了最适

* 伊丽莎白·黑尔辛格（Elizabeth Helsinger），现为美国芝加哥大学语言与文学教授。

宜它生长的环境和季节里描写：

用丰富的美丽装点着荒地
比如草甸，比如在肥沃田地间辟出一条马车道的田埂，
没有你这些地方将沉闷且毫无生机
只能被骄阳暴晒，荒无一物

克莱尔对千里光恬静、朴实的赞美，清楚地说明了在单纯的生态学考量的基础上，我们对杂草的看法发生了哪些变化。如今千里光被认为是危害最大的英国本土植物之一。它含有一些生物碱，若是被食草动物大量食用，将对其肝脏造成不可逆的伤害。动物们会在痛苦的症状中死去，比如无规律的肌肉抽搐，这种症状也被称为“蹒跚症”。现在农场动物的中毒事件中有一半都是由千里光引起的。1959年出台的《杂草法案》中便包括千里光，2003年又出台了更有针对性的《千里光控制法案》，这个法案要求土地所有者采取行动防止千里光的蔓延。养马人（马是千里光的常见受害者）更是把千里光当成传染病处理，不惜付出任何代价根除它，除草方法包括大面积
122 喷洒除草剂。

但倘若进一步审视就会发现情况并非这么简单。在其他草料很充足的时候，无论野生动物还是家畜都不太会食用千里光。大部分的中毒情况都源自混进饲草中被割下晒干的千里光，或者喷了除草剂后枯萎缩小的千里光（这种植物干枯后毒性依旧，但却变得不太容易被动物辨认出来），后者颇有讽刺意味。但在克莱尔的时代或更早的年代，千里光似乎并不是什么大问题。它的毒性是早为人类所知的，可我没能在任何早期的农业手册中找到关于千里光的内容。植

物的俗名通常是判断其在人们心目中形象的可靠标准，而千里光的俗名中有的与外形有关（黄草、黄杂草），有的与它难闻的气味有关（臭比利、母驴屁），或者是跟开花时间有关（夏末草、使徒雅各草）。只有一个很罕见的俗名蹒跚草是与牛中毒后的症状有关。

尽管克莱尔对花草的感情不同寻常，但他同时也是一个下地干活的劳动者，假使那时的千里光也像今天一样能让动物失去行动力，想必他就不会这样饱含深情地赞美它了。是当时的千里光比较不常见（可能性不大），还是当时的处理方法更好，又或是那时候的人们明智地对千里光敬而远之？无论原因为何，克莱尔眼中的千里光都只是夏日景致中美丽的装点之一，即便它们会长在有马行走的“马车道”旁。他的诗中从未提到过当地人对这种植物的憎恶（写到其他物种的时候倒经常提及），这表明那时人们跟这种植物的关系十分友好。它是一种受人尊敬的杂草，而非被妖魔化的怪物。 123

……我所到之处
你那大片的闪光的花朵都密实地遮蔽着
被太阳晒成棕色的草地
色调如此绚丽，明艳耀眼到
炽烈的阳光都被衬得惨淡

从诗人的这股柔情到2003年的《千里光控制法案》，中间经过了一个漫长的过程。时过境迁，克莱尔的许多杂草诗之所以那么有感染力，正是因为它们是挽歌，是对花开遍野的大地的纪念，而这样的大地已经被人类破坏，与人类渐行渐远。1809年，克莱尔16岁，国会通过法案，在海尔普斯顿和它周边的四个区进行圈地运动，而这些地方就是克莱尔的“整个世界”。在接下来的11年里，他所熟悉的这片栖身之地发生了天翻地覆的变化。大片的农田被拆分并围上栅栏，零星分布在私有农场的夹缝中。溪水被截流，以便将新的排水沟建得直直的。道路被改建得更加笔直或是被封锁，老树被砍倒，第一块“严禁擅闯”的牌子竖了起来。最让克莱尔（很有讽刺意味的是，他还是为新农田搭建篱笆的帮工）心痛的是，他从小撒欢玩耍的公地和荒野都被翻掘。1821年，圈地完成后的第二年，他出版了第二本诗集《乡村吟游诗人》，在书中的同名诗里他宣泄了自己对杂草死去的怒火：

曾经的那些春日里，雏菊银色的花苞
像雪一般撒在每一块草地上；
124 曾经的那些夏日里，毛茛的花苞
像金色的阳光一样，放着最明亮的光彩；
树木曾经在卢宾的头顶成荫；
小溪曾经欢快地沿着山谷潺潺而下：
可如今小溪不在，驴蹄草和雏菊已经凋零；
荒野哀悼着最后一棵倒下的树，
只剩下稀稀落落的孤单的灌木，在讲着哀伤的故事。

在克莱尔的诗中，失去熟悉的地方和失去童年的快乐单纯是紧密相连的。在《童年》（第一句就是“过去是个有魔力的词/太过美丽因此无法长久”）一诗中，他描述了他还是个小男孩时玩的游戏——他与他的朋友们是如何用杂草做成花束，如何把摘下的没有根的花种在土中，假装这是自己的花园。他们还会举行杂草野餐：

锦葵的种子做奶酪
天仙子做长条的面包
牛蒡叶子是我们的桌布
铺在我们的石头桌子上
爬在篱笆上的旋花
就当作我们的酒杯
我们用这夏日之草
开一场快乐的宴会

这些美好的经历“已被时间偷走”——不过在他猛烈抨击圈地运动的战歌《回忆》中，他清楚地表明，让他如此失落的除了无法阻挡的时间，还有“波拿巴”地主们的贪婪：

我曾在兰利丛*边游逛，但如今山上已不见了它的踪影 125
我在库珀格林迷路，这里是一片陌生寒冷的沙漠
克劳斯欧克牧场在衰败前写下了自己的愿望
掠夺者和利己者的斧头又砍倒了一个猎物

今天的库珀格林是一片宽广而平凡的耕地。自圈地而始的农业集约化和社会单一化进程走到了一个合理的结局。一个复杂的生态系统和群落资源变成了单一化的种植。克莱尔在这片公地被破坏前为它写下的赞歌中，曾梦想着有人来对这片土地进行开发利用，挖掘沙子，采集药用杂草，或者像他一样喜爱这些恼人的植物所表现出的

* 海尔普斯顿的一棵老山楂树，在圈地运动中被毁。

顽强活力，比如“暗色调的毒参”、难闻的天仙子和“黑暗之刺长遍荒野”的荆豆。

许多无名的杂草，
被人忽略，于是活下来散播种子，
被那些只会用气味来判定花朵的人
厌恶地看着
杂草，正合我心意，
因此我要来找寻你，库珀格林！

并不是所有的新式农民都是自大的“波拿巴”地主。少数几个人怀着真正的好奇心观察着自己地里长出的植物，并用诗人一般的清明文字描写它们。

126 1748年，一个叫作佩尔·卡尔姆[*]的芬兰年轻人来到了英国，想要研究和记述农业革命的进程，而这个年轻人正是瑞典博物学家林奈的门生。他此行是专程来见著名的改良者威廉·埃利斯的，埃利斯在奇尔特恩的小盖泽顿务农，正在试验不同的杂草控制法和牧场管理法。这两个人为杂草文化史留下了一份角度完全不同的文字记录，即如何让杂草在农场生态中乃至家乡经济中发挥作用呢？

威廉·埃利斯的农业著作写得十分直白，他也指出只要当地的状况不变，自己就是优秀传统技术的支持者，而不太倾向于改革

* 佩尔·卡尔姆（Pehr Kalm, 1716—1779），瑞典—芬兰探险家、植物学家、博物学家、农业经济学家。

创新。比如在《实干的农民，或赫特福德郡农民》一书中，他对杰思罗·塔尔的全新马犁装置的夸赞就不甚热烈，只说它“是个美观、巧妙的发明，可以降低用人犁地的成本（每亩地约为7先令）”，而且还是在用对犁头的情况下。“赫特福德郡常见的轮式犁”也不好，因为“它的犁铧离作物行不够近，无法铲起豆子根部的霉，因此无法将其消灭；因而大部分豆类的收成都不佳”。应该使用的是“河谷脚犁”，因为它可以离作物行更近。但他还是更喜欢用手拔除杂草，尽管这样成本较高。

最为有害，也最让除草工讨厌的杂草是一种周期性入侵豆田的植物，埃利斯把它叫作“兰利牛草”(Langley-Beef)。这名字听起来很华丽，实际上它是一种古英格兰的低矮杂草。这个名字其实是从法语 *langue du boeuf* 演变而来，指粗糙的牛舌，写作“兰利牛草”是化用了盖泽顿以东5英里一个叫金丝兰利的村庄名，以便当地人理 127
解和发音。据我搜集的资料显示，全英国也只有这里才使用这个名字，不过约翰·杰勒德使用的是更接近法语的“兰德牛草”(Lang-de-Beefe)，这种植物之所以叫这样的名字是因为它的叶很像牛舌。它的叶片摸起来粗糙且有突起，植物底部有一些膨胀的小包，而且这种植物有一种街头小流氓的气质。(我的朋友马克·科克尔第一次看到这种植物就管它叫“恶棍”。) 如今“牛舌草”(即毛连菜) 依旧会时不时出现在小盖泽顿的农田周围，但在埃利斯的年代这种杂草可是个大麻烦。“虽然我不敢说这种植物会彻底毁掉豆类作物，但它会伤害这些作物，使得收成只有原先的四分之一。它们长得茂密，种子是借风力传播的，所以在我们收割豆类时，这种杂草的绒毛会四处乱飞，干扰劳动者干活，劳作者们会被迫吸入很多绒毛；最独特的是，有些人一生可能只见过这种杂草一次，有些人则经常见到，因此农民们完全搞不清它们出现的原因。但它们最让人惊叹之处在于，它们永远不会杀死豆类。”这因牛舌草发出的赞叹正如克莱尔所说，人们对当地野生植物的审美标准从来都没有严格的定式。

埃利斯还知道豆类作物可以固氮，三叶草则可当作一种特别有效和温和的控制杂草的手段——如今因为杂草对化学除草剂的抗性越来越强，我们在探寻其他除草方法的过程中也重新发现了这一点。“三叶草……也能在翻掘后的土地上长成一片，这样能为人们省下每年花在除草上的大把金钱；这种草完全可以胜任去除杂草的工作，
128 并且不会造成除草工们除草时踩踏作物带来的损失。因此这种植物可以被信赖，在清理杂草和废物的工作上没有什么方法比使用三叶草更好。”

佩尔·卡尔姆在3月的最后一周来到了埃利斯的农场，这时草场和农田野生植物都还没有开花，不易辨认。因此他只能用一种间接的方法来分析这草量丰厚的草地上都长了什么种类的植物。他把仓库里晒干的饲草分类（田野生态学家们至今仍会时不时使用这种方法），并从中鉴别出了24种植物，其中只有9种是草类。剩下的都是阔叶植物，包括如今被认为是牧场杂草的几种——北车前、雏菊、蓍草、矢车菊、山柳菊。让人惊讶的是，在饲草中“占绝对优势”的是一种常见的杂草——百脉根，约翰·克莱尔叫它“山羊脚趾”，也有人叫它“淑女的手指”。卡尔姆带了一份样品给埃利斯看，请他确认“这是他在著作《现代农民》中赞为无与伦比的、比其他草类都更快生根落地的‘淑女的手指’……他心中最完美的饲料，可供喂养骑用马、鹿、羊、兔子和牛——以及其他溢美之词”。（现代研究指出，许多如今被人唾弃的草场杂草其实比饲草有着更高的营养价值，这些

杂草试图在饲草中生长，但却总被除草剂杀灭。反刍动物们所必需的钴元素，在车前草和毛茛中的含量比饲草高160倍。蒲公英、异株荨麻和蓟草所含的铜最高可达饲草的5倍，铁的含量也是饲草的1.5 129
倍。食草动物缺镁会患上“饲草性肢体抽搐症”，草料中镁的含量约为0.4%，但在菊苣、长叶车前和蓍草中却超过1%。）

卡尔姆在农场一直待到4月，查看当地那些巧妙和低成本的做法。在白垩土地区对庄稼危害很大的蜗牛被捉来喂猪，这样养出的猪肥壮得鬃毛都脱落了，肉质也“可口和鲜美得无以复加”。冬青丛经过修剪后，可以在上面晾晒衣服。一束束的红花百里香和狗蔷薇被种在托敦厚采石场的石壁上，这些植物似乎提高了这里的湿度，并且“它们那新鲜的绿意和怡人的芳香可以保持几个月”。

他还详细记录了当地用荆豆做燃料的情况，面包炉尤其常用这种燃料。荆豆在奇尔特恩的酸性土壤高原上长势甚好，作为杂草它们会侵入条件较为恶劣的草场，因此一直被人厌恶，尽管对于食草动物而言它们其实是营养极为丰富的食物。但在这里人们却任由它们生长，因为它们是一种极佳的燃料。卡尔姆对这一情况的描述带有一种近乎克莱尔式的细致精确：

> 因为（荆豆）不断被人们砍下做燃料，现在它们只比手掌宽度略高。几个男孩一起来到一个地方，用带来的一种长柄镰刀贴地割下荆豆……刀片的厚度只有约1/4英寸（约合6.4毫米）。刀只有一面锋利，因此只能供右利手的人使用；也可两手一起握住刀柄，右手在前，离刀锋更近。铁质的刀片安在木质长杆上，刀片用来固定在长柄上的部分与 130
> 柄呈一个很小的锐角。所以使用这种镰刀收割时人不需要

弯腰……男孩们用这种工具割下荆豆、蕨菜、老了的青草以及其他任何需要的东西，然后把它们耙成一堆，再分别扎成很多捆。他们用黑莓的细蔓做捆扎的绳子。负责捆扎的人一定要戴上厚实的手套，因为荆豆和黑莓都是多刺的植物。

当地的蕨菜收割后用途更广。它们被砍下后堆成一垛垛，用来：

代替木材做烧火的材料……我在小盖泽顿及其周围漫步时，总会看见这些蕨菜茂盛地长在用来放牧的草地和丘陵上……我们在好几个地方都看见人们把蕨菜收割来做燃料。在小盖泽顿附近的布里奇沃特公爵公园，有一座大型砖厂，这里大量生产着砖块。放进砖窑用来烧干砖头的燃料通常是一捆捆的山毛榉嫩枝，但更专门的燃料其实是这种蕨。我们看见砖厂的院子里摆放着大堆大堆盖着茅草的蕨。人们说这种蕨燃烧时火势比很多木材都旺得
131 多……一位当地的杰出人士告诉我说，以他长久的经验来看，他能证明蕨菜是最好的燃料之一。他用蕨来烤面包和做很多其他事情。在许多地方都能看到人们采集蕨菜并混上稻草，用来给农场动物做褥草，等褥草腐败后刚好可以做肥料。蕨菜还可以用来铺在地面，上面堆放麦子、豆类和玉米。

有生以来的大部分时间里，我都住在距离小盖泽顿只有几英里

的地方。这里的公地上依旧长着大片的荆豆和蕨菜。佩尔·卡尔姆的导师林奈曾于18世纪30年代造访这里，据说到了以后他欣喜若狂，直感谢上帝让他见到了花朵盛放的荆豆。1866年，激进的当地地主奥古斯塔斯·史密斯组织了一次直接行动，成功阻止了要将这里的一大片土地改作垃圾场的决定。在篱笆被拆的那天，当地人民蜂拥到了伯克汉姆斯特公地并捡拾荆豆的小枝条留作纪念，以庆祝这片土地再次回到大家手中。在20世纪20年代这些公地被廉价卖掉之前，当地的人们一直在用温和的方式做斗争，争取让他们的杂草资源生存下去。每年专门有荆豆和蕨菜的“休养季”，即6月1日到9月1日。8月31日晚上，人们都专心地等待着教堂半夜的钟声，钟声一响，所有人都冲出来收获他们宝贵的杂草，就像一群淘金者一样。 132

第七章

牛膝菊

——唯利是图的杂草

多年以来，我有幸在多个场合跟世界植物学的中枢——英国皇家植物园邱园合作。20世纪80年代我创作了一部关于邱园历史的电视纪录片，片子主要讲述的是维多利亚时代人们对“造物奇迹”(the Wonders of Creation)的浓厚兴趣*，以及探险家们从殖民地源源不断带回来的新物种为何被视作一种天赐之福。几年之后我去邱园采访，报道1989年**的十月飓风是如何将邱园这一植物宝库摧残成支离破损的残骸。但无论如何，生活仍要继续。就在飓风发生的数日后，我亲眼看见邱园的科学家匍匐爬行在被连根拔起的样本树木之间，原本深埋地下的菌根全被掀出地面并交织在一起，使这些树全都动弹不得。

在这两次难忘经历之间的某年夏天，我花了一个月写了一本书，介绍邱园那蜚声世界的植物插画收藏。这些画被收藏在园内的植物标本馆，并按物种（而非作者）分类摆放在以同样顺序排列的标本旁

---

* 《物种起源》就是在这一时期出版的。——译注

** 疑为作者笔误，资料显示飓风发生在1987年，而非原文所写的1989年。——译注

135 边。精美绝伦的18世纪月季画可能与晒干的真月季花瓣只有一纸之隔，两种不同的表现形式一齐呈现着鲜活的植物。

邱园的插画收藏超过100万件，令人叹为观止。其中有像勒杜泰和埃雷这样的大师的作品，有年轻的苏格兰制图员为前往殖民地的探险者绘制的图片，也有莫卧儿细密画画师按英国东印度公司指示统一绘制的风格一致的画作。这里既有显微镜技术人员极为细致的图解，也有十分清闲的退休大使馆官员的印象派水彩画。

正当我在邱园中浏览着这规模庞大、范围覆盖全球的视觉记录时，一群矿物学家走进来想要查看一些来自非洲西部的植物标本。他们感兴趣的，是一大类能从土壤中吸收金属并将其沉积在叶子上的杂草。(英国北部的老铅矿开采时会挖出不少弃土，上面长出的春米努草就能做到这一点。) 即便是干燥了很久的标本，叶子里也依然留有微量的金属，只要用化学分析法就能检测出来。因此这些叶子就像试纸一般，若其中矿物含量高，就说明这株植物原来生长的土壤中也富含金属。让这些矿物学者对标本感兴趣的原因还有一个：植物标本馆里的每一件标本上都准确注明了采集地点，于是这些标本实际上就相当于现成的挖掘指示标。

这忽然闯入的商业气息确实让我有点吃惊。我觉得颇为讽刺的是，杂草这些本身几乎没有任何经济价值的东西，竟然本可以自18世
136 纪起就成为开采地球资源的助阵大军中的一员呢。

在欧洲帝国的扩张中，各种植物都扮演了重要的角色。它们是一支奇袭部队，殖民者借助它们的力量，将自己的经济优先项目强加

在殖民地的文化之上。在18、19世纪，历史学家艾尔弗雷德·W.克罗斯比[*]的“生态帝国主义”，其核心就是将传统的自给自足的农业模式转变为种植非本地经济作物的模式，这些经济作物包括用于出口的橡胶、面包果树、罂粟、剑麻，以及后来用于花房和花园绿草带的外来植物品种。植物园，尤其是邱园，在这些项目中扮演了调度中心的角色，它们传播科学信息，研究种植技术，筛选优良品种，同时自己也进行植物的进出口。比如在将金鸡纳树从原产地南美洲扩散至全球的过程中，邱园就发挥了十分关键的作用。金鸡纳树的树皮中含有奎宁，而奎宁是19世纪唯一可有效治疗疟疾的成分，倘若这种药没有充足的本地来源，欧洲对非洲和印度的殖民进程早就会因疾病而中止。

往小处说，邱园还参与了杜鹃花的普及，而这种植物后来成了英国最受欢迎的灌木。19世纪30年代邱园经历了短暂的衰落期，1841年政府指派威廉·杰克逊·胡克爵士[**]为院长，并明确指出邱园应当担负起将科学、公众兴趣和殖民地扩张结合在一起的责任。“一个国家植物园，”报告中写道，“应该成为所有同样性质的小型机构的行动中 137
枢……接收他们供给的资源，并帮助祖国寻找植物王国中一切有帮助的东西。药物、贸易、农业、园艺和许多制造业将从中获益……”7年之后，威廉·胡克爵士派自己的儿子约瑟夫前往喜马拉雅山脉东麓探寻和采集植物。约瑟夫发现并带回了28种杜鹃花的种子。这在园艺界造成了轰动，恰好迎合了当时大众对家用灌木日渐浓厚的兴趣。没人会料到这些杜鹃中的几种日后会从花园中出逃，成为英国西部林地中最具侵略性的杂草之一。

---

* 艾尔弗雷德·W.克罗斯比（Alfred W. Crosby, 1931—　），美国历史学家，著有《哥伦布大交换》和《生态帝国主义》等。

** 威廉·杰克逊·胡克爵士（Willam Jackson Hooker, 1785—1865），英国植物学家。

当然，很少有杂草是被故意散播出去的。但永远都有机会主义者，它们利用了这史无前例的横跨半个地球的植物大迁移，乘着这阵东风四处游逛（或者对爱德华·索尔兹伯里而言，“乘着裤脚”更为恰当）。在各种有意无意的因素下，英国成了大量外来植物的登陆点，在18、19世纪，英国的杂草种类大概翻了一番。有些杂草是搭上了粮食和园艺植物的便车，让自己的种子躲在植物的根球或容器中，但无论如何它们总能找到地方潜伏着。另一些杂草则是以珍贵的粮食作物或迷人的装饰植物的身份被迎进来，但后来却出逃或被丢弃在野外，因为造成了一些没能被预见到的糟糕影响而“沦为”杂草。

植物乔装潜入英国的经典故事中，有一个故事以偏僻的街巷和烟雾缭绕的火车车厢为元素，以植物园为重要角色。牛津大学植物园
138 建于1621年，它是同类机构中唯一一个被写入植物的英语学名中的。后来被叫作牛津千里光的一种其貌不扬的小黄花，据说就是由约瑟夫·班克斯爵士[*]——一位曾与库克船长一起出海的植物学家、探险家——于18世纪中期首次发现的，1794年由牛津的植物学谢拉德教授[**]约翰·西布索普[***]正式登记在册。没人知道这种植物是如何来到英国的。它原本长在西西里岛埃特纳火山的熔岩石块上，也许是在某次植物学壮游[****]中被带回牛津的。它的种子可能也是躲在某种更有吸引力的地中海植物的根球中，然后自然而然地爬上了花园的石墙。但西布索普按照科学规程，为它的习性写了一大段拉丁文说明，这段文字读来像是在用轻柔的语气描述一幅罗马壁画：“最后就在这城市的墙

* 约瑟夫·班克斯爵士（Josepf Banks, 1743—1820），英国植物学家、博物学家。

** 谢拉德教授指由威廉·谢拉德捐款设立的教授职位，为牛津特有。——译注

*** 约翰·西布索普（John Sibthorp, 1713—1797），英国植物学家。

**** 欧洲贵族子弟进行的一种传统旅行，尤其盛行于18世纪的英国。——译注

角里，罕见的植物映入眼帘，但它们的异国模样让我怀疑是否应该接纳它们作为本地生物的一员……它们把自己远远地传播出去，从每一个角落出逃，如地毯一般铺向石块和古老的墙壁。”

没几年牛津千里光就从植物园（位于牛津大学莫德林学院对面）逃走了，它沿着牛津大学古老的墙壁一路向西蔓延。它那长有绒毛的种子似乎在碎裂的石墙中找到了故乡火山岩块的熟悉感。它从墨顿 139
学院跳到基督圣体学院，又跳上了基督堂学院威严的护墙，随后又跳进了阿尔达特街狭窄的巷子里。它借着福利桥过了泰晤士河的伊西斯河段，然后到了杰利科那家老旧的救济院，不知道是不是因为认出这里是穷人的地方，它留下了一个较小的奇怪的变种，花只有正常的一半大小。19世纪30年代前后，它抵达了牛津火车站，这里是通往全国的入口，并且到处是埃特纳火山岩般的石屑和石块。一旦它踏上了铁轨，便再没有力量能够约束住它了。来往火车的气流将它的种子吹起，有时它甚至会坐在车厢里前行。植物学家乔治·克拉里奇·德鲁斯[*]就曾描述过自己在20世纪20年代一个夏日的午后，与一些牛津千里光共乘火车的经历。它们在牛津站飘进了他的车厢，然后“一直悬浮在空中，直到找到机会在泰尔赫斯特下了车”，至此它们已经沿着铁路前行了20英里（约合32千米）。诗人杰弗里·格里格森在20世纪50年代为这种奇特的旅行经历写下了一段颇具美感的文字：“来往于斯温顿和伦敦时，你可能经常会在夏天看到它们，阳光从车窗照进来，光束中它们在轻薄的香烟烟雾中飘浮着。”

牛津千里光1867年抵达了伦敦，1890年抵达斯温顿。等到了

---

* 乔治·克拉里奇·德鲁斯（George Claridge Druce, 1850—1932），英国植物学家，曾任牛津市市长。

1899年，根据索尔比*的《英国植物学》记载，这种植物已经长到了德文郡比迪福德的古老墙壁、荒地和“沃里克郡的阿勒斯教堂”。世纪之交，一个粗略的乡村统计显示，牛津千里光还抵达了萨福克郡、肯特郡、萨默塞特郡和赫里福德郡。到了1915年，它已经北至克莱德河，西抵威尔士的卡那封。但此时正值第二次世界大战，许多城市中心都
140 被轰炸得破烂不堪，与火山碎石的环境更为接近，这给了牛津千里光更上层楼的机会。20世纪40年代，在爱德华·索尔兹伯里对伦敦轰炸废墟的调查中，它已经成了分布第三广泛的杂草。到1944年，牛津千里光与它的近亲黏性千里光杂交——杂草本身就具有易杂交的特性——创造了后来被称为伦敦千里光的杂草种类。

像牛津植物园一样，邱园也曾将一种植物误放出去，最后这种植物几乎遍布整个英国。1793年，邱园收到了一件来自秘鲁的雏菊样品，这种植物叫作牛膝菊（*Galinsoga parviflora*），它是以享有盛誉的西班牙植物学家唐·马里亚诺·马丁内斯·德加林索加的名字命名的。不过这种植物没有植物学家的高大形象，只有脏兮兮的小白花开在软软的茎上。19世纪60年代它从邱园中逃走，在当地的排水沟和楼梯缝里首先建立了阵地。有一段时间，这种植物甚至被叫作邱园草。但当它那靠空气传播的种子被越吹越远，到了空气不那么清新的地方，它就需要一个更普通上口的名字了。它的属名*Galinsoga*对伦敦南部的人来说太过拗口，于是他们把它加工了一下，变成了gallant-soldier，意为“英勇的士兵”——这名字之所以会流传开来，想必部分原因是这称呼中所包含的名不副实的讽刺感。（在非洲的马拉维，这种一点都

---

* 索尔比（Sowerby, 1757—1822），英国植物学家和插画家。

不英勇的杂草也觅得了一席之地，当地人称它为Mwamuna aligone，意为“我丈夫在睡觉”。）

杂草们除了以植物园为跳板，还可以混在进口的农业种子里，躲在时兴食材根部的泥土中，藏在啤酒酿造和羊毛加工的原料里。据说萨尼特菜——现在被叫作群心菜——就是在拿破仑战争期间一场发生于荷兰瓦尔赫伦岛的战斗中，找到机会潜入英国的。伤亡人员被放在塞满干草的草垫上运至拉姆斯盖特（隶属于萨尼特），而草垫的干草 141
中就混有这种欧洲北部杂草的种子。后来这些草垫中的草被丢给了一个当地的农民，农民又将这些草铺在了他翻掘过的地里。于是群心菜种子破土而出，适应了萨尼特的环境，并沿着英国南部的海岸线一路传播，最终占据了英国南部的大部分地区。如今遍布全球的杂草小蓬草是17世纪时藏在一只从北美洲进口的鸟的肚子里才得以抵达欧洲。新西兰芒刺果挂在进口羊毛上，从太平洋来到了欧洲。这是一种低矮而茂密的多年生植物，原本长在澳大利亚和新西兰的旷野上。它长着有趣的球状花序，上面缀满长刺，看起来像一支小狼牙棒。它会挂在动物的毛上，所以那些羊毛废料被扔到哪里做肥料，它就跟着去哪里。如今新西兰芒刺果完全适应了英国东部和南部的一些沙丘地带，它会把种子牢牢地粘在嬉戏的孩子们身上，正如当年牢牢地挂在食草动物身上一样。杂草们的传播途径还包括宠物食品商店的垃圾、被丢弃的压舱石和吃完扔掉的亚洲菜外卖。散发着水果香气的同花母菊是于1871年从美国俄勒冈州来到英国的，它的传播路线与使用花纹汽车轮胎的地方刚好吻合，它那带棱的种子可以轻松附着在这种轮胎上，就像附着在登山靴的鞋底上一样。

艺术也是一种传播新杂草的有力渠道，有效程度不亚于贸易。蔓柳穿鱼那小巧的蓝色和黄色的花朵与金鱼草的花朵很相似，如今英国

几乎每个区的旧墙壁上都装点着这种小花。可能只有吹毛求疵的市政机关才把这种植物认作杂草，担心它会影响墙壁的整洁——不过它
142 确实来错了地方。蔓柳穿鱼原产于欧洲南部的山地，直到17世纪才来到英国。当时它的种子被包进了一些从意大利进口到牛津的大理石雕塑的包装箱中，自此它便跟牛津另一著名杂草千里光一样，翻出围墙奔向了更广阔的世界。(之后有一段时间它被人叫作“牛津草”。) 约翰·拉斯金十分喜爱蔓柳穿鱼的优雅和古典气质。他于1876年造访威尼斯的奥尔托教堂时，发现乔瓦尼·巴蒂斯塔·达·科内利亚诺[*]为一群圣徒所画的肖像画中，圣彼得旁边那精致的花朵正是外面大理石阶梯上长着的“圣母草”。在9月16日的日记中他这样写道：“今早我很疲倦，一直徒劳地尝试着画出圣马可大教堂门廊柱头上的那丛圣母草；它把自己鲜活的生命力注入叶状的大理石中，而这古老的大理石当年定是目睹了腓特烈一世让教皇把脚踩在自己颈上的景象。”从此以后，蔓柳穿鱼就成了他的代表植物，象征着大自然精巧的设计。

蔓柳穿鱼那些更常用的英文名则没有“圣母草”这么富有宗教色彩。“旅行裁缝”和“多子的母亲”反映出了这种植物身为杂草的特征之一，即迅速侵入与原产地类似的环境的能力。它有一个有趣的技能，使它可以沿着墙壁向上传播。当它开花时 (在英国目前温和的气候下，它几乎可以全年开花) 花枝会向光弯曲，花谢后种荚又会背光弯曲，因此种子们很容易就会落进墙缝和灰浆的接缝中。[它的形态构造深受孩子们喜欢。民俗学家雷·维克里[**]曾记录下1983年他在多塞
143 特郡与一个小女孩的对话。女孩说：“这个 (蔓柳穿鱼) 我们叫作墙兔子。”“为什么这样叫它？”“因为如果你把花倒过来拿，然后捏住两边，

---

* 乔瓦尼·巴蒂斯塔·达·科内利亚诺 (Cima da Conegliano, 1459—1517)，意大利画家。

** 雷·维克里 (Ray Vickery, 1947—　)，英国民俗学家和植物学家。

就像这样，它看起来就像一只兔子的头。”]

在另一次类似的出逃事件中，杂草借助丹麦雕塑家巴特尔·托瓦尔森*的作品逃离了意大利。托瓦尔森1844年在罗马逝世，他的塑像被带回了他的故乡哥本哈根。当包装完好的货箱被打开时，少量的种子从箱子中的稻草里掉了出来，第二年25种意大利杂草——其中有不少是地中海杂草——在这里发芽了。这其中有几种适应了哥本哈根的环境，有一些则被保护起来并被特别移栽到一座纪念托瓦尔森的花园里。

丹麦岩荠在公路上搭便车的故事堪称牛津千里光蹭火车的现代版了。直到20世纪80年代以前，丹麦岩荠（*Cochlearia danica*）都只是分布在英国附近海岸较干燥地区的一种并不多见的植物。它长在山崖、海堤和盐沼靠近陆地的一边。它与普通岩荠一样长着肉质的叶和小小的四瓣白花，但它的身体里一定有着某种普通岩荠所没有的野性基因，使得它愿意忍受和适应与海岸类似的环境。在20世纪80年代中期，它开始出现在内陆铁路线上的几处地方，它的种子是跟着从海边采集的碎石一起来的。随后它开始出现在高速公路和主干道的路边。这种植物喜欢密密地长在一起，尤其是长在马路中央隔离带上的那些；于是一到它们开花的三四月份，路边就仿佛下了一层厚厚的霜。 144

到了1933年，它们已经长遍了英国300多个地方的主干道。1996年，我曾做过一次粗略的书面调查，统计它们在全国的分布范围。调查结果看起来就像是旅行者的线路图。在M4、M5（尤其是靠近切尔滕纳姆和加的夫的地方）、M6公路和M56公路旁长有十分密集的丹

---

* 巴特尔·托瓦尔森（Bertel Thorvaldsen, 1770—1844），丹麦雕塑家。

麦岩荠；A1公路沿线的许多区域，安格尔西岛的A5公路，萨福克郡的A11公路和德文郡的A30公路也是如此。这种植物已经跨过了苏格兰边界，长到了邓弗里斯郡的A74公路路旁。

但爱尔兰的路旁却几乎没有丹麦岩荠的身影，尽管爱尔兰海岸才是它们的老家。爱尔兰道路系统的独特之处在于，他们是使用石砾——而非英国使用的盐——来处理道路结冰的。丹麦岩荠之所以能够成功进驻内陆，无疑有许多因素在起作用：比如拖车搅动的气流有利于种子的传播，再比如公路旁光秃秃的且石头很多，与布满鹅卵石的海岸线环境类似。但现代道路系统的含盐度是个极为关键的因素：每个寒冷刺骨的夜晚，市政撒盐车都会将散发着海岸气息的盐撒向马路，即便是英国内陆也会采用这种做法。于是在这里，人类的创意再一次被杂草抓住，迅速地收为己用。

丹麦岩荠继续着它的公路入侵。它跟随欧洲的卡车，渗透到了比公路系统更远的地方——但还是没能跳出盐的掌控范围。离我们在诺福克郡的房子几百码远的地方，有一条南北走向的无分级的公路。几年以前，这条路的一头出现了一丛丹麦岩荠。这丛植物刚好长在这条路和另一条通往塞特福德的主干道的相交处，南临柏油马路，北
145 临一片长满蒲公英和黄花九轮草的草地。2009年至2010年的那个严冬，这条无分级公路被撒上了盐，于是岩荠抓住机会向北移动了几英尺。再有几年时间，它可能就会把整条公路的路旁都铺满白霜，在春天的黄花们闪亮绽放之前渲染最后一丝冬日的气息。它需要一个听起来更友善的、不像“丹麦岩荠”这么古怪的名字。“路边霜”可能是个不错的选择。

尽管这些闯入英国的杂草又爬古墙又上公路，真正给人类造成麻

烦的却屈指可数。大部分杂草尽管传播得十分广泛，却依旧只待在边缘地带。牛津千里光在停车场和铁路线上出没，但牛津墙壁上的千里光已经基本被消灭。牛膝菊很少会从街道闯入花园中。小蓬草虽然把整个欧洲的荒地都填得满满的，却也没有变成农业危害。但与闯进旧大陆的杂草相比，从这里走出去的杂草命运就完全不同了。

在纽约的中央公园里，有一座花园是专为种植莎士比亚作品中出现的植物而设的。这座园子是1916年开辟出来的，是为了纪念莎士比亚逝世300周年，与19世纪的那次纪念活动——将莎士比亚提到的所有鸟类都引入美国——相比，这个活动的风险可谓小得多。但植物（至少是植物的种子）也有翅膀。提泰妮娅的“茴香”和“樱草”都是循规蹈矩的植物，被种在哪里就会一直待在那个地方。但李尔王的“牛蒡、毒参、荨麻”可都是一有机会就会跳墙而走的物种——要不是 146
这些欧洲植物几个世纪前就已找到机会落户美洲，园子里种上这些杂草可能就会引出大麻烦了。

正如地中海的农民在向北、向西穿过欧洲大陆时不小心带上了他们的杂草，欧洲人越过大西洋再次扩张时，也把他们的杂草带到了美洲。北美洲和南美洲的温带地区（以及南半球的澳大利亚和新西兰）对欧洲移民们很有吸引力。这里的气候与欧洲相似，几乎没有危险的疾病或是大型的捕食者，可以种植欧洲的作物。这里也很适合欧洲的杂草生长，它们藏在移民们的衣袖里、谷种中以及动物的蹄子上，越过海洋来到新大陆。早在16世纪，西班牙作家们就报告过墨西哥草原上的杂草大爆发。他们给出的杂草名单我们一点也不陌生：蓟、车前草、荨麻、茄科植物、酸模、野燕麦。还有一些很受移民者欢迎的饲用植物，如三叶草和早熟禾，它们很可能是藏在家畜的身上或胃里来到这里的。白三叶草在大草原上传播得如此之广，以至于早在1555年阿兹特克人就给它起了一个名字：卡斯蒂利亚花（*Castillan ocoxchitl*）*。

杂草们跟随西班牙人一路北上，而新一批的杂草则是与17世纪的英国移民者一同到来的。约翰·乔斯林曾于1638年和1663年到访新英格兰，他列出了一个“自英国人到来并养牛后在新英格兰出现的植物”名单。这个名单实在值得全文呈现给读者，因为它再现的物种
147 甚至可以追溯到新石器时代的欧洲：

披碱草
蒲公英
苦苣菜
龙葵
异株荨麻
车前草
艾草
巴天酸模
瓶尔小草
繁缕
聚合草
牛蒡
荠菜

---

* 卡斯蒂利亚是位于西班牙的古代王国。——译注

欧洲千里光

藜

锦葵

天仙子

刺酸模

红脉酸模

萹蓄

春黄菊

毛蕊花

此时的宽叶车前被美洲土著人叫作“英国人的脚”，这是他们在目睹了这种植物跟随白人脚步而呈现出的惊人的发展趋势以后赋予它的最恰当的形容。

欧洲杂草中，英国杂草的成功造成了最为深远的影响。有几种杂草是被特意带过来的。威廉·佩恩的记录显示，早在1685年他就在院子里尝试播种混合的植物种子。但无论如何，披碱草、看麦娘和早熟
禾的种子总会找到过来的方法——钩缠在移民者家畜的尾巴上，粘在 148
家畜的蹄子上——而一旦到来，这些杂草便会发现新大陆就是一块白板，只待它们去扩张和占领。移民者们沿着东部海岸，一路砍伐了大部分的森林。1629年，约翰·史密斯船长报告说，弗吉尼亚岛詹姆斯镇附近的大部分林地都已经“变成了牧场和花园，里面种植的是各种在英国长得最丰美的草”。新来的喜光的草类在常年被树荫遮蔽的区域里几乎没有竞争者，而与本地草类相比它们还有一个关键的优势。在过去的几千年里，它们已经演化出了一套机制，可以很好地适应大食量的食草动物所带来的压力。牛羊们啃得越多，它们就生长得越旺

盛：地下根不断伸展，向周围扩张，长得更加茂密，还能从多个芽上再生。17世纪末在宾夕法尼亚州写作的托马斯·巴德，对英国杂草不知不觉中就成功占据优势的过程描述得十分准确："如果我们把一丁点英国草种撒在没犁过的地里，然后在上面放羊，很快这些草就会迅猛生长，整块地都将布满英国草。"

但这种状况对北美洲的草类而言就完全不同了。密西西比州东部的本土草类从没经历过像北美大草原上野牛群一样庞大的动物群。它们平常会被鹿啃食，但这些动物重量很轻，吃草时也很有选择性，与一大群奶牛或山羊的战斗力不可同日而语。于是它们在巨大的压力
149 下节节败退，被啃食殆尽；顽强的欧洲草类趁机入主，被动物踩得泥泞的土壤更帮助了种子萌发。

新来的草类紧跟着移民者，向北、向南、向西，偶尔也会在商人或先头部队短暂停歇的地方先行驻扎，赶超一下移民者的行进速度。一名伊利诺伊州的拓荒者在日志中写道："车队穿越大草原时在某地扎营，并用包括这些多年生草类在内的干草喂牛，从此这里就会留下一小块青草地，为将来的新植物的到来和生长打下基础。"有时这一小块青草地会在酷暑中泛起蓝色的光泽。在向南行进的移民者们翻越阿巴拉契亚山脉并到达肯塔基州后，一种英国杂草不但变成了当地主要的饲用植物，还成了南部乡村的象征。草地早熟禾（*Poa pratensis*）是一种英国草原上常见的、分布广泛但并不起眼的植物。它能长到2英尺（约合61厘米）高，且有着有力的根系。开花时，它的花序仿佛一片淡蓝色的薄雾。但在欧洲它们通常只会长成小丛，这种色调效果并不明显。可一旦到了毫无竞争对手的北美洲，它们便能轻松开遍整片草地。这种黯淡的欧洲杂草何时荣获"肯塔基蓝草"的美名已不得而知，但这个标签就此贴在了它的身上，它似乎准确把握住了某种当地

人的时代精神。南方的提琴音乐以“蓝草”为名，并自此成了乡村和西部音乐的招牌之一。1936年，弗洛伦斯·格雷厄姆——伊丽莎白雅顿的创立者——将后来成为世界经典的香水命名为“Blue Grass”*，因为这种香味会“让她的眼前浮现出故乡弗吉尼亚州的景色”。 150

而在密西西比州的另一端，至少有一段时间里，草原上的情形并非如此。本地的野牛草和格兰马草在大量野生食草动物的锻炼下，已经演化出了能够承受欧洲牛群的能力，没有在这一点上输给欧洲杂草。后来北美大草原古老的草地被翻掘成麦田，才使入侵植物们有了落脚之地，而这一过程在19世纪大规模的野牛屠宰之后又进一步升级。

到19世纪60年代，欧洲杂草已经侵入了美洲的最西部，可这一次它们却意外地受到了欢迎。1849年的淘金热使得这里的牛肉需求暴涨，从而导致了加利福尼亚州草地的过度放牧。此后的1862年又发生了洪灾，紧接着是2年的干旱。当雨水终于降临的时候，最先钻出地面并长势汹涌的就是欧洲杂草，它们有效保护了大片良田的表层土壤不被冲走。此时在这个州落脚的杂草超过了90种。到20世纪来临时，西部草原的植物中有三分之二都是外来物种，其中大部分都来自欧洲。到20世纪末，北美洲危害最大的500种农业杂草中，有258种都来自旧大陆。

有趣的是这种入侵十分“单边”。尽管大量的美洲植物也在英国的荒地中安家落户（紫菀和小蓬草都是著名的例子），其中却没有一种变成讨厌的农业杂草，甚至没有几种能被界定为具有侵略性。这种不平衡使得19世纪的美国博物学家十分困惑，查尔斯·达尔文在这个问 151

---

* 中文译为“青青芳草”，直译应为“蓝草”。——译注

题上倒一反常态地收起了他的好奇心，并且忍不住拿他的植物学家朋友阿萨·格雷*打趣。“我们这么轻而易举地击溃了你们，”达尔文在一封信中写道，“是不是伤害了你们美国佬的自尊？我敢肯定尊夫人会为你的杂草说话。快问问她这是不是因为你们的杂草是诚实纯良的好杂草。”格雷夫人的回信机智且具有准确的科学性。她在信中说，美国杂草是“谦逊的、喜居山林的隐居者，跟那些具有侵略性的、自命不凡的、专横的外来者可没法比”。

艾尔弗雷德·W. 克罗斯比将本章中的种种故事都写进了他的著作《生态帝国主义》，他将杂草一步步占据优势的过程描述得十分生动。

> 在本书中“欧洲化”是什么意思？“欧洲化”就意味着不断的破坏：破坏耕地、砍伐树林、过度放牧、焚烧草原，破坏废弃的村庄和扩建中的城市，还让本来互不干扰各自演化的人类、动物、植物和微生物突然扯到了一起。它代表着一个功利地期望着用越来越低的成本带来更多收益的世界，在这个世界里各种杂草将欣欣向荣，其他生命则只有在
> 152 零星的封闭区域或特殊的公园里才能发展。

* 阿萨·格雷（Asa Gray, 1810—1888），被誉为19世纪最重要的美国植物学家。

第八章

牛蒡

——“叶子只为装点庭院”

尽管杂草造成了不少麻烦，总有辩护者力图解释它们存在于地球上的原因，并从它们的生存模式中找出一些道德层面的教育意义。比如，对18世纪的“自然神学”（如今的“智能设计论”的雏形）派而言，杂草的用处分为两种。第一种，是展现上帝作为植物设计师的智慧与审慎；第二种，则是对人类的傲慢自大施以有益的惩戒。画家们也在一些杂草身上找到了能体现自然之高贵的某种缩影。从17世纪中期开始，为莎士比亚所不喜的牛蒡——叶子宽阔软绵、果实黏性十足的牛蒡——便开始在风景画中露脸。它从不会是中心角色，也没什么特别的重要性。但它潜伏在许多画作的边缘——连成一片，风格浮夸，有时甚至很难辨认出来，仿佛它是画家埋下的某种符号，等待着看画者去破解其中的含义。它是第一种被赋予了某种艺术美感——或建筑学美感——的杂草。

牛蒡恐怕本是最没可能得此荣宠的植物之一了。它长得高而茂密，在很多人眼里是毫无优雅可言的物种［事实上应是两个物种：牛
蒡（*Arctium lappa*）和更为常见的小牛蒡（*Arctium minus*），两者都形 155

态多变且常被搞混］。两种牛蒡都长着粗壮的茎，茎的基部是大大的心形叶，沿着茎的分枝自下而上，叶子也越来越小，顶部的宝塔形紫色花朵与蓟花相似，结种的时候花会变成带刺的小球——刺果。它常出现在森林的开阔地（这里可能是它最原始的生长地）、路边、田埂和花园与废弃楼宇附近的荒地上。后来有一位艺术家评价牛蒡的叶子“有一种凌乱的下垂感——看起来像是正贴地爬行”。

牛蒡的形象首次出现是在17世纪的荷兰绘画中，扬·韦南茨[*]和雅各布·范勒伊斯达尔[**]的几幅风景画的角落里，模糊地画着这种植物。在克罗德·洛兰[***]——被广泛认可的欧洲风景画之父的作品中，它的位置更为显眼了一些。《风景与舞者》（1648）这幅画的右下角，有一丛不起眼的牛蒡，叶子盖在了岩石上。在它身后，年轻人在野餐，并拿着手鼓欢快起舞。在更为悲伤阴郁的作品《风景与乡村舞蹈》（1640—1641）中，灰绿色叶子的牛蒡移到了画的左下角。在克罗德最为知名的作品《风景与那喀索斯和厄科》（1645）里，牛蒡依旧处于底边，但位置更靠中间，并且叶片拱起的弧度与那喀索斯注视自己水中倒影时张开的双腿和双手遥相呼应。在《风景与大卫和三个英雄》（1658）中，作者描绘了许多手拿长矛的人，牛蒡尽管依旧低伏在画的底部，却终于有了一枝正在开放的花柱。

在这些作品和很多其他作品中，牛蒡并不只是充当绿色植物的代
156 表。克罗德的作品边缘有许多不同的花和叶围绕着，但其中的绝大部分（除了《风景与那喀索斯和厄科》中的黄水仙）都很模式化——千篇一律的雏菊式的盘状花朵，让人想起中世纪书籍中的花形装饰。牛

* 扬·韦南茨（Jan Wynants, 1632—1684），荷兰画家。

** 雅各布·范勒伊斯达尔（Jacob van Ruisdael, 1629—1682），荷兰画家。

*** 克罗德·洛兰（Claude Lorrain, 1600—1682），法国巴洛克时期的风景画家。

蒡是其中唯一一种以现实主义手法所画的植物，让人一眼就能认出。

托马斯·庚斯博罗[*]的《小屋的门》(1780)从克罗德处借鉴了不少东西，其中包括牛蒡和克罗德标志性的画在右下角的一丛植物。画中那截枯死的昏暗的树干将母亲和孩子框在了小屋的门前，而牛蒡就在底部装饰衬托这截树干。在他描绘萨福克郡的名作《科纳尔森林》(1746—1747)中，层层叠叠连成一片的牛蒡叶看起来扁平如一只巨大的蘑菇，趴在一棵栎树下的土丘上——这是森林中常见的牛蒡的栖身之处。他还曾给一丛牛蒡画过一幅小的近距离素描(18世纪40年代后期)，正是这幅画透露出了牛蒡让画家们着迷的原因。画中的叶子被黑色炭笔几下就勾勒了出来，背后则是一段歪扭多节的树干。叶子的角度是倾向于看画者的，仿佛一双张开的手，手掌向前，一左一右。庚斯博罗完美地捕捉到了它们雕塑般的质感，粗重的主叶脉，弯曲的、齿状的、近乎洛可可式的叶子边缘。在这些作品中，牛蒡表明了美也可以存在于不规则和不对称中——实际上也可以存在于杂草的野性中。

几乎与庚斯博罗同时代的德比的约瑟夫·赖特有一幅室外肖像画《布鲁克·布思比爵士》(1781)，画中主角斜倚着，双脚舒服地放在垂枝桦旁的一捧牛蒡叶上，仿佛这丛植物是个窝巢。

倘若细细观察，会发现理查德·威尔逊、J. M. W. 透纳、约
翰·林内尔、詹姆斯·沃德、约翰·康斯特布尔和埃德温·兰西尔[**] 157

---

[*] 托马斯·庚斯博罗（Thomas Gainsborough, 1727—1788），英国肖像画家和风景画家。

[**] 理查德·威尔逊（Richard Wilson, 1714—1782），英国风景画家。
J. M. W. 透纳（J. M. W. Turner, 1775—1851），英国著名画家。
约翰·林内尔（John Linnell, 1792—1882），英国风景、人物画家和雕刻家。
詹姆斯·沃德（James Ward, 1769—1859），英国画家，以画动物为主，也是雕刻家。
约翰·康斯特布尔（John Constable, 1776—1837），英国风景画家。
埃德温·兰西尔（Edwin Landseer, 1802—1873），英国画家。

的作品中都出现过牛蒡。寻找牛蒡就像在意大利文艺复兴时期的画作中寻找红额金翅雀一样，会让人上瘾，但与红额金翅雀不同的是，牛蒡并没有任何特别的象征意义，这也许是大部分前拉斐尔派画家并不重视它的原因。

真正懂得表现牛蒡的大师是乔治·斯塔布斯[*]，在他的几幅作品中，牛蒡的角色都远远超过一种色调上的修饰或者不自然的空白处的填充。《吞食马的狮子》(1769) 中，它对整幅画的动态起到了非常积极的作用，按道理它都够资格出现在画的标题中了。画中的白马肌肉如此紧绷，线条清晰得像一幅解剖图，它痛苦地将头转向狮子，而后者正伏在它背上撕咬着肋骨上方的皮肉。在马抬起的右蹄下方，一片牛蒡叶子向左倾斜，它的形态呼应了马受惊的头部动作。但这些叶子并不是克罗德和庚斯博罗笔下那样柔和光滑的灰绿色叶片——那种仿佛石雕般的叶片。它们被画得十分真实细致。它们的骨架跟马的骨架一样轮廓鲜明。它们已经开始衰老，边缘有些枯萎，还带着一些棕锈色的斑点。有一片已经枯死，干枯的褐色叶子垂向地面。斯塔布斯似乎想要表达，杂草与其他生物一样也会忍受压力、经历衰亡。

这是从一个独特角度所发现的植物美，它在重压之下表现出一种特别的优雅——这种品质我们也许可以叫作高贵。

158 在艺术世界之外，牛蒡的用途和象征意义基本都与它附着性强

* 乔治·斯塔布斯（George Stubbs, 1724—1806），英国画家，尤以画马出名。

的球状种子——“刺果”有关，这些种子表面武装着大量有弹性的钩子。孩子们拿它们游戏玩耍已有几百年历史（它们可以像挂在动物皮毛上那样稳稳挂在头发和衣服上），并且在爱丁堡的南昆斯费里依然保留着一个奇怪的仪式。在8月的第二个星期五，一个人从头到脚挂满刺果在整个镇上巡游，拜访各家各户并收取礼物。这种“刺果人”游行被认为是起源自一种祈求捕鱼顺利的丰收祭典，其中还留有交感巫术的痕迹，因为球果既可代表鱼鳞也可代表鱼钩。

到了现代，牛蒡的刺果有了一个更实际的应用，而这一应用与当年那些风景画家们对不规则之美的想法有着某种奇特的共鸣。20世纪50年代，以它们为灵感，尼龙搭扣诞生了。

尼龙搭扣这种一面是钩一面是环的搭扣是一个经典的用生物学原理解决问题的例子。它的原理与传统工程学中要求的精确性完全不同。正如科普作家彼得·福布斯所说，它是“模糊逻辑的第一个实例……钩与环并不需要被精准地对接起来……一个钩子是否与一个特定的环连接在一起，完全无关紧要：每次你使用它时，总有足够的钩子能找到对接点”。牛蒡的刺果上布满了细细的刺，刺的尖端则带有具有弹性的钩子；而它们的“环”就是乱蓬蓬的动物毛发，钩子们已经演化得可以轻松抓住这些环。这个灵感催生出的新材料，完全人造但又完美融入了生物技术，而这一新材料的诞生多亏了一个叫乔治·德梅斯特拉尔[*]的人，这位瑞士发明家对纽扣十分着迷。20世纪40年代，他有带狗去侏罗山打猎的习惯。一次散步归来时他发
现狗的身上沾满了刺果，但他没有简单地把刺果摘下来了事，而是开 159
始细细观察它们的黏性。（这个故事还有个杜撰的版本，说他在打算

* 乔治·德梅斯特拉尔（George de Mestral, 1907—1990），瑞士工程师，尼龙搭扣发明人。

与妻子外出赴宴前帮妻子将裙子上的挂钩和钩眼扣在一起，但实在太难扣，搞得他无比泄气。）刺果是球形的，因为它在演化时要将可以钩到动物的角度最大化。但德梅斯特拉尔意识到，如果它是平的，那么无论角度如何，它都可以钩到一个粗糙的平面上。

德梅斯特拉尔一直等到第二次世界大战结束才能开始着手发明他的平面刺果。这时，1937年发明的尼龙是唯一可以做成他需要的钩和环的材料。但尼龙因为战争原因价格暴涨，直到20世纪40年代末他才买来了足够的材料进行试验。环的部分很容易，但钩子的形状必须能让穿过的线被挂住才行，并且钩子的形状需要加热来固定。最早的尼龙搭扣专利是在1951年申请的，后来在一个法国织工的帮助下，德梅斯特拉尔改进了他的搭扣系统，并于1955年让它上市销售。[这个发明于1996年获得了最高褒奖——那是一篇恶搞的科学论文，这篇文章模仿了英国广播公司《广角镜》节目在1957年愚人节播出的著名恶搞节目（节目中说瑞士有个意面果园），对加利福尼亚州的“尼龙搭扣农场”发表了评论。那时，“尼龙搭扣农场”正苦恼于大风会将钩子丛的孢子吹到环丛中，与环丛的孢子混合，以至于长出了内部扣死的尼龙搭扣果实，而这种果实完全没法打开。]

160 若约翰·拉斯金看到这一幕，他一定会大惊失色，一是因为人们对一种野生植物进行了机械原理上的应用，二是因为人们竟然认为牛蒡的刺是演化出来帮助自己传播种子的。在他的著作《珀耳塞福涅：路边花朵的研究》(1874) 的第一卷中，他描述了牛蒡叶子的结构（这一点他描述得非常准确）是如何体现它的美的：

> 若一片叶子十分宽阔——比如牛蒡的叶——它就需要像哥特式建筑的屋顶那样的叶脉网络来支撑。这些结构的支撑作用是通过几何学原理作用的；每一片叶都像桥的桥墩，或者地板的龙骨，每个组件的分布中都包含着各种科学知识……但若想让叶片的伸展部分布满褶皱并拥有美丽的细纹，要么得使叶子边缘形成起伏，仿佛波浪流过，要么就得“扯起”——或者按照淑女们的制衣术语，“折起”边缘并将它们缝在一起。缝的时候是紧紧围绕着一小截叶脉的，如果太过用力，看起来就会像是收到了桅杆上的帆；这截叶脉必须要结实，而不仅仅是几何学层面的稳固；它的作用从本质上来讲就像给衣服上浆，不是撑起叶子对抗重力，而是让褶皱的边缘坚挺。而对于这样的自然杰作，我们应当好好研究，这片叶的支撑结构是如何被完成得这么干脆漂亮，完美到每根刺；确实，当我们去触碰它们时手指会被扎到；这是因为它们不是用来亵玩，而是用来惊叹赞美的。 161

几页之后，他就用更直白的口吻催促读者去研究它的结构：“拿起一片牛蒡叶——这种植物存在的最重要的目的，明显就是长出叶子装点庭院。”

这些文章古怪且令人迷惑，文中有许多对叶片结构的仔细观察，但同时又认为这些结构更多是为了观察者的审美存在，而非为了植物自己的生存。《珀耳塞福涅》通篇皆是如此。这本书用一种混乱的、有时甚至近乎疯癫的方法，想要设计出一套新的、反林奈的植物分类法，这套系统以审美原则而非科学知识为基础。它将道德判定强加在植物界身上，但有时作者也会闪现出独到新颖的观察结果和想法，比如忆起罂粟科植物花朵的这一段："通常我们都觉得罂粟科的花朵并不精致；但它是野外所有花中最透明、最精巧的……它像彩绘的玻璃，只有当阳光透过时才会发出明亮的光彩。无论在哪里看见它——对着光或者在光下——它永远都是一团火焰，像吹制时的红玻璃，把风都烤暖了。"这可能是英语中描写罂粟科花朵最美的文字了，只差一点，这段文字就能变成对太阳在植物生长中的作用和火红花瓣对其他生物吸引力的充满诗意的阐述。

但这种以植物为中心或以自然为中心的观点深为拉斯金所厌恶。在他抑郁症较为严重的一个时期，他曾非常厌恶地评价说，光合作用理论让我们眼中的叶子变成了一个"气量计"。他心目中的形态或功能上的美，是一种深奥抽象的特质，上帝将美根植于植物中是为了提升人类的心智。这样一种特征竟然能被非人类的生物用某
162 种方式"辨识"，这让他不能接受。罂粟花的红色火焰，或一朵兰花复杂的结构，竟然对一只昆虫有吸引力——一只昆虫也能欣赏这种美——这是对神的亵渎。这种想法使得拉斯金只相信一套基于他自己审美标准的生物等级制度。"对美的洞察，"他写道，"和对特征进行描述的能力，其基础是道德本能和对动物或人的品质进行界定的能力。所以若没有一个神定下的完美之标准，就无法确定哪种生物更符合这个标准，也就不可能说一朵花进化得更好，或一只动物比另一只高级。"

拉斯金实际上制造出了一套美学版的"药效形象说"。上帝"赐予"某种植物一些品质——比如花瓣的对称方式，或茎和叶所成的角度——这些品质可能有一些基本的生物功能，但主要是神对美的标准。而识别和解释这些品质就是鉴赏专家的责任了。

杂草就是没有这些神赋之美的植物，是不知因何原因从更高层

次“堕落”的植物。一开始拉斯金接受了杂草是出现在错误地点的植物这一定义（这个定义在19世纪已经颇为流行），并不屑地补充道：“谁曾见过荨麻或毒参长在正确的地方？”但后来他引入了一个有趣且乖滑的歪曲版定义。杂草是“一种天生就倾向于进入错误地点的植物……并不是因为它有毒或丑陋，而是因为它不知进退——拼命挤进不属于自己的地方，并妨碍他人”。因此一种植物哪怕天生丽质，只要它还天生带有了野心，就属杂草之列。 163

但不过几页之隔，他就开始罗列一些与“不知进退、妨碍他人”无关的其他杂草品质。例如，“生得坚硬粗糙”才不是经历风雨后顽强恢复的标志，而只能被看作流浪汉身上的伤疤。“一种植物若能在任何地方生存，那它通常都会生活在自己不受欢迎的地方。”拉斯金的措辞越来越傲慢，仿佛杂草的生活方式是一种道德上的抉择。“（一棵杂草）对生长地不加甄别，”他继续写道，“也完全没有对故乡的热爱，毫无高贵品质；这样的分辨能力，若还毫不谦逊，似乎想借此四处传播，就更加低贱。在它们去过的地方，它们将继续被当作异乡之草。”杂草是平民，是为大众所熟悉的流浪者。

他认为，杂草还具备自相矛盾的品质——“固执和软弱”——使它们更适合做杂草，这样的品质在一些“邪恶力量”的影响下能将令人喜爱的茎变成木桩，将叶变成刺。因此——在大部分篇幅都用来讲香堇菜的一章中——他将恶语谩骂砸向了每一种多少带点杂草脾性和特征的植物，并谴责“近期对植物消化系统和生殖行为的研究狂热，如今可能已为植物学家们那藏在显微镜下的险恶用意更添了一份遭神厌恶的原因或迎合了恶魔下流的渴望，这会滋生各种刺、钉、缺口、刺毛、缝隙、斑点、瑕疵、污秽和毒液，而这些全都能从植物的结构中看到，或从植物的溶液中提取”。

拉斯金并没否认植物的形态结构也可以具有功能，但他强烈否
164 认这些结构在植物自己的生命宇宙中有任何（除纯力学构造上的）
重要性或价值。美这样的品质，与一棵植物按自己的规则在同类中
努力生存时所表现出的优雅高贵全然不同。只有被神赋予了指点自
然的天分的人类，才可以承认或否认它们的美。因此他认为，花是植
物存在的一切和终极意义，并不是因为它能吸引昆虫、酝酿种子，而
是因为它能给人类的双眼带来欢愉。

如今不会再有人注意拉斯金这些有违常理的想法。这些想法中的大部分都是在他精神状况恶化和对工业时代滋生的愈来愈多的丑陋倍感绝望的情况下产生的。但它误打误撞地提炼出了人类对杂草态度的中心思想，即对它们的判断应完全按照我们的标准，而非按照它们所生活的自然世界的标准来进行。

拉斯金的观点所拼凑出的世界与美的概念大相径庭，美是一个
过程，是生长和衰老中表现出的优雅，是乔治·斯塔布斯画笔下的
牛蒡叶，也是乔治·德梅斯特拉尔被牛蒡果实的精巧结构所激发出
的灵感。2008年，杰出的美国摄影师珍妮特·马尔科姆[*]将牛蒡之美
的展现又向前推进了一步，她拍摄了一辑28张的牛蒡叶的单片叶特
写。她喜爱牛蒡，喜爱它们的壮观也喜爱它们的个性。没有两片叶
是完全一样的。她还欣赏它们将自己的经历——无论是狂风，还是
昆虫的咬啮——记录在那宽阔叶片上的方式。在她自己为这辑照片
165 所写的说明中，她特别感谢了理查德·埃夫登[**]，他的那组名人照片
使她产生了想要为“无名的叶子”拍照的灵感。“正如埃夫登喜欢寻

* 珍妮特·马尔科姆（Janet Malcolm, 1934— ），美国作家、摄影家和新闻记者。

** 理查德·埃夫登（Richard Avedon, 1923—2004），美国摄影家。

找饱经风霜的面孔，”她写道，“比起稚嫩无瑕的新叶，我也更喜欢老旧的、有瑕疵的叶子——它们才是有故事的叶子。”

于是连着三个夏天，她都在采摘牛蒡叶子，然后把它们架在小玻璃瓶里，从正面为它们拍照，“就像它们正面对着我一样”。只有这么近的距离才能让一株植物“把它最好的一面”展现给镜头。最后的作品证明她的方法是正确的。这些牛蒡叶历经磨难后依然庄严、顽强、雅致。它们被冰雹击穿留下了窟窿，因为病毒和枯萎产生了具有奇异美感的斑点，被食叶的幼虫挖出了一条条通道。在这组照片的最后一张中，这片叶子已经被昆虫啃食得十分彻底，只留下了叶脉，仿佛冬天里落尽叶子的树。我想即便是拉斯金也不得不赞赏这幅照片，这幅只剩下主干却还顽强活着的叶的照片。

的确，许多植物都曾在各种侵袭下恢复过来；但看着一种为人厌嫌的杂草享受着如此饱含敬意的赞美，对我而言，这本身就展现了一种特别的美。

如今人们十分熟悉的词汇“野趣园”(the wild garden)是由爱尔兰园艺家威廉·鲁宾森*创造的，并且是他首先提出杂草那来势凶猛的美丽或许可以在我们的“户外空间”里找到一席之地。对19世纪末的园艺界而言，这是一种十分先锋的想法。维多利亚时代的人们找到了将他们对奢华与规整的双重热情完美融合的方式——“毯状 166
花坛”。皇家别苑中娇弱且色彩艳丽的花被移到了有加热装置的温

---

* 威廉·鲁宾森（William Robinson, 1838—1935），爱尔兰园艺家、记者。

室中，种成直行和对称的图形（每棵植物间距恒定且不能生杂草，以保证图案的对比度），在短暂的花季盛放后再被拔去。年轻的鲁宾森当时在巴里克尔凯文庄园里做见习园丁，他看到园丁们工作时仿佛军队里的中士，一点不像植物的管理者。他写道，整个情形看起来就像他们“正把大楼的警戒线标志搬进花园中”。鲁宾森对植物种植有着完全不同的看法，他认为不同种类的植物应当混种在一起，就像在大自然中那样，球茎们长在树下，蕨菜深入潮湿的洼地。他难以忍受自己在巴里克尔凯文庄园看到的这种系统化编制，于是在1861年离开了那里，那时他22岁，有传闻说他从温室中猛冲出来时没有关窗，于是炉火熄灭，温室中的植物死伤惨重。

9年后的1870年，在为皇家植物学会在摄政公园建花园而广游四方学习考察后，他出版了他的经典著作《野趣园》。他在欧洲和美洲的探险使他形成了一种以野外各种植物共同生长的模式为基础的园艺哲学。与拉斯金抽象而死板的审美不同，鲁宾森坚信自然是一种过程，而这个过程绝不是整齐、规律的。他崇尚的是“由神秘和无限可能共同构成的最高层次的植物之美”。《野趣园》初版的前言是由激进作家和智者悉尼·史密斯[*]（杂志《爱丁堡评论》的创办人）所
167 作，这篇前言抓住了这本书的根本精神：

> 几年以前，我第一次前往并住在了国内一个宏伟美丽的地方，人人都说这里的地面是按照顶级的品味布置的。刚到那儿的三四天里，我完全被迷住了；这布置看起来比大自然好太多了，我开始衷心希望整片大地都能照这最新的

---

* 悉尼·史密斯（Sydney Smith, 1771—1845），英国智者、作家、牧师。

> 方法进行改良……三天之后我筋疲力尽：一株蓟草，一株荨麻，一丛枯死的灌木——任何偶尔出现且与这里格格不入的东西——都会给我慰藉。我逃离这些人造地面，去邻近的普通地方散步，这里有马车留下的车辙，有沙砾形成的小坑，有凸起，有不规则，有毫不优雅的粗糙小草，还有因无人精心照顾而出现的千奇百怪，而这一切都比精心设计再一股脑塞进狭小空间的单调之美强上1 000倍。

这本书原本的副标题是“坚韧的外来植物的引进与自然分群，外加英国野花花园一章”。他对野花花园——那时候这是个外来概念——的设计，是首次有人提出单纯因本土植物的装饰价值而集中种植它们的设想。这个名单上有许多杂草：长在溪边或草地潮湿角落的白屈菜，墙角下与布满石头的河岸边的虞美人和侧金盏花，散布在花坛苗圃的麦仙翁、锦葵、贯叶连翘和柳兰。

但是在《野趣园》后来的版本（1881年出版）中，他去掉了关于野花的内容。这部分本来也只是书中的次要内容，并且此处的“野”只是指一种品质特性，而非一个植物种类。鲁宾森真正的目标是发 168
明一种新的自然分群法——有时群的规模会被压缩，或特意让不同的群之间形成对比——以及将大自然中因地理因素被分隔的植物种在一起。毕竟他建造的只是一座花园，而非要再现一个生态系统。

于是他开启了横跨地球，从温带地区特意引进植物的风潮，这股风潮带来的潜在杂草的种类可与17、18和19世纪早期意外引入的杂草种类比肩。鲁宾森当年喜爱的外来植物如今依旧长在我们的花园里。这些植物还远远地走出了我们的花园，形成了现代杂草群落中最为独特的一种。鲁宾森深知他推荐的植物中有许多都具有侵略性。他警告说，这些植物若是被种在边界，种在大庄园花园边缘的灌木丛和树林中，就会野化和逃逸——这些地方实在太有利于植物们越墙逃走了。

他推荐用聚合草做地被植物："如果将一两棵聚合草种在灌木丛中，它会很快扩散并杀死杂草，这一点在野趣园的经营中已经得到了证明。"但他没料到的是，这种植物很快翻墙而出，自己也"落草为寇"。东方聚合草（这是鲁宾森特别喜爱的一种植物，也是我的最爱之一）现如今是诺福克郡南部我家附近分布最广的道旁杂草。山羊豆是"美丽的边护植物中……一种高挑优雅的多年生植物，很适合在条件恶劣的地方种植"，后来它也成了伦敦附近荒地上最常见的杂
169 草之一。在鲁宾森推广之前，英国几乎没人种植虎杖。他说这种植物"若种在花园里，要担心它会泛滥并排挤其他植物，但要是种在户外的游乐场、种植园或土壤充足的水边，它们就会长得十分不错"。一枝黄花和紫菀（两种植物都来自北美洲）是被他复原得最成功的物种。这两科植物都是临近17世纪末才被引入英国，但它们"会破坏老式的混合边护植物，因此被废弃"。但鲁宾森曾在秋天的新英格兰森林中看到这两种植物生长在一起，他觉得那时的它们就像"画一样美"。因此他建议将它们改种在"不太有人照料的灌木丛、小树林和林间的走道边，在这里它们可以像本土杂草一样自由地生长，并在秋天长成迷人的风景"。一个半世纪过去了，这两种植物都已经被普及。它们无法再享受独占林间走道的待遇，如今的它们聚集在整个英国乡村铁路和公路的路堤上，每到秋天就为这原本荒凉的道路添上满目的姹紫金黄。

威廉·鲁宾森的"野趣园艺"只是影响外来植物传播的举动之一。但先引进外来杂草作为园艺植物，后又推崇自然风格的种植方

式以保障杂草的传播，这些都强有力地说明了杂草与栽培植物之间的界限是多么模糊。植物可以在这界限上来回穿梭，身体可以，身份一样可以。170

第九章

格雷尔达

——花园边的巫女

自然与文化之间的界限无处不在，其中一条就离我现在写字的地方只有约50码（约合45.7米）。我们在诺福克郡的花园的前边线与路边的草地是连在一起的。从法律上来说这里是属于我们的，但这所有权也存在些争议，因为马路边缘同时也是公共空间，行人们不但可以看见，附近有车时还可以上来临时躲避一下。我们打理花园的方式也基本上跟对待道旁草地一样。我们喜欢春天的峨参和欧报春，喜欢比它们迟一些冒出来的大簇的蓍草和车前草，而盛夏那杂乱的种穗和一束束疯长的草一点也不让我们心烦。我猜我们一年最多就只修剪两次草坪，而这个频率正是乡村道旁草地的标准修剪频率。

但有一位邻居对此很不满意。夏末的一天，我们收到了行政区委员会的一封信，它告诉我们有人投诉我们的草地不够整洁、杂草丛生，并要求我们更好地打理它，使它能与邻居门前的草地达到同一水准。这封信十分严肃地暗示我们，公民自豪感和公共设施质量都已受到了威胁。我写了一封颇为傲慢的回信，当然也将我的情况进行了一些夸大。我辩称那些台球桌似的草地可能很“合乎礼仪” 173

(*de rigueur*)，但放在乡村的路边并不相宜，而且被我们的匿名邻居认为是杂草的植物与那些开在无人问津的路边的野花是同样的植物，它们是生物多样性的一部分，就连政府也敦促我们要保护生物多样性。我的回信如石沉大海，毫无回音。我赢了，我想。可我们几个星期以后度假归来时，发现我们的草地被修剪了。那些看不过眼的人为我们代劳了。我想，在这种情况下，打官司追讨损失应该胜算不大。

这只是杂草战争中一次很小的边界冲突，但它却提醒着我们，我们对野性和驯化之间的界限不但敏感性十足，这种感觉还会被各种细微的社会现象所左右——时尚风潮、社区团结、身份阶层、园艺潮流等。这一事件过去两年，另一个关心植物的替天行道者出现在了村中，用了三个夏夜烧光了这里几乎所有的杂交金柏的树篱。他可能只是个当地的年轻人，发现松柏针叶的易燃性很好玩。但只攻击单一物种的强烈针对性很难掩饰。杂交金柏是一种用于丧葬的树木，它会窃取阳光，也不受其他物种欢迎，是英国最有争议也是最受欢迎的灌木种类。而且，它是栽培植物中唯一一种在高度上受法律特别规定的，仿佛它是休斯敦的一种后院杂草。

在美国，“前花园”——尽管在英国人眼里那称不上是“花
174 园”——从设立之初就属于公共领域。在整个美国郊区，房子和马路之间的空间几乎都铺设着草坪。每座房子的门前草地都与邻旁的草地完美融合，整个街区的草坪会连成长度常达几英里的大片草地。整个美国的草地加起来占地约5万平方英里（约合13万平方千

米），与整个艾奥瓦州面积相当，而每年人们花在草地维护上的钱超过300亿美元。在美国，每英亩草地消耗掉的化学除草剂和化肥比其他任何作物都多。

遵守正统的完美草地标准所带来的压力是巨大的。完全没有敷衍的可能。你对一丛车前草的容忍，不仅反映了你个人的懒散，还是一种对邻居的冒犯。你的草坪是他们的草坪的可见延伸，也是整个社区引以为荣的、精心护理的草坪的延伸。它还是全美国草坪的一部分。你如果没有按时保养，就是自动退出了这个社会契约。

在迈克尔·波伦的著作《第二自然》中，他讲述了纽约州水牛城一个特立独行的草地主人的故事。这名草地主人是研究梭罗的学者，他把自己的前院完全变成了一片长满野花的草甸。他愤怒的邻居将这片杂草全部推平，于是他竖起了一块告示牌："这片草地不是因为主人的懒惰而变成这样。它是一片自然的庭院，会依照上帝的意愿生长。"一位当地的法官援引了一条与休斯敦杂草法令类似的法令，裁定他的"野花"实际上是"有害的杂草"，并命令他将其割除，否则他将面临每天50美元的罚款。他拒绝修剪草坪，截至上次报道，他的民事违抗行为已经给他带来了超过2.5万美元的罚款。

一个骄傲地自诩为个性捍卫者的国家，何以对本国草地再自然
不过的生长状况——以及上面生长出的适宜的植物——持有如此激 175
烈的集体主义观点？波伦认为，"就如同州际公路系统，如同快餐连锁店，如同电视，草坪已经成为全美统一的标志性风景"。但这些限制重重的草地上还是绽放出了更多样的花朵，远比统一规格的大草地绚丽得多。其中缘由既关乎美国对待自然的历史态度，也关乎美

国对公民责任的概念，是两者复杂交织后共同作用的结果。

1868年，景观设计师弗雷德里克·劳·奥姆斯特德[*]在芝加哥城外设计了美国第一个统一规划的城郊社区，并制定了后来成为全国通用制度的一些基本法则。每栋房子都要离马路30英尺（约合9米）远，禁止任何形式的室外分界线，包括墙、树篱、篱笆。这一规定半是为了嘲讽英国文化中的“高围墙”（指高而没有任何通风口的墙），奥姆斯特德认为这种墙会让一排房子看起来像“一串单人疯人院”。美国的前院应该是民主且人人平等的。19世纪70年代弗兰克·J.斯科特[**]继承了奥姆斯特德的衣钵，并发表了《小面积郊区住宅庭院的装点艺术》一文，他宣称：“一片光滑平整、贴地修剪出来的草地是到目前为止郊区住宅庭院中最必不可少的元素。”它将成为社区景致的一部分，并且“大家一起打开并连接前花园所得到的美是一种卓越的品质，每一个参与者都会受益，不会厚此薄彼”。斯科特还努力想把一种独特的“自然”观变成社区文化的一部分。他声称，“用树篱将自然之美与他人相隔绝”是不符合基督教精神的，“而创造或守
176 护自然之美是我们莫大的荣幸”。草坪就是每个普通的美国人分到的一小片旷野。它绿意盎然，所以它依旧还算是“自然”。它被修剪过、喷过除草剂，所以它也是文化，是我们“创造或守护”的。这种集体草地成了“意见统一”的一种表现形式，象征着美国人对土地的根深蒂固的矛盾态度：土地是宽广的、没有围栏的、共有的资源，摆脱了欧洲人那种唯利是图的个人主义；但同时它也是一个竞技场，人的开拓精神要在这里实现抱负，得到发扬。

---

[*] 弗雷德里克·劳·奥姆斯特德（Frederick Law Olmsted, 1822—1903），美国记者、社会评论家、公定遗产管理人和景观设计师。

[**] 弗兰克·J.斯科特（Frank J. Scott, 1828—1919），美国园林景观设计师。

问题在于，草坪一旦成形便会产生一套自己的标准。给主人们造成直接压力的，不仅仅是美国和紧盯着你的邻居。草地本身也会带来压力，它独特而完美的造型在要求着你，它静默的坚持仿佛在告诉你，假如没能帮它保持这天鹅绒般的质感，就是一种背叛。社会学家保罗·罗宾斯为身负国家传统、邻里挑剔、商业压力和保持草地本身水准几大压力的郊区居民们造了一个术语。他叫他们“草地奴隶”。

但让我们转换一下时空，把空间推到芝加哥以东800英里（约合1 287千米）的小镇——位于马萨诸塞州的康科德，时间则从奥姆斯特德第一次在美国草坪撒种回溯20年。这里有一位作家正在苦苦思考一种不同的对待杂草的态度—— 150年后他将启发一位纽约的历史学家去为“有害”的、玷污了他草地的植物们辩护。1845年，亨利·梭罗已经开始在瓦尔登湖边建造自己一居室的小棚屋。他住在 177
这儿，自己种粮食吃，以基本上算是自给自足的方式生活了2年多，他捕捉思绪、积累经历，后来这些思考汇集成了美国文学史上最伟大的作品之一。《瓦尔登湖，或林中生活》（此书最终于1854年出版），是对他这2年试验性生活的记录。但这本书真正讲述的是做一个最充分意义上的公民意味着什么，如何简朴而从容地生活在一个地方，如何与各个物种的邻居伙伴和平共处。他想要近距离地体会他口中的生活的“精髓”。

而《瓦尔登湖》的精髓之一就是一篇短小且出名的文章，它叫作《种豆》。这是作者1845年暮春时节的经历，那时他对着自己的豆子沉思良多。他估计他们那里种的所有豆子连起来长度要超过7英里（约合11千米），而他已经锄豆子锄到着魔了。他也不知道自己着魔的原因，但他似乎已经变成——将保罗·罗宾斯的说法稍做改动——一个“豆子的奴隶”。用他的话说，这与自尊有关，但也与对豆子的尊重有关。他爱他那一行行的豆子，而豆子们种下时的顺序和状况也需要继续维持。于是在他不遗余力的锄头下，黑莓、贯叶连翘和委陵菜都被剿灭，但他却依旧困惑，无法为这种“赫拉克勒斯的劳役”找到一个合理的原因。他种了远超需求量的豆子，而且也不喜欢吃豆子。他的快乐存在于那种劳动的仪式中，即便他开始意识到他只是把一种杂草换成了另一种：

> 大清早，我赤脚工作，像一个造型艺术家，在露湿的沙土堆中弄泥巴，日上三竿以后，太阳就要晒得我的脚上起泡了。太阳照射着我锄地，我慢慢地在那黄沙的冈地上、在那长十五杆的一行行的绿叶丛中来回走动，它有一端延伸到
> 178 一座矮橡林为止，我常常在树荫下休息……我除草根，又在豆茎周围培新土，帮助我所种植的作物生长，使这片黄土不是以苦艾、芦管、黍粟，而是以豆叶与豆花来表达它的夏日幽思——这就是我每天的工作。

爱打探的邻居“悠闲地坐在马车上”，经过这赤足的劳作者身边，窃窃私语，议论着他播种太迟、他的地里如何凌乱。梭罗则更喜欢看鸟儿在他头顶盘旋的景象——夜鹰和鹞鹰“一上一下，一近一远，好像它们是我自己的思想的化身”。“当我停下来，靠在我的锄头上，这些声音和景象是我站在犁沟中任何一个地方都能听到看到的，这是乡间生活中具有无穷兴味的一部分。”

第二年夏天，他决定完全不种豆子了。这些豆子——以及为它

们锄地——已经变成了一个单纯的习惯，分散他的精力，让他无法领会土地更根本的一些教诲。他意识到，太阳对杂草和农作物是一视同仁地照耀着的。“我望了这么久广阔田地，广阔田地却并不当我是主要的耕种者，它撇开我，去看那些给它洒水、使它发绿的更友好的影响。豆子的成果并不由我来收获。它们有一部分不是为土拨鼠生长的吗？……难道我们不应该为稗草的丰收而欢喜，因为它们的种子是鸟雀的粮食？” 179

在梭罗看来，只要不是在最关乎利益的商业场合中，人们对杂草的看法都只是一种内部矛盾，同时也是社会和文化压力作用下的一个结果。私人花园中，杂草的状态和命运则受个人品味与偏见、家族传统和一时的心情左右。它们，或者说清除它们，对营造“家”的氛围所起的作用与门前草坪的成色一样重要。不速之客可能受到欢迎，也可能被人厌恶。园艺中最复杂、讲究之处，归根结底说来基本就是关于自家地盘里什么可以发扬、什么必须铲除的甄选过程。

坐落在诺福克郡南部的我们的小花园也不例外。我和我的伴侣波莉所采取的杂草政策（尽管我们也不是总能达成一致）十分随性，有时候还很虚伪。我们的政策服从于烹饪需要和几条社会惯例，但又会因多愁善感和对这里历史的强烈感情而打折扣。我猜想这花园首次建成应该是在1600年前后，和木质结构的主屋差不多同一时间落成。那时这里是一座小农场，地理位置对主人而言十分便利，它位于村里一块公地的旁边，公地里开满了像硫黄三叶草和红芒柄花这样迷人的野花。我能找到的最古老的详细地图出品于19世纪初，上面显示——就像一座小农场通常安排的那样——这里是一座有实实在在的种植功能的花园。房前有两行果树，屋后有一个水塘。我们现今的草地当初位于一片被测量员标注为“大麻地”的土地的东边角落。这里一字一句写着：“一块用来种大麻的地。”那时住在这里
180 的两个单身汉竟然在我们的草地上种大麻。不过他们种植的是用来制作布料的无麻醉剂效果的品种。这是这山谷里最受小农场主们欢迎的作物。这里湿润的沙质土壤与大麻在中亚的原生长地相似，而在那里大麻最初只是一种一年生的杂草。种植大麻是一档非常普遍的生意。夏天将大麻的茎收割后，这些茎会在池塘中浸泡一个星期（这个过程叫作“浸渍”），以便将长长的纤维与木质的外皮分离。然后人们会拍打这些茎，用一把锋利的木质刮刀将它“打散”以去除外皮。最后，这些纤维会被“栉梳”——捋直和梳理——直到可以放到手工提花织布机上织成上好的亚麻布。这是我们山谷——可能就是我们家花园里——最出名的出口品，拥有大量老主顾，其中包括肯辛顿宫和伊顿公学。

尽管大麻历史悠久、蜚声全国，为当地文化做出了很大贡献，但如今这里似乎已经没有大麻地的遗址了，至少我们这一区是没有的。随着大麻纤维的优良质量被重新提起，时不时会有一块长着这种8英尺（约合2.4米）高的植物的土地出现，这些地通常都躲在非常高的篱笆后面，但完全无法掩饰——至少在温暖的日子里完全无法掩饰——那浓烈的香气。不过在其他场合里，大麻如今被归类到最坏的杂草中。它是有毒的外来入侵者，若无政府批准就在自家种植是违法行为。我曾向内政部申请执照，想种一片迷幻效果没那么强烈的大麻品种，亦即2个世纪前就种在这里的那种，而且我强调了我完全是出于对历史的兴趣。对方十分清楚地回复我说，家庭种植正是

立法所要杜绝的情况。奇怪的是，谨慎写明的获批条件似乎更偏重于将被偷窃的危险降到最低，而非以防止药物滥用为重点。但在字 181
里行间我可以感觉出那种害怕禁忌植物污染灵魂和土地，应使其远离易感人群的古老恐惧。“由种植者决定最合适的种植地点，”条例中做出了让步，写道，“但要保证只能种植在那些将吸引可能盗窃这种作物之人的注意力的风险降到最小的地方。”严禁将其种植在“繁华的道路旁，或靠近住宅、工业区、度假村的地方，（也不能种在）例如，地面有褶皱可以遮挡住作物的地方”。这里的“褶皱”(fold) 一词竟与牧羊人寻求遮护的草棚 (fold) 巧妙地呼应上了。

最后我发现，有没有许可证竟完全无关紧要。一个温暖的夏天，一棵大麻径自从花坛中钻了出来，它那苍白的、著名的手指状的叶子在天蓝绣球和克拉花中间顽皮地摇摆着。它长到大约3英尺高（约合0.9米），10月时绽开了一朵暗黄色的花，又在第一场霜降时倒下。我宁愿相信它的祖先就是19世纪那两个单身汉种来给伦敦人做时髦亚麻布的大麻，它是它们沉睡了很久的后裔。但最有可能的情况是它只是一个偶然的产物，像从鸟食中跌落到附近的杂谷那样，它还提醒了我们，杂草总可以找到办法去它们想去的地方。

一座花园中很难有什么植物上的延续。新的主人总是带来新的品味，花坛被重新设计、重新种植，喜欢的植物留下，不喜欢的植物丢开，时兴的新品种被从遥远的地球另一边引进来。我们的花园肯定曾经有一株花贝母长在那棵大麻发芽处的附近，因为每到4月下旬花贝母开花的时节，准能在这同一个位置闻到那股浓浓的狐狸味道。 182
但从来没有花贝母出现过。这是一个植物幽灵，一块嗅觉化石，可能是由某截休眠着的根散发出来的。最有可能在历史巨变后存活下来的植物就是非常古老的树和非常灵活的杂草。长在我们车道边的艾草和欧荨麻可能是2个世纪前长在大麻地里的杂草的后裔。长在莴苣田中的千里光可能属于一个古老的世系，其历史可追溯至3 000年前，那时青铜时代的农民刚刚来这山谷里耕作。至于那在茅草中放肆地生长的苦苣菜，我对它的来头完全没有头绪，但它表达出了杂草们的心声：你来之前我们就来了，你在时我们整日为伴，你不在了我们继续生活。(仿佛是为了证明这段心声，世上确实存在着一种专门长在茅草屋顶的杂草。作为一种避开闪电的迷信做法，肉质叶丛贴地而生的长生草曾被专门种在房顶。它们在屋顶待了许久，并基本上适应了那里的环境，于是伏在那里的它们得到了所有植物俗名中最长、最难懂的一个："欢迎回家，丈夫，但别再喝得这么醉了"。)

我们习惯性地将杂草定义为入侵者，但准确说来它们也是一个地方传承与遗产的一部分，它们是一种祖传之物，是一个历经岁月的基因库，与这个基因库相比，我们的房屋建筑都是昙花一现。杂草碍我事的时候我依旧会拔掉它们，但这只是一种随性的破坏，其中还带着我对它们的敬意，而且我常常因为心头浮现的浪漫情绪而手下留情。杂草的那种怀旧感，也反映了一个人一生中与它们熟稔了多久。它们总在一年中的同一时间出现，每一年都会出现，像那些你巴不得
183 他们住得更远些的唠叨的亲戚。它们是草做的时钟和沙漏。对一个园丁而言，顽固守时可能是它们最恶劣的品质，但这也是一种让人心安的提醒，告诉你生活还在继续。

我们刚搬来这里的时候杂草并不多。即便以挑剔的眼光来看，那时的花园也算得上整齐干净。几乎每个星期都有人为它锄地、割草和修剪。旁边小屋里留下的那一大堆除草剂表明，作为入侵者的杂草们一直处境窘困。我们来的第一年夏天，因为除草剂都收进了

箱子，并且我们的精力都集中在房子的内部装修上，“屋外”（*de la maison*）的杂草们（法国人把杂草叫作*mauvaise herbes*，意为“坏植物”）大爆发，就像没了猫以后无法无天的老鼠。2003年的夏天热浪滚滚，它们却仿佛卸掉了压在身上的大石，神气活现。大地似乎在喷吐热气之时将它们一起呼了出来，仿佛每一次吐出的都是卷着植物的水汽。琉璃繁缕散布在碎石上，总在早饭时间绽放，午饭一过就收起花瓣。一株巨大的菊蒿在油桶边盛放。常绿五舌草（原产于西班牙）是整座花园里长得最欢的，在土豆地里、小径上、花盆里四处乱窜。在粗糙的草丛中，它们清亮的蓝色花朵点缀在峨参的白色蕾丝大花旁，仿佛钻蓝色的纽扣。

最奇怪的杂草在6月出现了，旧菜园中出现了零星几棵神秘的红脊幼苗。直到盛夏它们才露出身份，原来是丰茂的曼陀罗——这种植物打从我在米德尔塞克斯荒原上到处采集植物时就一直紧跟着我。到7
月时，它们淡蓝色的花朵娇美地绽放在一行行灰头土脸的四季豆和番茄 184
苗中（番茄与曼陀罗还是同属茄科的亲戚）。到了8月末，它们就结出了带刺的板栗似的果实。天知道它们是怎么到了我的花园里的。如今最常见的种子来源就是来自南美洲的成包的花园肥料。但古时人们会种植曼陀罗以获取生物碱类药物阿托品和东莨菪碱，用来治疗哮喘和消化系统紊乱，并且曼陀罗的种子已被证明可以长期休眠。要是我们那种大麻的先人们也曾在花园里种了曼陀罗，我可一点都不会吃惊。

我想也存在那么一点微弱的可能性，是我自己无意中把它们带来的，种子可能来自一颗30年前被采摘下来的、一直躲在箱子一角的果实，也可能被夹在了书页间——可能就正好夹在画有曼陀罗的那一页。渐渐地，我发现杂草的出现根本不是偶然的，从某种程度上说是我们这些花园的使用者和劳作者“造就”了它们——如果你喜欢，也可以说成是“培育”了它们——途径就是我们的个人喜好和行为。许多杂草之所以会出现在这儿，是因为我们就是这样的人，我们自己的过去和经历所造就的人。它们可以反映出我们挖土和割草的方式，我们走的是哪条人行道，我们去哪里度假。根本无须特意带它们来这里，只需在它们到来时给它们一点宽容。

不然如何解释这种一个夏天就遍布碎石之上的奇异植物的来源？它看起来有些眼熟，于是我没有多想就以为它是一棵原本长在附近沙地上的无精打采的蓝蓟（*Echium vulgare*，俗名viper's-bugloss，直译为“毒蛇的牛舌草”）——直到8月末，它越来越像一窝蓝花纹的蛇。蛇一般的形态并非这一类植物获得“毒蛇”
185 之名的原因，这个名字是指它的种子与蛇头形状类似（属名*Echium*来源于希腊语中的echis，意为“毒蛇”）。寻常的蓝蓟在生长时是笔直挺立的。于是我不再漫不经心地把它当作印象派画作中被抹成一片雾霭的夏日杂草，决定好好观察这碎石上的不速之客。透过放大镜，我发现它布满褶皱的蓝色花朵中间雄蕊较短，高度没有超出花瓣——植物学家把这叫作“内藏”（included）。常见的蓝蓟长着长长的粉色雄蕊，看起来像是正从花的口中探出并且不停颤动——这是它另一个像蛇的特征。这是一个不同的品种——小花蓝蓟（*Echium parviflorum*），一种长在地中海地区田地和干燥荒地中的一年生杂草。是不是我们上个假期去普罗旺斯，踏过繁茂的农田时有几颗种子藏在我们的鞋底，跟我们一起回来了？无论它们经过什么路线抵达这里，几乎可以肯定的是，把它们带到我们家的是我们的生活方式，而不是什么抽象的植物传播种子的原理。它们是为我们量身定做的杂草。

马鞭草可能是另一个例子。它细长结实的茎上开着小小的明亮的淡紫色花朵，仿佛慢慢燃烧着的烟火。它时不时地出现在我们的石砖路上，跳进我们的花盆，或躲在低矮的豆子中间。在附近几处沙质土壤的路旁可以看到它的身影，可能它就是从那里来的。不过它可是盎格鲁–撒克逊人的圣草之一，中世纪时人们认为它可以抵挡巫术、治愈瘟疫，波莉在自己帮忙照管的诺里奇主教座堂药用植物园中虔诚地种着这种植物。她在植物园中用的工具与她在我们家没那么神圣的土地上翻耕的工具是同一套，于是小块零星的土壤便在两座花园间穿梭着、交换着。如果爱德华·索尔兹伯里爵士依然在世，他很可能可以从我们轮胎上粘着的植物线索中推测出我们每天的活动。 186

我喜欢这种把杂草当作考古物件来挖掘的想法，它们像箭头或旧书信那样呈现历史，描绘着我们的习惯与信仰。不过从另一个角度来说，它们与博物馆中的藏品一点也不一样，它们还生机勃勃地四处活跃和捣乱。在发现有一行香蜂斗菜长在了我们停车位旁的树篱下时，我们俩都感觉到了一种宁静的喜悦。这是一种分布在英国部分地区的惹人讨厌的道旁杂草，但它有着有趣的身世背景和迷人的性情。在欧洲这种植物直到18世纪晚期才为人所知，被发现时它长在法国中央高原皮拉特山的山脚下，它有着淡紫色的柱状花序，冬天开花，簇拥在马蹄形叶片上的花穗散发着香气。它被巴黎贵族采下种在花盆里，摆放在他们冬天的花园中，并于1806年来到了英国。它的俗名winter heliotrope（直译为“冬日向阳花”）中的heliotrope一词意为“向日植物”，很有误导性。香蜂斗菜的花并不像向日葵那样随着太阳转动；但它们跟真正的“向阳花”——抱茎天芥菜（summer heliotrope，直译为“夏日向阳花”，学名为*Heliotropium arborescens*，原产于秘鲁）有着一样的诱人的杏仁糖和香草的香味，这种香味使得香蜂斗菜得到了另一个名字——“樱桃派”。它们最早在临近冬至时就开花了，给这一年中花香最为匮乏的日子带去了芬芳，也使得这香味既带有圣诞气氛，又裹挟着春日气息。我刚搬到诺福克郡时，独自借住在一座宽敞的16世纪的农舍里，那年冬天我的书架上就一直摆着一瓶香蜂斗菜。

但从资源有限的地中海故乡一跃来到北方肥沃的土壤，香蜂斗菜失控了。因为横行霸道，它被大部分花园驱逐，并在潮湿的路旁安顿了
187 下来。它们大片大片地散播（有些植株甚至不会开花），用自己常绿的叶子拼接成一片令人窒息的大伞，把低矮的花草遮蔽在身下。但在阴冷的12月没有其他任何花朵开放，它还是可以轻易触动你的心弦。

倘若花园里没有白屈菜，我就会觉得少了点什么。这种难看的开黄花的杂草古时便被人从地中海地区带来，它也是带我进入植物间文化关联这一复杂领域的植物。最开始引起我兴趣的，是它的俗名（greater celandine）竟然与跟它几乎没有亲缘关系的榕叶毛茛的俗名（lesser celandine）大小对应。celandine一词来源于*knelidon*，希腊语中指“燕子”，而白屈菜（*Chelidonium majus*）之所以得此俗名，可能是因为它开花的时间正是燕子归来的时节。约翰·杰勒德却不相信这个说法，他认为原因是“有些人认为失明的母燕若服用这种草，便能重新看见自己的孩子，这纯粹是无稽之谈”。我顺着这个线索查找，发现这一说法来自中世纪时的草药医生，他们显然不认为这是无稽之谈，并推荐用这种植物来清除“粘在眼球上的黏滑物”。（这是一味猛药。它分泌的橙色乳液腐蚀性很强，可以用来烧灼皮肤上的疣。）我听说在建于1289年的牛津基督堂主教座堂里圣弗丽德丝维德的神龛上可能就刻着这种植物，亲见之下发现它的裂片叶被准确无误地雕刻了出来，旁边还有以同样写实手法雕刻的枫树、山楂和

常春藤。白屈菜的出现可能并非单纯做装饰用，或出于巧合。圣弗丽德丝维德是牛津的守护圣徒，同时也是盲人的恩人。她是12世纪一位麦西亚国王的女儿，因不愿接受包办婚姻而出逃。她那不幸的 188
求婚者后来失明，出于悔悟弗丽德丝维德隐居到了一座修道院中。不久她就在牛津上游的宾谢伊村召唤出了一口圣井。这口井里的水被认为对眼疾有奇效，而似乎也是这口井奠定了她崇高的地位，因此白屈菜—— 一种主要用来治疗眼疾的药草——才会出现在她的神龛上。

白屈菜如今已成了牛津的代表性杂草之一。我曾看到它出现在停车场边上，长在这城市历史悠久的墙壁上，又在名校的楼梯下发出芽。我希望终有一日我来到宾谢伊村时能在那里看到它。古井依然在，半掩在村中教堂背后几级长满苔藓的阶梯下。但这里没有白屈菜，只有一小丛榕叶毛茛，但它开花的时间比燕子的归期要早上2个月，而它之所以拥有一个与白屈菜类似的名字，可能仅仅是因为两者花色相近。

古怪的偏好可以引发许多远在你花园之外的结果，这是杂草中的多米诺效应。我十分喜欢双花白屈菜的古怪模样，在我还住在奇尔特恩时，有一次我从邱园那一大片茂密的双花白屈菜中偷了一个蒴果。它在我的小花园里顺利发芽，第二年我们那水泥人行道的裂缝里也冒出来了一些。2年后它蔓延到了隔壁邻居那儿，到我搬往诺福克郡时，我已经能沿着双花白屈菜的轨迹走出1/4英里（约合402米）远了，这轨迹沿着我们这条街一直向前，穿过主干道，进入了一座工厂的停车场，到这里后它们便向一堵高墙攀爬，因此停住了前进的脚步。我家在诺福克郡的花园里也长出了单花品种的白屈菜，但它 189
们完全没有双花白屈菜那种大胆冒险的活力。

大部分“新晋”杂草都是以逃离花园为起点的。最忘恩负义的是，你花园里的植物哪怕足不出园，也能摇身一变，成为肆无忌惮的杂草。它们凶猛的扩张趋势仿佛在嘲笑你之前的精心护养。它们攀上墙壁，钻进墙中，让原本整洁利落的四方形菜畦变成了立体派画作般的五颜六色、七零八落。雄黄兰的球茎到处安家，有时甚至就长在我们为了烧掉、铲除它们而点燃的火堆旁。薄荷侵入了草坪。连草坪自己也变成了可怕的杂草，不屈不挠地向毗连的土地渗入，而这些土地我们本想用来种些别的。我弄来几吨碎石灰石，想要打造一座地中海式花园，结果这一做法实在太成功，以至于在我的精心照料之下度过严冬的那些植物如今开始互相侵略，而我不得不花上比除杂草更多的力气来拔掉牛至和大戟的幼苗。

我将一种植物引入这片已杂草遍地的草地中，以控制那些杂草中的“杂草”——像是匍匐披碱草和黑麦草这样长得过于茂盛的草类——结果这种植物自己反倒成了一个侵略者。小鼻花（yellow-rattle，直译为“黄色的发出嘎嘎声的花”）之所以得名如此，是因为有风吹过时它的种子在鼓胀的种荚中会嘎吱作响。它是一种半寄生植物，长有绿叶，可以自己制造一部分食物。但它的根上有吸根，可以附着在其他草的根部吸取营养，使寄主丧失活力。那些野生植物
190 园艺手册会让你把它种在即将失控的草地上，以控制草类的长势，同时给美丽的野花更多生长空间。但这些手册没有告诉你的是，小鼻花也可以寄生在其他很多物种身上。它这来者不拒的习性是我的朋友克里斯·吉布森博士的研究课题。他逐寸逐寸厘清了这种植物根部的寄生过程，发现它的寄主至少包括十几科不同的植物。因为它，我家草地上的三叶草和蚕豆已经虚弱到跟草一样矮小。在它长得密集的地方根本看不到草类生长，我甚至怀疑它们是不是开始自我寄

生了。但没有什么生态系统是一直稳定不变的。2010年初那场可怕的寒潮使得小鼻花的种子大量萌发。之后那段持久干旱的日子中，几片已经很虚弱的草开始死去，很快它们的寄生者也开始死去。到仲夏时节，草地上已经出现了零星的几块不毛之地，这些地方很快被更加传统的杂草占领了。小鼻花看上去只是个吃白食的讨厌植物，可它也能用自己的方式缔造出生态系统里的生物多样性呢。

但我们找到了和我们的杂草抗衡的方法：只需要转换一下角度，心理学家们称之为“重构”。所以，偶尔从土豆中冒出来罂粟和麝香锦葵，就由它们生长，还能把它们当作观赏植物。它们不会造成什么伤害，反而会把原本灰暗的菜畦装点得让人眼前一亮。若旋花爬上山楂树或帘子，然后得意扬扬地开出耀眼的白花，十分欢迎，要是有谁说它不如圆叶牵牛美丽，那绝对是违心的。不过倘若它跑进岩蔷薇丛中，我们就会把它那长而卷曲的藤拔掉——这真是一个
让人无比舒心的除草工作，因为旋花藤不像线球，自己不会缠乱打 191
结（不过它们可以被打成结，所以素有急智的波莉会拿它们当临时草绳用）。

而且杂草也是昆虫们生存的必需品。钩粉蝶会从开花早的毛茛花中采集花蜜。荨麻蛱蝶、孔雀蛱蝶和红蛱蝶的幼虫以荨麻叶为食。而对于“杂草为何而生”这样一个问题，其中一个答案可能就是“蛾类”。官方名单中以杂草为食的蛾类里，有四分之三的种类我都没有见过，但它们的名字却带着浑然天成的诗意：斑点栗色夜蛾，黑夜蛾，红丝线尺蛾，黄线素色夜蛾，雅弄蝶，大理石纹尺蛾，乳白波纹姬尺蛾，黑纹双点潢尺蛾，地衣展冬夜蛾，豹灯蛾，黄绿灰蝶，绿组夜蛾，灰琴夜蛾，怀特岛波纹姬尺蛾，大展冬夜蛾，暗褐潢尺蛾，棕白波纹姬尺蛾，桦霜尺蛾，细棉玻灯蛾，三叶窄眼夜蛾，石冬夜蛾，波特兰缎带

波纹姬尺蛾，老木冬夜蛾，旋姬尺蛾，亚麻篱灯蛾，绸缎波纹姬尺蛾，八字白眉天蛾，球菜夜蛾，双点小柄尺蛾，白纹草丛古毒蛾，车前灯蛾，金黄贝壳尺蛾。

我想，我们对杂草产生最大影响的地方就是草坪了，并非因为我们清除了它们，而是因为我们的割草方式是齐齐地修剪掉它们和草类的顶端。这一做法，依杂草的生存规律，意味着我们给那些喜欢去除顶端和已经演化成叶片贴地生长的品种带来了优势。所以草坪上一年到头都长着茂密的车前草和蒲公英。早至1月——此时离修剪草坪还有很长一段时间——第一波雏菊就已经在草地中零星探头（人们说，当你一只脚踩下去可以踩到三朵，或者七朵，或者一打——此数字因人而异，就算是相邻的两家人标准也不统一——雏菊时，就
192 说明春天来了）。3月里绽开的是金钱薄荷，它的花把一抹蓝色和紫色铺到了草尖下方。倘若山毛榉遮在了一小片草地上方，那么只要几个月时间，它们就能把树荫下的草地置换成一片属于自己的、闪着金属光泽的蓝色。

但最出众的草地杂草当数榕叶毛茛，它的花朵带有一种“这里就是春天！是新的太阳！”的决绝气势。我们花园里的榕叶毛茛颇为挑剔，只有在樱桃李下一个潮湿的角落里才会真正茂盛起来，这里我们一年最多只修剪三四次。但每年从2月中旬开始的大概6个星期里，它会让那片树下的空地闪闪发光。这是唯一可以用的词语。榕叶毛茛的花瓣与毛茛类似，似乎有反射光线的能力，仿佛它们是黄色金属，或者油，或者——更确切地说——是融化的黄油做成的。约翰·克莱尔讲过一个游戏，游戏中孩子们会把盛开的榕叶毛茛花端放在下巴下方（如今的小朋友会用毛茛），看看金色的反光是不是预

示着光明的前途。一个生活在现代的沃里克郡的小朋友听错了它的名字，把它叫作“柠檬眼睛”。

这些花朵模仿起太阳可真是一丝不苟，天气温暖时它们就盛放，寒冷的日子里则合拢花瓣。在多塞特郡，榕叶毛茛被称作“春之信使”，这名字简单明了。我小时候曾每年都试着采一把盛开的榕叶毛茛做情人节的花束，但有一年的2月实在太冷了，我不得不用取暖灯照着它们催开花苞。华兹华斯*注意到了它早开的花，奇怪为什么这样灿烂夺目的花朵没受到更多赞美。在为杂草而写的一首诗前，他写了一段简短的说明：“值得注意的是，这种花开在如此早的初春，如此明亮美丽，如此饱满丰茂，应该更早地被英国诗歌留意到。更为它 193
增添趣味的是它那会随光照和温度开合的习性。”

我们这些与华兹华斯有同感的人，不明白为什么大部分草地都不欢迎榕叶毛茛，也不明白为什么人们更喜欢纯绿色的天鹅绒般的草坪，却不喜欢多彩的花幔。不过这当然不只是一种审美上的偏好。我怀疑大部分园丁都喜欢榕叶毛茛、雏菊和婆婆纳。但要是它们出现在别的地方——在草甸上，在路边，在孩子手上的那捧野花里——就更好了。英国的草坪也许不像美国草坪那样象征着社会的统一性，但它也在形成一套自己特有的标准，使它与其他种类的草地都不一样；可一朵野花就会把它变成另一种类别的草地，变成草甸。这朵野花，就像其他所有站错了队伍或者跑错了位置的植物一样，因此符合了杂草的定义，变成了杂草。

但也有一些植物因其高贵的血统，几乎让所有割草者都止步于前，只有最决绝的人才能做到对它们一视同仁。我们的国产兰花与

---

* 华兹华斯（Wordsworth, 1770—1850），英国“湖畔派”诗人。

一些世界上最美丽的花卉拥有一个共同的祖先，这一科外来植物魅力十足，它的纯种后代是当代花卉商人们的主要产品之一。它们外形美丽，珍贵罕见，血统出身更是无懈可击。一旦认出它们的品种，就知道它们是世界上最不可能成为杂草的植物。但我们本土的两个品种喜欢长在低矮的草地上，因此经常入侵草坪。于是一个经典冲突产生了：难以抵抗的入侵者，也是地位稳固的贵族。

旋花绶草生长在英国南部白垩土质的乡村。它主要见于已经被羊和兔子啃食的较矮的丘陵草地，但也经常在老旧的草坪上冒头。
194 我曾在肯特郡看见一座网球场上长满了它们细长的茎和白色的小花，花很不起眼，大部分人可能都不会多看它一眼，但实际上它们以螺旋形排列在茎上，闻起来还有一股丁香水仙的香气。

但没有人会忽略蜜蜂兰。我记得第一次见到这种花是在奇尔特恩白垩丘陵上的一次傍晚野餐中，那种感觉就像我已经在植物学的仪式中获得了某种隐秘的圆满。这不仅仅是因为它那不可思议的外形——粉色的精灵翅膀与棕色的蜜蜂身体相结合，充满了奇幻感；它们看起来似乎超越了整个植物界，仿佛它们本来是瓷器和丝绒上的图案，却在太阳的照射下神奇地成真。它们冲击了我心目中关于一朵花应该是什么样子的概念，让我意识到那些概念是多么地人类中心主义，多么孤陋寡闻。

我不是唯一一个被蜜蜂兰似虫似花的外表搞晕的人。根据进化生物学家们的说法，这种花形成这么奇特的外形是为了欺骗真正的蜜蜂。理论上蜜蜂会把这种花错当成自己的同类，满怀希望地与它进行一种叫作“假交尾”的行为，并无意中将花粉蹭到腿上，然后当它与下一朵花再次假交尾时，花粉就会被传播过去。问题是这种花并不想扮演达尔文理论中的那个角色。它是一种完全自花传粉的植物，而在英国甚至从没人见过哪只蜜蜂试着对它跳求偶舞。

蜜蜂兰还具备一些我们熟悉的杂草技能。它的花会产生数千粒尘埃般的种子，它们乘着风可以飘出很远，如果掉落在已被开发过的白垩土地上，就能长成巨大的花丛。老旧的采石场是蜜蜂兰的典型 195
生长地。它们还会成群出现在更显眼的地方，比如化工厂的废土堆上、希钦镇外新落成的十字路口圆形花坛里、米尔顿凯恩斯电话局停车场的边缘和牛津郡一所私立学校的跑道上。

蜜蜂兰从发芽到开花需要长达8年的时间。但在第三或第四年时，它们的幼苗会长成像车前草那样扁平的丛状，这样不但不怕轻微程度的割草，甚至还能因割草除掉了竞争者而受益。在我们家的晾衣绳下就长出了一丛蜜蜂兰，而这块地方的草的高度我一直控制在1.5英寸（约合3.8厘米）以下。我在1月就注意到了这丛植物，但不太肯定它是什么物种。到5月时它们的身份已经确定无疑，7月中旬它们便完全盛开了。我猜这颗种子一定是从离我们最近的那个蜜蜂兰群落吹过来的，它们生长在距这里只有半英里远的一个蜜蜂兰喜欢的典型的地方：变电站周围的沙质土壤，当地的孩子们常在这里玩自行车。

它们是那一年最让我们骄傲的花卉，有客人来时我们会第一时间向客人炫耀，那丛有年头的月季则被它们挤到了后面。但对于恪守完美草坪标准的人来说，蜜蜂兰可能会造成一种棘手的两难境地。我还住在奇尔特恩时，曾有一位女士联络我，原因是她家草坪上长出大量不明植物。按照她的描述可以肯定那是蜜蜂兰。当我前去调查时，我竟在那片小小的草地上数出了超过一百朵盛放的兰花。不过不知道她用了什么方法将花丛之间的草地全部修平了（用的可能是电动剃须刀，因为修剪的位置实在太精确了）。这些没有叶子的兰花，孤零零地站在光秃秃的草坪上，看起来像是一个个塑料小风车。

196 但有一种杂草，即便是像我们这样采取放任策略的人也无法忍受。宽叶羊角芹不会骚扰你种的蔬菜，也不会出现在草坪上。但花园边上的绿草带是它们寸土必争的地方。它们不只会填满种植花卉之间的空隙。它们会将这些花挤开，用自己蚯蚓般灵活的白色地下茎巧妙地包围或插进任何挡在前面的根系。宽叶羊角芹基本对除草剂免疫，也很难用手动除草的方法处理。任何留在土壤中的根的碎屑都能长成一丛新草。为何它至今还没从花园中走出去（比如要从我家花园走出去只有50码距离），成为所向披靡的农业杂草之一，真是个谜。

由于宽叶羊角芹的行为特征和对已开发土地的偏好，它常被界定为外来入侵者，是一种很早便从欧洲内陆引进的植物。在对史前遗址的挖掘中从未找到过它们曾存在于英国的证据。罗马人很珍视这种植物，因为它既可以做草药（主要用来治疗痛风）又可以做蔬菜，很可能正是罗马人把它和小茴香、亚历山大草——两种很快便适应了英国环境的烹饪用植物——引入了英国。它很快就为人们所熟悉，有了各种俗名。“痛风草”一目了然，正如此名的一个变种“主教草”一样（众所周知，主教大人们易患这种病症）。“跳来跳去的杰克”出现于16世纪，这个名字暗示了宽叶羊角芹的一个行为模式，这一模式后来被约翰·杰勒德确认，他以不寻常的绝望语气写道：“它一旦在哪里生根，就很难再被去除，每年都会毁掉、占领更多土地，去搅
197 扰那些更好的植物。”“每年都会毁掉、占领更多土地”是对它的扩张模式的准确描述。只要一个夏天的时间，每株宽叶羊角芹都可推进多达3英尺（约合0.9米）的距离，因此每丛植物占领的面积超过1平

方码（约合0.8平方米）。它的根也会向下延伸到空前的深度。20世纪90年代，在肯特郡的一座采石场，一个工人发现，即便是到了离地面30英尺（约合9米）的深度，宽叶羊角芹的根也依然在向下钻。

它传播的方式与荨麻和旋花类似。形成网络且带有新芽的地下茎在地下分叉，不仅向空闲的土壤中渗透，而且连其他植物根系的夹缝也不放过。每一根茎都能在一个季度的时间内伸长3英尺，茎的末端是几个长有叶子的分枝，有些分枝着实让园丁们气恼，倘若它们丑到能让人毫无保留地憎恶也就罢了，偏偏它们到了6月又会开出伞状的美丽的乳白色花朵。并且，就像旋花一样，它们坚韧的根系或芽若被锄头、铲子斩下任何一点碎片，这碎片都能再形成一株新的植物。

在我们刚搬进来的时候，花园宽阔的绿草带里已经长了许多宽叶羊角芹。频繁的锄草和拔草会使它们看起来变少了，但几周以后又有更多植株冒出来。它是波莉在她的园艺生涯中最痛恨的灾星，她还灵光乍现地给这种仿佛永生不死的女巫之草起了个简称，以便出口时更有力地表达她的怨恨。于是宽叶羊角芹的俗名ground-elder被她简化成了Grelda，她叫它格雷尔达。

最后我们不得不采取更加激烈的措施，才能把它们控制在可以接受的程度。我们决定把宽阔的多年生植物绿草带宽度减半，以减少宽叶羊角芹带来的除草工作量以及其他各种工作量。所有现存的花都被连土挖出放在一边，然后波莉开始了艰苦卓绝的净化过程，相比之下，梭罗种豆时那“赫拉克勒斯的劳役”就像整理窗边的花箱一 198
样轻松。她将土地挖到2英尺（约合61厘米）深，在其中筛找细小的白色地下茎。她把每一株花的根都在水中浸洗，然后用小刀和叉子一点点清理，直到所有纠缠在上面的宽叶羊角芹的根都被清除。缴获的所有根茎都被聚拢在一起一把火烧掉，花朵则被重新种回土中。

第二年春天，宽叶羊角芹只零星可见。但现在就庆祝全面胜利
可能还太早。在各处，在花坛边缘，我还能找到几片正逐渐展开的宽
叶羊角芹。我小心地拔掉这些植株，尽量不把根弄断，想看看它们是
从哪里长出来的。每一棵植物似乎都是从一小片残根上发芽，而这
些残根太过纤细，很容易在大清洗中被忽略。新芽并不是从蛇一般
的根部残片的突起节点上生出来的，而是从残片尖端的球状突起中
再生。在显微镜下观察时，整个生长点、下一代的发源处看起来恰似
199 四处探寻着的精子，这是巫女格雷尔达的另一半。

第十章

柳兰

——火杂草

“这里仿佛一片魔法之境。”战地画家威廉·奥尔彭*爵士第一次看到法国索姆河那曾经的战场上热烈盛放着的虞美人时，写下了这样的文字。对我们而言这句话很难理解，但在极难得的某些时刻，战场看上去也并非地狱，英国士兵们能在这里看到一片野生花园。好像杂草们要在一瞥之间告诉你生命是多么顽强不屈，即便周围发生的种种都在说着完全相反的故事。泰德·威尔逊上尉是一名29岁的老师，他在给母亲的家书中描写了暮春时节壕沟里的五光十色：

> 在镇子和我们的驻扎地之间是一个村庄，这里已经被毁得不成样子——教堂的塔尖残破不堪，房屋墙壁被炮火轰得像马蜂窝一般。后来这里长了一片极为灿烂的黄色花朵——应该是某种芥菜或白芥——阳光下它们的味道像极了焚香的香味，天上还飞着百灵。有一块空地扯上了带刺

* 威廉·奥尔彭（William Orpen, 1878—1931），爱尔兰画家。

> 铁丝网——网都锈成了橙红色——就在刚才，有一只野兔
> 从里面钻出来，直直坐着，眼里带着惊恐，耳朵被透过的阳
> 201 光照成红色。还有壕沟。人造与自然混合在一起，难以用
> 语言形容。土堆上长着千里光和耀眼的蒲公英，还有繁缕，
> 以及琉璃繁缕，这些花全都放肆地开着。

如果说军官在家书中对战场上这勃勃生机表现出的喜悦常常是一种单纯的“因物而喜”，那么普通士兵更多的则是因景伤情。他们中的大部分人都来自乡村，战场的混乱中长出的野花与他们在家乡土地上看到的是完全一样的品种。于是它们以一种最为奇特也最为悲切的方式——壕沟花园——成了人们在恐惧中与故乡温存的载体。一名《花园》杂志的前编辑写信回家，告诉家人像白屈菜和疆南星这样的杂草是如何被从周围的地里移栽到壕沟中，人们又是如何沿着壕沟边缘辟出一小块一小块的地方，并拿炮弹残片围住，用来种植它们。一名士兵则描述了一条只有47码（约合43米）长的壕沟布满了“编织篮和格子墙……看着旱金莲爬上格子墙，地道与连接点都有了一种家的气氛”。

倘若在一些人看来战场只能算是个象征意义上的花园，作为农田它可是实实在在的，而战争本身则是一种对农耕的怪异仿效。伊瓦尔·坎贝尔上尉在1915年的家书中写道：“放眼向乡村望去，平坦、宁静、一片祥和，我看到的是一片看起来像被巨人的犁翻耕过的土地。”诗人约翰·梅斯菲尔德给妻子的信中有一段苦涩而真实的描写，记述了一座真正的法国农场如何变成了一堆腐败之物：“我们把这片农场和砖瓦和池塘和大部分堆粪场以及所有的树所有的田都炸成了尘土、碎片和空洞，直到什么都不剩……尸体，老鼠，旧罐

头，旧武器，步枪，炸弹，腿，靴子，头骨，弹药筒，木屑和锡和铁和石 202
头，腐烂的身体和溃烂的头的残部散布在每一处。”第一次世界大战中的诗人们注意到，用来说服士兵们上战场的理由是“为了保护并以某种方式拥有英国乡村的自然之美”，而这却要通过破坏同样美丽的法国北部乡村来达成，诗人们看出了其中的讽刺。艾弗·格尼目睹着法国——“一片可爱的土地，几个世纪的美好生活造就了它温柔和仁慈的秉性”——被变成了一片荒野。埃德蒙·布伦登将农业上的类比与共鸣引向了合理的结论，他的诗作《乡村经济》以一个农民的口吻讲述战争，讲述他如何播种钢铁又以血肉灌溉它们。

为什么，即便是这沉思的农民所熟悉的
树林和田野
也沦为锄下的泥土，被耕犁，
如果要他来计划，他也会这么做；
这田野和林地，都是被骨头滋养的沃土，
会很快带来大丰收。

首先，这大丰收是杂草的丰收。威廉·奥尔彭造访索姆河战场时，距离41.5万人在此丧命只过了6个月，他被眼前的景象惊呆了。在他的回忆录《一个在法国的旁观者：1917—1919》中，他写道：

我永远不会忘记第一次看到的夏日的索姆河。我把这记忆放在一片泥污之中，那里什么都没有，只有水、弹坑和

> 污泥——这是一个人所能想象出来的最昏暗、最阴郁的令
> 203 人憎恶的荒凉；而现在，1917年的夏天，这里却美得找不到字句形容。那片忧郁阴沉的污泥被炙烤得洁白而纯净——是那种耀眼的白。红色的虞美人和一种蓝色的花，大片大片开着，不知绵延多少英里。天空是纯净的深蓝色，整个空中直到约40英尺（约合12米）高的地方，有许多白色蝴蝶在上下飞舞着。这里仿佛一片魔法之境；但在这片仙境中，竖着成千上万的白色小十字架，每一只都代表着一个无名的英国士兵。

但欣欣向荣的不仅仅是杂草。1915年夏天，伊珀尔*曾经的战场上收获了更丰厚的利润。战争结束后没几个星期，法国农民们便拿回了他们的土地。他们填平壕沟和弹坑，开始犁地。在人们的记忆中，庄稼从没长得这么好过。在几个月前还是战场的地方，如今杂草和小麦却丰茂得反常，《乡村生活》杂志闻讯对此评论道："战争的大潮退去后，许多记者都注意到农业收成丰饶到令人称奇，仿佛连土地也急着要一扫因战争造成的荒凉。"杂志十分聪明地指出这次丰收与"战争中的红雨"——死去的英国士兵——没有任何关系，并把原因全归结到了敌军营地的身上："化肥和军火的原料有很大一部分是相同的……爆炸物中含有大量硝酸或硝酸盐以及钾盐……德国人从农业中提取的用来杀死法国人的化肥成分，最后竟真成了滋养法国
204 良田的化肥，这真是莫大的讽刺。"

* 比利时城市，德法战争中处于重要的战略位置。——译注

让看到虞美人的人感触最深的是它们那种重生后的绚丽灿烂，并且因此造就了一个直到近1个世纪之后还能引发人们共鸣的象征符号。从古时候起虞美人就是生与死的象征。圣彼得提到它们时强调的是它们生命的短暂："凡有血气的，尽都如草，他的美荣都像草上的花。草必枯干，花必凋谢。"但在基督教传统之外，它们更常作为多产和新生命的象征，血红的花瓣彰显着大地的生命力。与索姆河战场情况完全一样的先例是滑铁卢，滑铁卢战场被翻耕后长出的虞美人，被认为是来自遭到屠杀的战士的鲜血。

但在19世纪的最后几年中，这种植物的头顶萦绕起了一种更为多愁善感的光环。有一段时间它成了一个村庄的代表元素，这是诺福克郡北部海岸靠近克罗默的一个小地方，因为《每日电讯报》的戏剧批评家克莱门特·斯考特*的缘故还获得了"虞美人之乡"的称呼。斯考特是在19世纪80年代时开始来这里访问的，他住在一个当地的磨坊主家，远离那些受游客欢迎的海岸景点。他爱上了磨坊主的女儿，也爱上了当地的景色，他认为自己是在这些开遍田埂与路沿、开满悬崖峭壁的鲜红的花朵中顿悟的。他开始为自己的"虞美人之乡"写狂热的专栏文章，把这里描绘成了一片古时那种往来耕作、怡然自乐的世外桃源。虞美人之乡很快名声大噪，斯考特一直想避开的那些城市
观光客蜂拥来到这些小村庄，他们来时搭乘的火车线很快被大东方铁 205
路公司重新命名为"虞美人线"（如今这个名字仍在沿用）。

---

* 克莱门特·斯考特（Clement Scott, 1841—1904），英国戏剧评论家、剧作家和旅行作家。

斯考特为虞美人之乡所写的作品中，最著名的是一首以塞德斯特兰德崖顶教堂的墓地为背景的诗，后来这首诗还成了一首畅销的流行歌曲，歌名叫“长眠之园”。这首诗极为伤感，并且部分借用了一个常见的错误概念，即虞美人有着和罂粟一样的催眠作用。但在我们这些已经知道30年后将要发生什么*的读者看来，这首诗不免让人觉得像是某种可怕的预言。

在悬崖的草地上，在峭壁的边缘，
上帝种下了一座花园——一座长眠之园！
在天空的碧蓝下，在谷物的翠绿中，
高贵的红色虞美人就此诞生！
短暂而充满渴望的日子里，绵长而快乐的梦境中，
当我第一眼看见我的虞美人之乡时，它们就都是我的。
在远处传来的音乐声中，我双眼泛着泪光，
是那里让我铭记，也是那里让我遗忘！
哦！我心所属！我正在静默的田地里，
在虞美人诞生之地，等着你。
安睡吧！长眠吧！

在我的长眠之园，开满红色虞美人，
我独自与死者一起等待活着的人！

206 这首歌会勾起人们内心深处对失去的爱人和英国的夏天的回

* 作者此处应指第一次世界大战。——译注

忆，也许30年后另一座长眠之园*中的人们还会记得它。但这其中很可能不包括约翰·麦克雷**，因为正是此人的诗激发了定立荣军纪念日的想法。麦克雷1872年出生于加拿大，后就读于多伦多大学，毕业后成了一名内科医生。第一次世界大战爆发后他自愿成了一名加拿大军医，军衔为中校，1914年底他正身处西方战线。第二年5月，他在给母亲的信中栩栩如生地描述了两军互相炮击的场面："然后大型榴霰弹——这是种在空中爆炸的武器——会发生两次爆炸，好像一个巨人抓住一张湿了水的帆抖了两下；第一次会冒出深绿色的烟，第二次则有一股颜色较淡的黄烟从炮筒中央向前喷出。"而他也记录了红色虞美人的大爆发以及它们所代表的含义。

那年12月，对伊珀尔发起的第二次攻击异常猛烈，他负责治疗战斗中受伤的士兵，此时他回忆起那片红色花海前的所见所想并写成了一首诗，匿名寄到了《笨拙》(英国著名幽默杂志)。杂志在1915年12月8日刊登了这首诗。

在佛兰德战场，虞美人正盛放
开在十字架之间，一排排一行行
标示我们断魂的地方
百灵依旧高歌，展翅在蓝蓝的天上
可你却难以听见，因为战场上枪炮正响

我们死去了，就在几天前
我们曾经拥有生命，沐浴曙光又见璀璨夕阳

* 指佛兰德战场上为第一次世界大战中牺牲士兵所建的墓园。——译注
** 约翰·麦克雷（John McCrae, 1872—1918），加拿大诗人、医生、作家、艺术家和士兵。

我们爱人也为人所爱，可现在却安息在
佛兰德战场

继续和敌人战斗吧
207 颤抖的双手抛给你们
那熊熊的火炬，让你们将它高举
你们若辜负死去的我们
我们将不会安息，尽管虞美人
染红佛兰德战场*

这首诗后来在世界各地转载。在美国，一名叫作莫伊纳·迈克尔的基督教青年会工作人员深受感动，于是发誓余生都会佩戴一朵虞美人。1918年11月——此时距离麦克雷在滨海布洛涅协约国医院逝世（死因为肺炎）已有10个月——迈克尔的一位朋友发起了一个计划：在法国用布制作虞美人，售出后所得收入用来帮助难民重返被战争破坏的家园。1921年英国皇家退伍军人协会成立时，她成功说服协会接纳她的这一计划，而且在当年第一个荣军纪念日，退伍军人协会全员佩戴了法国制造的虞美人。布制虞美人售得10.6万英镑，退伍军人协会立即制订计划，将生产线转移到英国。近一个世纪后，最后一名幸存的“一战”老兵去世，武装冲突还在世界各地继续着，但人们依旧用佩戴虞美人的方式来纪念那场“为了结束战争而打的战争”。荣军纪念日的虞美人不仅代表着希望战胜了经历，在这个充斥着朝生暮死的人造品牌形象的世界里，它们还成了最为常青的自然象征符号之一。

---

* 译文参考了维基百科给出的中文版本。——译注

第二次世界大战中的毁灭也孕育了虞美人，但这次战争的标志性杂草是柳兰，它们在伦敦大轰炸后的那些夏日里，将紫色花海铺遍 208
英国各大城市中被炸毁的区域。它被伦敦人命名为“炸弹草”，而他们中的大多数人此前从没见过这种植物。

这是这座首都城市在300年中第二次几乎被烧为平地。而这一次占领废墟的是一种大火后生长极快的“火杂草”、植物中浴火的凤凰——至于对这种占领是喜是忧，则取决于你的角度了。1666年的伦敦大火曾在这古老城市的中心为中世纪的杂草们创造了一个天堂。原本生长的植物付之一炬。烧焦树木上的层层烟灰被冲到了倒塌建筑物的缝隙中。原本潮湿的地窖和下水道都暴露在了太阳之下。这次赶来泽被废墟的植物——当然数量也十分庞大——是一种开着金黄色十字小花的平素不起眼的芥菜。它被取名为“伦敦火箭”。

这个名字其实源自植物学概念：火箭（rocket）是对*eruca*的讹用，*eruca*是十字花科一种辛辣植物的拉丁名。可“火箭”似乎很适合这神秘的入侵者，大火使得它们的数量如火箭般迅速攀升。不过尽管它的俗名中有“伦敦”二字，它却不是土生土长的伦敦品种，而是一种原本长在地中海多石丘陵上的植物。当然，在17世纪时几乎没有伦敦人知道这一点，但它的突然出现引发了许多好奇和推测。评论家、植物学家罗伯特·莫里森*总结说：“这种又辣又苦、有着四片花瓣和角果的植物不是由种子长成的，而是在大火产生的灰烬与

* 罗伯特·莫里森（Robert Morison, 1620—1683），苏格兰植物学家和植物分类学家。

盐和石灰的混合物中自然生成的。”

但植物生长一定是有种子的。也许这些植物就生长在伦敦附
209 近，但数量一直很少且不引人注意，直到周围环境变得与地中海的家
乡类似，才开始大爆发。也许这些种子是跟国外进口的干草一起来
的，马厩着火后它们便随着烟灰被吹散到各处。出于某种原因，它们
长得最茂密的地方就是圣保罗主教座堂的周围。

柳兰以前的知名度不比大火时的“伦敦火箭”高多少，而身份也绝对不是四处肆虐的城市杂草。约翰·杰勒德知道它是一种分布在英国北部的罕见的林地植物，并从约克郡拿到了一些种子种在他伦敦的花园里。(他认为柳兰具有很强的观赏性，还写下了一段至今仍是写柳兰的文字中最好的描述之一，见中译本第84页。）大部分18世纪早期的记录都把柳兰描述为一种生长在山地岩石地带和茂密森林中的罕见植物。诺森伯兰郡的第一段记录尤为生动：“在哈德良长城脚下、瞭望塔西侧的石头和灌木中，在克拉格湖边，在斯莱基福德村旁边的南泰恩河河岸上，在纳斯戴尔村里，有许多这种植物……它以‘法国柳’的名字被引入了我们的一些花园；但它善于逃脱，在石头缝隙这种狭窄得多的空间里长得比在花园种植时更好……它被认为是一种稀有植物。”这不是唯一一份提到柳兰在种植时和在野外时行为特征极为不同的资料。(而且请注意它们的名字“法国柳”，这个标签含有双重意味，即这种植物的优雅——和侵略性——很不符合英国风格。)

柳兰害羞的名声一直保持到了19世纪。在W. H.科尔曼的《赫特福
德郡植物志》(1848) 中，它被记录为一种生长在林间沙质土壤上的
罕见植物。差不多同一时间，一位女士绘制了一幅细节一丝不苟的
210 柳兰，作品准确表现了花瓣的深红色和褶皱——但品种被错误地鉴

定为“柳叶菜”。这位来自格洛斯特郡塞文河畔弗兰普顿的克利福德家族的女士为他们当地的花草画了许多作品，十分精美且植物形象通常都可信。而在汉普郡，C. A. 约翰斯牧师在他的经典作品《田野之花》(1853) 中，将柳兰描述为“在野外不常见，但在花园中很寻常”的植物。伊丽莎白时代和维多利亚时代的柳兰看上去与后来开遍伦敦废墟的杂草柳兰在外形上并无二致。但它的行为模式却变化很大。过去的柳兰总是被描述为隐居的、罕见的植物，躲在阴影中的幽灵。是什么把这种害羞的林地花朵变成了最成功的城市杂草之一，以至于到20世纪末，它已开遍了英国每一座城市停车场和铁路的路堤？

这种改变始于19世纪的最后25年。植物学家们注意到这种植物正在扩散，并且似乎是按照与牛津千里光一样的模式，即沿铁路系统前进。在第一次世界大战中，它数量剧增。它开始大片地出现在因战争而被砍伐的森林中。突然间人们明白了为什么整个北美洲都把它叫作“火杂草”。无论哪里有森林被砍伐，有灌木被焚烧，第二年夏天这里就会长出一整片柳兰。到了1948年，格洛斯特郡植物志编辑H. J. 里德斯德尔已经基本确定了正在发生的状况，也能肯定，鉴于这种植物数量上的激增，人们在审美上对它的喜爱应该降温了——而就在这里，就在50年前，柳兰还在以稀有之物的面目迷惑众人。“这种植物自1914年前后便由于森林砍伐而开始凶猛散 211
播……它的种子无疑是极易传播的，并且铁路成了它传播过程中一个绝佳的媒介。这种植物只有开花时节才鲜艳美丽，一旦到了结籽时，它会让整个地区看起来萧索又丑陋。”20世纪60年代，就在这个郡，爱德华·索尔兹伯里评论说：“我看到9月初的格洛斯特郡森林仿佛正经历一场夏日暴风雪，大量带着绒毛的种子飞舞在空中。”

20世纪90年代，一名来自白金汉郡的记者告诉我："本地的猎人在狩猎幼狐时不喜欢让猎犬进入这样的林子，因为毛茸茸的种子会粘到猎犬的鼻子上，使它们闻不出味道。"这种曾被约翰 · 杰勒德称赞"漂亮且端庄"的植物已经成了一种社会公害。

但这是同一种植物吗？本土物种的行为特征和对生长地的偏好通常不会改变得如此剧烈迅猛。迅速占领混乱的土地正是初来乍到且有侵略性的外来物种的典型特征。在《英国岛屿植物志》（第三版，1989）中，汤姆 · 蒂坦[*]教授推测可能实际上存在着两种柳兰——*macrocarpum*变种隐居在森林和多石的高山上，而*brachycarpum*变种则来自加拿大或斯堪的纳维亚，后者钟爱被破坏和焚烧过的土地，进入英国的渠道可能是19世纪进口的木材（不过这样就无法解释18世纪这种植物被移栽到花园中后所表现出的侵略性）。但他无法在来自不同生长地的植物间找到稳定可靠的结构差异。更近的DNA
212 （脱氧核糖核酸）检测技术也没能找到两者在基因层面的不同。

不过，最近针对进化机理的研究正在揭示一些无法从单个基因上追踪的变化特征。很早以前人们就知道许多植物——比如刺柏和藜——能以不同的形态生活在不同的地区，但彼此之间并没有基因上的差异。看起来似乎这些表观遗传效应也能在几个季度或几代的时间内出现在个体植物身上，而发生的条件可能只是移栽这么简单。这种适应性行为中，有一些是受到重要的基因复合体的调控，这些基因复合体十分古老且在整个生物界中都有分布。庞大、侵略性强、"杂草性"十足的柳兰实际上可能是在冰川期后开阔、混乱的大地上生长的原始种，而小巧清秀的柳兰则是通过表观遗传学方式产生的

---

* 汤姆·蒂坦（Tom Tutin, 1908—1987），英国莱斯特大学植物学教授。

适应阴暗和森林的种类。当人类重现了这种植物的原始环境后，原始种便被再次“激活”。

我之前提到过，不同的杂草之间并没有亲缘关系，几乎任何植物科属中都可能出现杂草。但演化遗传学的最新发现表明，许多杂草种类之间可能存在着同样的基本基因复合体，这种复合体使杂草们倾向于——比方说——快速生长、迅速适应。拉斯金曾经对杂草做出古怪且反科学的评价，说它们是“一种天生就倾向于进入错误地点的植物”，但现在看来他的观点可能会被分子生物学证明。

然而柳兰个性的改变引发了人们对它出身的怀疑。当它将紫色
花海铺向英国各个城市的废墟时，没人想到并提出它也许是德国人 213
丢下的植物。但即便如此，当时的公众反应也并非单纯的喜悦（例如“废墟上有了新的生命！”），半个世纪后的我们之所以喜爱这样的场景，是出于浪漫的情愫和对生态的了解。柳兰生长在人们曾经居住的地方，这是令人难以容忍的。英国广播公司的口述历史档案《第二次世界大战：人民的战争》中，一位来自谢菲尔德的受访者这样回忆自己的感受（而且，他的感受很有代表性地表现了柳兰并没有被当作本土植物，而是被当作一种从花园逃出的入侵者）：

> 这些长在野外的柳兰被认为是从花园中逃脱的栽培植物。它在花园里看着还不错，可一旦到了狭小的空间里，它那活力十足的匍匐根就特别讨厌……回想起来，那些夏天似乎都很炎热，小小的降落伞一样的柳兰种子被夏日的微风吹在空中。穿过市中心时我妈妈会紧握着我的一只手，我就用另一只手挡开这些种子。但不可避免地会有一颗掉

> 进我眼睛里，然后我就使劲想把它弄出来。我妈妈手里拎着买来的东西，没法帮忙，她就会说："不要再揉眼睛了，一会儿都揉酸了。"我讨厌那些破败的地方，它们像伤疤一样穿过家乡的中心，我也讨厌柳兰躲藏在这些伤疤里。

在伦敦，对野生绿色植物最洞若观火的记录是一部虚构作品——罗丝·麦考利[*]的小说《世界是我的荒野》(1950)。故事背景设在1946年的伦敦，第二次世界大战结束后的第二年。但这部作品的灵感在5年前便已闪现。1941年5月10日，麦考利的住处——包
214 括她的所有藏书——在一次轰炸中被彻底摧毁（这次轰炸也毁坏了大英博物馆中很大的一片区域）。从那以后她的作品中总是弥漫着茫然和悲痛的情绪。她给朋友写信说："我没有书，没有家，什么都没有，只余一双用来哭泣的眼睛。"这一经历很快在短篇小说《安斯特拉瑟夫人的信》中得到了宣泄，这个故事的女主角也失去了她所有的书——以及爱人写给她的所有的信。

麦考利真正好转始于一份来自出版商维克托·格兰茨的礼物——一部完整版《牛津英语词典》。"我的《牛津英语词典》曾是我的《圣经》，我的牧羊人之杖。"她这样写道，词典虽不能替代一切，但至少让她重新振奋起来了。与此同时，她还在进行着一个更为脚踏实地的恢复过程：与她的朋友、同为作家的佩内洛普·菲茨杰拉德[**]一起探索伦敦的废墟，菲茨杰拉德时年二十八九，年龄只有麦考

---

* 罗丝·麦考利（Rose Macaulay, 1881—1958），英国作家，共出版了35部著作。

** 佩内洛普·菲茨杰拉德（Penelope Fitzgerald, 1916—2000），英国著名小说家，著有《书店》《初春》《天使之门》等9部小说，曾获得布克奖，被誉为英国小说界最优雅独特的声音之一。

利的一半。她们被轰炸遗址丰茂的野生植物迷住了，这些地方的杂草使它们成了绿色的世界，不像伦敦的其他地方只有单调的灰色。但麦考利看着这些在伦敦古老文明（正如她的藏书室一样，这古老文明也已化为灰烬）的正中心重生的野性世界，也不免觉得感伤和矛盾。长势难挡的柳兰和它们对人类文化的视而不见给两人留下了深刻的印象。“理发厅，”几年后她将在《世界是我的荒野》中写道，“柳兰就是从那个裂口冲进了伊尼戈·琼斯的审判室。”

这部小说从许多方面来说都是麦考利在城市废墟间游走时所思所得的精华，它的中心人物是一对异父异母的姐弟——17岁的巴尔巴里和14岁的拉乌尔，这两人不受管教，跑去加入法国南部的爱国者组织，战争结束时被监护人送到伦敦教养。他们从心理上无法适 215
应传统的英国社会，因此转而喜欢上了轰炸遗址的灌木丛，那里鱼龙混杂，有非法居住者，有逃兵，还有小偷小摸。而且，他们发现这里的无政府氛围和居住地环境与法国南部的野生灌木丛林很相似，与抵抗运动中的激进主义也遥相呼应：

> （它们）为自己在塌毁的、杂乱的荒地中走出一条路，沿着残破的墙壁，潜入地窖和地下街的房间，这里曾是许多商人贮存酒的地方，铺着华丽瓷砖的房间彼此连通并在巨大的地面下形成地道。这里有沟渠和下水道，它们带着明亮的金盏花，长满蓟草，进入了从前的商务大厅，而黄色的千里光将它艳丽的花朵撒在死去商人的尸体上。

利奥·梅勒在他那精彩的20世纪40年代伦敦废墟相关文献的研究报告中，将这些植物叫作“折叠的绿色”，在这里大自然“在重生中重新占领被人类破坏的城市”，这是一种“大自然健忘症”。但我却觉得这更接近于一种“大自然的回忆”，麦考利这样敏锐深刻的人不屑于使用这些模糊的、绿色的抒情词汇。那些早已消失的古老生意被她写得如纪念碑上的名字一样准确——“马具商，定制服装裁缝，日用杂货商，打蜡匠，理发师，啤酒制造商，箍桶人和马车制造商”；被摧毁的教堂也是——“圣维达斯特，圣奥尔本，圣安妮，圣艾
216 格尼丝，圣伊莱斯-跛子门教堂”；还有城市里新来的杂草们：“一座被摧毁的商业城市，如今长满了绿色和金色的小茴香、千里光、款冬、千屈菜、柳兰、蕨菜、黑莓和高高的荨麻。”

麦考利和菲茨杰拉德深入城市荒原的徒步行走并不只是浪漫的漫步。菲茨杰拉德回忆这是“走在她身后的危险经历……在她爬下弹坑时，或弯腰拂草从一些危险的碎窗玻璃下走过时，我得时刻保证她瘦削的身影在自己的视线中”。她们会在所到之处采集和标注杂草，1948年整整一年，在麦考利写作《世界是我的荒野》一书时，她还将剪下的花和灌木寄给她的朋友——作家、业余植物学家弗兰克·斯温纳顿*辨认。从她在书中所写的长长的植物名单来看，她很可能也熟读了爱德华·索尔兹伯里那份权威的1945年126种轰炸废墟植物列表。

麦考利倾注在这些城市废墟的杂草身上的心血表明，她把它们看作另一种文字，一种当原来的文字化为灰烬时暂时取而代之的文字，并且这文字时刻用让人兴奋但又令人不安的语气提醒你，文明背后的野性从未走远。

* 弗兰克·斯温纳顿（Frank Swinnerton, 1884—1992），英国小说家、评论家、传记作家和随笔作家。

> 所有这些伤痕累累且阴森的绿色植物、石头和长满黑
> 莓的荒野躺在8月的太阳下，嗡嗡的虫声，神秘的疾飞声，
> 穴居的生物，它们用以迎接归来的旅人重新安顿的是一种
> 被毁坏的、一视同仁的平静。它的悬崖、裂缝和洞穴似乎在
> 说：这里是你的家；这里是你的归宿；你无法摆脱，也不想
> 摆脱，因为这是那片长在被摧毁的世界边缘的灌木丛，而
> 这里就是你停下脚步的地方；在这里你会找到不可补救的 217
> 蛮荒，有从大地深处来的蛮荒，也有你在其他地方所知道
> 的蛮荒。

麦考利充满矛盾的、关于“伤痕累累且阴森的……荒野”的作品，只是人们长久以来对废墟的狂热迷恋的一个例子。自18世纪以来，崩塌的建筑物——尤其是杂草丛生的那些，杂草似乎助长了或者至少是突出了它们那种破败感——便有一种双重的浪漫吸引力。它们可能是生命有限、世事无常的悲伤见证，但也可以是人的自大与虚荣的寓言。绿色植物的生长可能会破坏一种美感，但却能带来另一种美感。尤维达尔·普赖斯*——如画美学运动**中的核心人物——曾在1794年描述了时间是如何改变一切的：

---

* 尤维达尔·普赖斯（Uvedale Price, 1747—1829），英国美学家、市容理论家。

** 在18世纪英国园林化过程中出现的美学运动。“如画”作为一个美学范畴和美学发现推出，力图在“优美”和“崇高”之间寻找平稳，在18世纪和19世纪的英国文化生活中扮演着重要角色，使诗歌、绘画、园林、建筑等各门艺术熔于一炉。

> 时间是善于改变的大师，它将一个美丽的事物（在本文中指一座古典建筑）变成一幅如画的美景：首先，借助天气的变化，部分装饰物、苔藓等，都会被剥离原本统一的表面和颜色；经过这个过程，建筑物就会带上某种粗糙感，以及颜色上的变化。接下来，各种偶发的天气状况会让石头松动；它们以不规则的形状跌落在原本平整的草地和阶梯上，或精致的人行道和精心修剪的灌木丛上——如今这灌木丛长满了野生植物和匍匐植物，匍匐植物会爬进跌落的建筑物碎块中。景天、糖芥和其他一些植物能够忍受干旱，能够
> 218 从开裂的水泥中找到营养——在这个过程中，石头也解体了；鸟儿会在裂缝中觅食，然后红豆杉、接骨木和其他结莓果的植物会从旁边长起来；常春藤会覆盖在其他植物身上，爬到最高处。

普赖斯相信这种“如画的”过程部分表现了“大自然的精神与生气”，部分体现了一个地方的历史。

60年后，谢菲尔德的植物学家理查德·迪金写了《罗马斗兽场植物志》，并为这本书画了插画。这是一本制作精良的书，书中包括420种生长在这座有2 000年历史的废墟上的野生植物。其中有56种是草类，41种是豆科植物，有些植物在欧洲西部十分罕见，它们的种子可能是躲在野兽的皮毛中从北美洲远道而来。其中最打动迪金的是滨枣（*Paliurus spina-christi*），这里的古代牺牲者们曾佩戴这种植物。作为进入了一个人造文化景观的野生入侵者，它们都算是杂草，但迪金把它们看作一种证据和救赎。斗兽场的花朵“形成了一条记忆的纽带，在经年累月的悲伤中，教给我们许多充满希望和抚慰我们

心灵的东西，对它们那静默的感染力无动于衷的一定是一颗冰冷的心；它们无声地向我们讲述了重生的力量，这力量让这巨大废墟中的小小尘埃都有了生命力”。

15年后，加里波第的新政府将罗马斗兽场的管理权交给了专业的考古学家，然后几乎每一株植物——包括那些比沉默的石砖更能诉说斗兽场历史的植物——都被从墙壁上清除掉了。 219

第十一章

三尖树

——末日杂草

伴随着全球贸易、世界大战和大众的多疑，20世纪不但为我们带来了新的杂草，还让人们对杂草可能是什么样、可能造成什么后果有了新的想法。杂草焦虑症就此产生。这些四处流浪的植物不再只是恼人的小烦扰，而成了会主动出击的危险因素。它们可以入侵城市，颠覆建立了文明的生物，成为现代战争中的一种武器。

1947年夏天，人们在多金附近的博克斯希尔发现有大量地中海杂草长在一个弹坑里。杂草共计30种，其中有许多在英国境内是从未在花园以外的地方出现过的。这些杂草中有4种毛地黄（包括黄花毛地黄和锈点毛地黄）、土木香、菘蓝、灰原益母草和1种来自土耳其的岩荠。从一些种类的数量上判断，它们在这里生长的时间已经有三四年了——这意味着它们是在战争期间来到这里的。于是开始有传言说这些杂草是随一颗炸弹一起投放下来的，它们也许是无意中粘上去的，或者猜测得更险恶一些，它们可能是某种早期的生物武器，用以在伦敦周围各郡引起一场外来杂草大爆发（这一理论无视了一个事实，即无论什么种子都几乎肯定会在爆炸中化为灰烬）。最 221

后，有人站出来承认是自己为了做个试验而将杂草种子种在那里，以为这么隐蔽的地方没人会发现。

这种对外来植物被用作入侵手段的担心并不新鲜。第二次世界大战期间，肯特郡一棵栎树下的大马勃*就被人怀疑是一种新型炸弹（后来它被人称为“希特勒的秘密武器”，还被四处展览以为战争募集资金）。后来冷战开始，随之而来的是公众对共产党员渗入的恐惧，于是暗中为害的生物就成了当时欣欣向荣的科幻小说中常用的主题。潜伏的红色势力被充满想象力地改换成了后院中的外来植物。最可怕的情况是渗入者通晓变形，因此可能被误认为是普通人。在电影《天外魔花》（1956）中，无固定形状的肉质外星生物会从豆荚中孵化，然后夺取离它们最近的那个人的身份。英国广播公司制作、奈杰尔·尼尔**执导的六集系列剧《夸特马斯实验》（1953）以第一艘人造太空火箭返回地球的场景为开头，但机上有两名宇航员失踪。他们好像被某种外星力量同化到了第三个人的体内，而在开始一段时间里，这名宇航员的样貌与出发时并无两样。但在一次采访中，他抓起了一棵仙人掌并开始与其融合。这个融合出的怪物跌跌撞撞地向西敏寺走去，一路上不断变大，人们也很快发现这棵仙人掌可以让
222 它体内的外星寄生虫繁殖。怪物吊在诗人角上方的拱廊上，它垂落着的根须像是某种巨大的风茄，此时它的孢子块开始成熟。最后时刻，夸特马斯教授恳求封闭在怪物体内的人类灵魂用他们的意志力挣脱出来。他们做到了，这棵巨大的杂草死了。但在影片的倒数第二个场景，一大堆叶子和树干在一个基督教圣地的走廊里不停摇动，在1953年，这绝对是电视上出现过的最恐怖的镜头。

---

* 一种蘑菇。——译注

** 奈杰尔·尼尔（Nigel Kneale, 1922—2006），英国著名剧作家、影视导演。

科幻小说中最杰出的杂草题材的冒险故事，毫无疑问当属约翰·温德姆*的《三尖树时代》，这本书出版于1951年，刚好是太平洋上进行第一次氢弹试验的前夕。这部作品创造出了一个无法超越的植物恶魔形象，还为英语引入了一个新词。就许多方面而言，《三尖树时代》都是一个标准的末日后寓言，描述了一个在突如其来的全面社会崩溃中苦苦求生的世界，尽管这本书中的大灾难既非核技术也非外星生物。因为目睹了一场神秘离奇、令人震惊的流星雨，世界上的大部分人都双目失明了，随后这些人成了另一种地面攻击的脆弱目标，施放攻击的是一群可以移动的肉食性植物——这是温德姆诸多预言中的一个——基因改造植物。

《三尖树时代》写得细腻聪明，远不仅仅是一个描写可怕的植物怪兽的故事。小说对三尖树的构想——它们如何出现，如何生存——体现了作者对新崛起的植物是如何不可避免地卷入人类需求及文化偏见这一问题的卓越见解。

三尖树的背景是由书中的叙述者、曾是三尖树种植者的比尔·梅森介绍的。这种植物首次显露出细微的存在迹象与一个南美洲骗子翁
贝托·帕兰古兹有关，那时他正试图将一部小说的版权和一些贵得离 223
谱的植物油卖给一家大型的国际食品公司。在对方开出的高价下，他承诺会提供一些种子。他曾经见过结种植物的照片，但并未透露太多，只是说了一段仿佛不祥之兆的话："那里并非没有向日葵、没有萝卜，也不是没有荨麻和兰花。但我的确想说，假如这些都是这品种的父辈，那么这些父辈谁也不认为那是自己的孩子。"**他跟那笔钱后来一起消失了，而这种油再次出现是在几年后，一个俄国黑帮分子来到公司，保证

---

* 约翰·温德姆（John Wyndham, 1903—1969），英国科幻作家。

** 译文摘自魏惠琴译《三尖树时代》，四川科技出版社出版。——译注

会从堪察加半岛偷一箱这种三尖树的种子出来。比尔此时已预感到，这种油应该是“铁幕”的另一边某个植物培育项目的产物。

在经过了许多的鸡鸣狗盗和两面三刀之后，一只木制箱子被秘密运出了俄国。但运送它的飞机在太平洋上空消失了，飞机及机上的货物可能是被安全部门炸成了碎片。写至此处，温德姆第一次展现了他对杂草生态学的深刻理解：“我确信，当碎片从高空缓缓地向海面坠落的时候，它们的后面还拖着一种乍看像白色水汽的东西。这并非水汽，而是一团种子。它们太轻了，即使在稀薄的空气中也能飘荡。几百万颗轻如蛛丝的种子悬浮在空中，随风到处飘洒……”

一段时间之后，这种神秘植物油的知情者才开始把世界各地的荒地中冒出的奇怪植物与这起事故联系起来，而此时这些外来杂草已经成了每个人生活中的一部分。比尔·梅森家的花园里就有一
224 棵，长在“树篱后面，掩蔽着垃圾堆”。但随着这棵植物慢慢长大，它的样子也越来越古怪，越来越“异形”得让人不安。它那根笔直的茎从一个木质的主干上抽出，茎的周围长着三根光秃秃的小枝。茎的顶端是一个圆锥形的漏斗或杯子，里面有一个类似新生蕨类紧紧卷起的叶片的结构。杯和叶上都覆盖着一种黏黏的物质，可以粘住小虫。

“又过了一小段时间，”梅森回忆道，“才出现了第一棵拔起根部开始行走的三尖树。”——不过说是行走，其实更像是拄着拐杖跌跌撞撞地前进，两条前“腿”先向前滑，然后整个植物前倾，后“腿”几乎抬到水平。没过多久，当年轻的梅森想小心地为他后院里的三尖树松一松根部时，他被狠狠地刺了一下，晕了过去。它茎顶部那片黏黏的叶子舒展开来，从梅森脸上抽打了过去，留下一道红肿的痕迹。

这些走路滑稽的植物竟能造成严重的刺伤，公众一开始因此恐

惧不已，等最初的恐慌慢慢过去，人们对这种植物的兴趣又逐渐减弱，直到大家意识到一棵成熟的三尖树头上的鞭叶可以达到10英尺(约合3米)长，产生的毒素足以杀死一个成年人。一开始这一情况导致人们到处屠杀三尖树。后来它们鞭叶上的刺毛变短了，这些植物也被安全地围在了栅栏内，它们就又变回了时髦的花园奇景，植物中的罗威那*。但在野外，三尖树的移动能力(以及演变出的“埋伏”能力)使它们成了一种灾祸。另外一个越来越明了的恐怖态势是在这些偏远地区有大量人类被刺死，这清楚地表明三尖树已不再是一
种无关人类痛痒的捕虫植物。它们是肉食者。它们带刺的卷须还不 225
够有力，无法从刚刚杀死的猎物身上撕下皮肉，但它们可以从腐烂的尸体上取下碎块，放进消化杯的液体中。

到这时，人们已经知道这些不祥的植物就是10年前从俄国走私出来的营养极为丰富的油的来源，于是三尖树开始被大量种植。它们被养在种植场里，每一棵都被拴在一根钢棍上，以使它们能大致排列成行——这个方法还能确保它们远离大众，以保安全。直到三尖树被关进这重重的栅栏以后，它们那三条“腿”的功能才清晰显露出来。它们会时不时用这三根枝条撞击钢棍，发出咯咯声，有时也会发出一种连续的咚咚声，这种情况在几棵植物聚集到一起时尤为明显。梅森怀疑这是天气温暖有风时，风吹动干枯枝条发出的声音，或者可能是某种传粉时的求偶声、一种雄蕊发出的声波。可他的同事沃尔特——一个比他更敏锐的三尖树看守者提出，它们发出这些声音是在交谈。

在流星雨灾难发生的那晚，这一观点似乎得到了证实。当伤亡

* 一种攻击能力较强的犬类。——译注

惨重、精神崩溃、大部分个体已失明的人类试图为自己寻找生路的时候，三尖树逃离了它们的围场，它们利用嗅觉和声音追踪人类、伏击人类，杀死他们，然后在尸体上大快朵颐。那些失明的人毫无还击之力；极少数没有失明的人必须靠机警和自制步步为营，但人类的这些能力与那些耐心等在每一道栅栏、每一扇门的怪物们极其灵敏迅速的反应相比，完全不是对手。

226 即使作为一部单纯的惊悚小说来阅读，《三尖树时代》也足够恐怖，确切地说，这种恐怖源于小说细节的生活化和普遍性。这些细节很容易让现代人产生紧张不安的共鸣：为花园垃圾堆增色因而颇受家人喜欢的植物是潜伏的杀手；营养丰富的食物来自有毒的作物；一种植物从野外怪胎变为家养宠物，再变为掠夺成性的有害植物，一路跨越种类范畴——这也正是从古至今许多杂草的发展轨迹。但三尖树的不同之处在于，它不是单纯地从一个身份跳到另一个身份，它把这所有身份都融合到了一起，变成了一个兼具动物性和植物性的怪物（《夸特马斯实验》也是如此），因此这部作品可以毫无疑义地跻身最让人类恐惧不安的故事之列。

温德姆创造出了一种真正的超级杂草。三尖树可能看上去就是个纯属虚构的生物，不合逻辑也不太真实。但它的每一种能力都是以真实的杂草的行为特征为原型的。刺毛不消多说，是一种很普遍的特征，肉食性则没那么常见。但捕蝇草就是一种会主动出击的猎手，有虫子飞入后会合上两瓣叶；还有一些热带地区的猪笼草可以消化大至老鼠的猎物。植物也可以移动，只不过不是靠假足（这一点是温德姆设计得最不精致的细节），而是通过无根植物的蜿蜒滑行——比如菟丝子，或是通过匍匐茎的大肆扩张——比如木藤首乌（这种植物又被称作“日行千里草”）。至于靠声音互相交流，在植物界还没有发现过这种现象，但植物们可以靠化学信号互相沟通是毫无疑问的，而且许多植物都能感觉到附近出现的其他生物——尤其是捕食者和传粉者——并会将情报传达给近邻。三尖树是一种想象出来的真实杂草的融合体，而且在极为焦虑的人看来，未来的生物技术可以做到这一点。正如翁贝托·帕兰古兹第一次看见这种植物时的感受："那里并非没有向日葵……也不是没有荨麻和兰花……" 227

1970年，一种现实版的三尖树进入了公众的想象中。那一年夏天，医院的急诊科开始出现大量的孩子，他们的嘴唇、手和眼睛上都带着少见的红肿划痕和圆形水疱。在持续晴朗的日子里，水疱症状就会更加普遍，且容易留下持久不消的炎症疤痕。这个问题的来源被追溯到了一种高大的伞形科植物身上，它叫作大猪草。它并不像小说中的三尖树那样会猛烈击打人类。但它含有一些叫作呋喃香豆素的光敏化学物质，这些物质在阳光下会被激活，于是那些砍倒大猪草粗壮中空的茎，拿它来做吹管和望远镜的孩子们就会感觉皮肤疼痛。后来有证据表明这种植物是"铁幕"另一边来的移民，并且触觉过于灵敏，于是这个故事成了热门新闻。大众媒体马上称它为"三尖树"，还用整版的篇幅刊登它的照片，展示它长有斑点、高达15英尺（约合4.6米）的茎和车轮大小的花序。他们还刊出了消灭这种苏联害人草的诀窍：毒药，喷火器，挖土机，挖出根部然后在坑里灌入松节油，甚至还有炸药。可这些诀窍都不十分奏效，大猪草也继续着自己走遍英国的旅程。

奇怪之处在于，经过了很长时间人们才注意到这种植物以及它

可能造成的影响。大猪草在19世纪初被首次从高加索引入英国，它
228 被广泛认为是从热带成功带回并在温带生长良好的大型植物典范。维多利亚时代园艺品味的仲裁者之一——约翰·劳登不吝溢美之词地在1836年的《园丁杂志》上称赞这种“*Heracleum asperum*……西伯利亚大防风草”：

> 这种华丽的伞形科植物，若种植在优质的土壤中，可以高达12英尺（约合3.6米）。即便是在我们位于贝斯沃特的拥挤的花园中，去年它开花时也已经有12英尺高……它的种子现在（7月29日）已经成熟；我们准备把这些种子分赠给我们的朋友：不是由于这种植物有实用价值，因为我们并不知道它能用来做什么；而是由于它生长之迅速、它5个月就能达到的规模让我们觉得极为有趣……据我们所知，没有其他植物比它更适合种在教堂庭院不用的角落，或林间的空地上；因此，我们已经把种子给了一位将去英格兰北部和爱尔兰旅行的朋友，以及另一位去了挪威的朋友，让他们把这种植物种在合适的地方。

（这位不知名的去了斯堪的纳维亚的朋友是不是如今这种植物在挪威大肆泛滥的始作俑者，我们不得而知。但挪威人对大猪草——在挪威北部被叫作“特罗姆瑟棕榈”——可比英国人对它们有感情多了，它们还作为当地的一个标志被印在了旅游明信片上。）

到1849年，这些*Heracleum giganteum*——“世界上最华丽的植物之一”的种子开始在莫尔登的“哈迪及其子”公司进行商业销售。
229 公司的广告中称，只要买几便士的种子，普通园丁也能在室外种植和

富人温室中一样壮观的外来植物。1870年，大猪草得到了村舍花园之王威廉·鲁宾森的认可，但他也警告，这种植物有成为一种“巨大的杂草”的危险。

在20世纪初，大猪草（如今它有了一个更华丽的拉丁名*H. mante-gazzianum*，以纪念它的意大利发现者）开始逃离种植它的优美的水榭花园和庄园林地。白金汉宫花园里的一丛大猪草慢慢长到了伦敦御苑，然后从这里又进入了伦敦西区的运河系统。漂浮的种子沿着水道自由散播，许多早期出现的大猪草群——尤其是位于苏格兰的那些——其来源都可以追溯到建有河畔花园的乡村大宅。一幅1963年的大猪草分布地图显示，这种植物已经散布在英国河流系统的沿岸，此时距离它登上报纸头条还有7年。作为一个入侵物种，它们那似乎来自更高阶层的出身（雉鸡也是如此）对它们的坏名声而言可谓是雪上加霜。

一直以来，对于这种杂草会导致光敏性皮炎的特性，人们似乎没什么疑问。可是在20世纪70年代这些特性上了新闻以后，情况就发生了戏剧性的变化。大猪草被写进了1981年的《野生生物和乡村法案》的附录，种植它或者在知情的情况下任由它在野外生长成了一种违法行为。一些地方上的权威人士甚至比法律条文更进了一步，要求住户们毁掉他们花园里所有可见的大猪草。我在米德尔塞克斯郡的路边看到了一棵大猪草，它周围被围上了栅栏，上面写着“禁止入内”，仿佛这是一个犯罪现场。

它被1981年的法案列为不受欢迎的外来植物还有另一个原因。 230
那时它已经颇具侵略性，尤其是在河流和湿地附近；所以保育工作者中有人担心它那巨大的带有锯齿的叶子会遮蔽我们本土的物种。比如在东英吉利，它如今已经长满了诺福克湖区的河岸和奥尔德堡海边一片生有大量兰花的沼泽地。这些大猪草群在本土植物中间无疑显得“格格不入”——不过我自己的印象是，它们也并没有给长在它们叶影下的植物造成多少伤害。

尽管大猪草是种外来植物，但它也是英国最高大、最有建筑感的非木本野生植物，它身上注定会一直萦绕着强烈的倒错感。在大猪草迷眼中，地标性的大猪草植物群遍布英国，只为看那规模庞大的白色花冠，这些地方也值得人专程前往，比如诺丁汉市郊收费桥的两边、康沃尔郡朗塞斯顿回收中心的周围，还有阿伯加文尼附近的尤斯卡河河岸。最古老、知名度最高的大猪草群之一位于伦敦西区胡佛工厂外的那片潮湿荒地，那里的大猪草叶——仿佛古典时代叶状装饰物的粗野现代版——完美地衬托了胡佛工厂那些装饰艺术风格的建筑物。(我第一次看见这群大猪草的场景极具戏剧性，当时旁边的A4公路施工处挂起了一块牌子，上面写着“此处有重型机械”[*]。)规模最大、最壮观的大猪草林当属长在格拉斯哥的克莱德河河岸上的那片。20世纪90年代，在格拉斯哥大学任植物学高级讲师的吉姆·迪克森说，这片巨大的、铺满凯尔文桥下游河岸和荒地的植物是
231 “格拉斯哥地区最非凡的自然史景观之一”。

由于苏格兰人与大猪草相处的时间比其他英国人长得多，他们似乎更喜欢用一种带着谨慎尊重的方法来对待这种植物，而非不假思索地喊打喊杀。许多父母都没有妖魔化这种植物，而是教孩子辨认并远离它。在格拉斯哥，那些较为古老的有阶梯的排屋天花板都很高，使得屋主们可以用晒干的猪草茎制作插花而不必担心屋内摆不下。

---

* 英文为“Heavy Plant Crossing”，也有“此处有茂密植物”的意思。——译注

受到这一做法的启发，2006年，我们两个也把一些猪草枝摆到了屋里。那时有几棵大猪草正长在附近田地里的一个农民的垃圾堆旁，于是深秋时我们小心地戴上手套，剪下干枯的大猪草枝，并把它们偷回家代替圣诞树。这些花枝和伞状花序（上面还结着种子）出乎意料地强壮坚硬，让我们可以为它挂上小球、星星和几个猫头鹰模型做装饰。春天时我们把这些大猪草茎拿上楼，收进了一只大箱子里，而在外面的花园里，受大猪草的形状启发，我们把废品厂找到的废铁架在一个枫树桩的顶上，做成了一个仿佛在射出伞状星光的喂鸟器。

但我们没料到的是杂草种子不屈不挠的传播力。2008年秋天，一丛神秘的锯齿叶植物出现在距离我们前门2英尺（约合61厘米）的碎石地上。我对它的种类来源完全没有头绪，但到第二年春天，它已经明显长成了一株稚嫩的大猪草，到了6月，它的花已完全盛开。最后它长到了房顶下边缘的高度，我们需要不断修剪它的叶子并把它的茎绑起来，才能为到访者——尤其是我们亲爱的邮差小姐——让出一道可以安全通过的门。但它与我们张牙舞爪的草地所受的待遇完全不同，从没有邻居向行政区委员会投诉过它，而大猪草——它 232
尽管如此壮丽雄伟，寿命却只有20个月——后来再也没出现过。

杂草们在末日和社会瓦解题材的小说中还扮演了其他一些有建设性的角色。理查德·杰弗里斯*的小说《伦敦之后，或野性英伦》

* 理查德·杰弗里斯（Richard Jefferies, 1848—1887），英国博物学作家。

(1885)描绘了一场大灾难后英国文明的突然崩溃。(作者并未明确说明这场灾难是什么，但看起来应该是一场淹没了伦敦并且把泰晤士河谷变成了一个巨大湖泊的大洪水。)小说的第一部分“重归荒蛮”是一个博物学家对自然条件下“大森林”重现过程的细致准确的记述。这一部分将生态学上的变化一步步地清楚描述了出来。

所有的农田都已被荒弃，在“伦敦终结后”的第一年春天，耕地里长满了匍匐披碱草。到夏天时，以前的大路与小径都被长出边界的草薄薄地覆盖了。第二年夏天，经过了一个多雨的冬季之后，杂草们开始大展拳脚。鸟类播下的小麦和大麦从无人修剪、浸饱雨水的稻草中钻出，旁边还有茂密的酸模、蓟草、法兰西菊、白芥和荨麻。每年都会有几种农作物再次出现，但整体上来看，它们的数量越来越少，并且很快就被侵入田地的大型多年生杂草覆盖。

杰弗里斯对植物演替的过程理解得分毫不差。可能在家乡威尔特郡他曾亲眼看见这一过程发生在赤贫农民的荒田里。他知道下一
233 种从树篱入侵田地的植物是黑莓，再之后是野蔷薇。树篱的宽度很快会长到原来的三四倍，大约20年后，即便是最大的农田两边的树篱也会在田地中央合拢。在比较潮湿的地方，像“菖蒲和芦苇旁边，会长出大量高大的牛防风或五六英尺高的‘吉克斯’蔷薇，那茎部矮壮、几乎像灌木一样的柳兰铺满了每一条道路”。到30年时，所有的沟渠里都填满了枯死的叶子和掉落的枝丫，沟渠里溢出的水会把地势最低的田地变成沼泽。比较干燥的地方已经变成了一片栎树、桦树和金合欢组成的天然林，这林中“没有一丝空地(仅丘陵例外)，除非跟着野生动物踩出的小径或自己砍出一条路，不然人根本没法在其中穿行”。这整个变化过程势不可挡，从一马当先的杂草发展到密不透风的乔木林仅用了短短30年的时间。

这部作品出版20年后，在爱德华七世时代的贫困艰难中，肯尼思·格雷厄姆*写作了《柳林风声》，其中也描写了一个类似的最后形成了“野树林”的过程。獾先生解释了树木是如何在崩塌的城市里“让自己生根发芽并长大”。(格雷厄姆本人住在伦敦市，同时还是英格兰银行的秘书和异教协会的忠实会员。)书中有线索表明獾先生的窝是建在那座消亡的大都市的废弃地窖和隧道里的。他向鼹鼠解释了森林缓慢重生的过程：“这城池就往下陷，陷，陷，一点一点地坍塌了，夷平了，消失了。然后，又一点一点往上长，长，长，种子长成树苗，树苗长成大树，黑莓和羊齿植物也来凑热闹。”**

在社会和政治处于紧张状态的时期，总是会出现文明将与“杂草和荒原”一决胜负的预言，并且自然总被认为是更有胜算的一方。 234
20世纪80年代末那场关于欧洲农产品剩余的激烈辩论中，文笔犀利的《观察家报》专栏作家尼尔·阿舍森***就描绘了一幅反乌托邦的场景，借以说明假如农田休耕或故意“被闲置”会造成什么后果。他的预言与理查德·杰弗里斯的很相似，但结尾更具有现代的讽刺性：

> 若搁置不理，这些田地就会长满杂草，先是长到齐腰处，然后便长到一人高。接着是灌木，灌木之后是小型树木，最后——在英国的大部分低地——会长满茂密矮小的次生林。由于田地的排水系统已毁，这片土地大部分会变回浸水的沼泽。这对鸟类来说是件好事，但也有利于老

---

* 肯尼思·格雷厄姆（Kenneth Grahame, 1859—1932），英国儿童文学作家。

** 此译文摘自赵武平译《柳林风声》，人民文学出版社出版。——译注

*** 尼尔·阿舍森（Neal Ascherson, 1932— ），英国记者、专栏作家。

> 鼠、蚊子和杂草花粉的积聚，这些花粉会让全国上下喷嚏不断，长出的杂草还会湮没覆盖我们的花园。那时在昏暗的、纠结在一起的树丛中，会埋藏着数百万废弃的汽车、冰箱和——尤其是——农业机械，就如一场已被忘却的战争遗留下的残骸。

仿佛被某种交感巫术牵引着，植物垃圾总是会吸引人类垃圾。杂草不仅仅是荒废遗弃造成的一个结果，也是它的一个成因，矛盾的是，还是消除它的方式。

威尔·塞尔夫*的宏大幻想作品《戴夫之书》(2006) 是以气候变化作为末日原因的未来主义小说之一。故事发生在约500年后的未来。石油已经耗尽，上升的海平面淹没了泰晤士盆地和泰晤士河支
235 流周围所有地势低洼的地区（与《伦敦之后》设定相同）。文明社会的幸存者大多撤退到了像“考特”和“奇尔”这样的丘陵地带。伦敦东部只剩下一个叫作汉姆的岛，这里生活着一个以狩猎拾荒为生的贫困部落，他们信奉《戴夫之书》——一本被挖掘出来的出自一个精神错乱的21世纪出租车司机之手的简短笔记。这部作品一个不同寻常的特色（以及它的书后词汇表十分重要的原因）是塞尔夫为后城市社会发明了一种语言，这种语言由伦敦方言和异化的民间记忆中的品牌名称混合而成。（比如早餐就是“星巴克”，“A2Z”则是地图。）汉姆部落一年一度的仪式中有一个就是突袭位于伦敦市摩天大楼（“叠高楼”）遗迹中的海鸟聚居地，抓“油海鸥”（鹱鸟）、“漂亮嘴”（海鹦）和“黑翅膀”（大鲣鸟）。当地有一个传

* 威尔·塞尔夫（Will Self, 1961— ），英国作家、记者。

说，如果攀登者从叠高楼上摔下来，会有一种叫作“鸟飞机”的海鸟编队来救他。

塞尔夫的这个流浪冒险故事发生在一片植物之中，现实生活中如今长在伦敦东区或埃塞克斯郡泰晤士河口环境多变地区的杂草，可能真能长成那样的一片植被。那些曾经的高宅大院周围是“杜花”（杜鹃花）生得最浓密的地方，花丛中还混杂着“刺灌木”（荆豆）。但被水漫至旁边的废弃已久的工业区和荒地上覆盖的才是真正的城市灌木林：“火杂草”（塞尔夫用柳兰的传统俗名在新语言中指代它），“水疱草”（为大猪草所造的巧妙名称，应该很容易流行起来），指代峨参的“汉堡芹”和指代醉鱼草的“醉鱼钉”。

2007年艾伦·韦斯曼[*]在其震惊世人的非虚构作品《没有我们 236
的世界》中，将所有这些信息丰富但只存在于想象中的语言进行了合理的分析评价。这本书的前提条件，即文学假设，有些古怪但十分好用。韦斯曼让整个地球上的人类“在一眨眼间”消失，就像宗教右派人士的“被提”[**]。然后他以人类荒弃之地的真实事例为证据，尝试在此基础上厘清没有了人类——没有了我们每天对自然的无情攻击——这个星球会发生什么。

他从一栋房子讲起。在植物的帮助下，一幢废弃房屋的解体速度十分惊人。第一年冬天，雨水开始锈蚀露在外面的钉子，并渗进钉

* 艾伦·韦斯曼（Alan Weisman, 1947— ），英国作家、记者。

** 末世论中，末日来临时活着的基督徒同时被送到天上与基督同在，并将凡体升华为不朽身体。——译注

子周围的缝隙。霉和真菌侵入潮湿的木头，将其分解。地板也是同样的状况。在木材开始破裂腐败时，屋外的大型杂草和树木的根开始进入房内，刺穿碎裂的木头并对其造成进一步的破坏。没有了屋内的暖气，水管会在第一场寒流降温中冻裂，漏出的水形成的小水洼会很快滋生出浮萍、荨麻和小树苗。此时很可能已暴露在外的地窖里堆满了残骸碎片，黑莓则开始进攻剩下的水管。如果这栋房子有游泳池，现在它已经成了一片室内水景，长满了外来盆栽植物或一直躲在房屋角落、静待时机重夺领地的杂草。不出50年，这栋房子就会变成一堆蓬乱的地面突起物、一座后工业时代的坟墓，上面点缀着无法降解的塑料和瓷砖碎片，并且长满混杂在一起的树木和适应了环境的花园植物。

237 在纽约，人们已经证明，只要城市维护人员几个月不管，街道就会变成一大片生机勃勃的臭椿林。它们带有翅膀的种子会嵌进人行道裂缝，跑进地铁隧道。它们发芽和生长的速度都很快，它们的英文名Chinese tree-of-heaven（直译为“中国的天堂树”）并不是指它们具有什么天堂般美好的品质（它的花朵很难闻），而是指它幼苗的生长速度快到仿佛一飞冲天。几个月以后，传播出去的一丛丛臭椿会从人行道排水口的格栅里钻出来，它们强有力的根系（上面还会长出吸根）会顶起人行道上的石板、撑裂露天的排水沟。10年之内这些树的高度就能超过30英尺（约合9米）。而人行道石板下久不见天日的土壤一旦暴露在阳光、雨水和污水的营养物质中，地面上的杂草就会趁机入侵，在蓬勃生长的树苗下形成一层下层植被。

这就是实实在在发生在曼哈顿纽约中央铁路一个废弃路段上的事情。这段轨道于1980年关闭，然后臭椿树立即侵入，很快，绵毛水苏和一枝黄花也加入了这支队伍。在一些地方，这条高架铁路会经过一些二楼仓库，为它们运送货物，如今停运的铁轨把由鸢尾、月见草、紫菀和野胡萝卜组成的绿色植物带也送到了高高的二楼。这些植物中有许多都是从欧洲和远东来的移民，一如这座城市的居民，所以后来发生的事可能并不算出人意料："许多纽约人从切尔西艺术区的窗口往下看，被眼前天然的、由花组成的绿色缎带所感动——它们占据着这座城市已经死亡的一角，并对未来做出预言。这个地方就是纽约高线公园。"* 238

近代的底特律就像是放大版的高线公园。20世纪20年代时，它是世界上最富庶的城市之一，靠着福特汽车公司和通用汽车公司的产品日益兴旺。但汽车城正如只栽种单一作物的农田一样脆弱。80年代开始的石油危机使得汽车行业开始走下坡路，最终它们全都离开了底特律。这座再没有其他大项收入来源的城市开始崩溃。被废弃的工厂和曾在工厂里工作的人们遗弃的住宅开始逐渐被大自然占领。草原杂草占据了停车场和荒废的高速公路。像葛藤这样的野生藤类向墙上攀爬，30英尺高的臭椿在工厂屋顶迅速生长。全城有6.6万块空地，占地139平方英里（约合360平方千米）的内城有40平方英里（约合104平方千米）已经被野生植物占领，这些植物的活跃扩张正在毁掉这个曾是美国第四大城市的地方。

但这里的人类居民的反应却十分出人意料。人们没有惊慌失措地抵抗植物的入侵，也没有试图拿大自然为这个城市的根本问题——经济和政治策略的愚蠢——做替罪羊。相反，杂草被当作一个寓言，一个教训，告诉人们单一的、依赖石油的城市文化在21世纪是无法持续性发展的，告诉人们也许在城市中有其他对生态环境更

---

* 此译文摘自赵舒静译《没有我们的世界》，上海科学技术文献出版社出版。——译注

温和的谋生手段。因为太穷而买不起新鲜食物的家庭在被毁的街区上建起了街坊有机农场。来自美国各地的年轻人——音乐家、环保主义者、社会先锋人士——大量拥入被废弃的区域，热切地想要实验城市生活的新模式，即接受大自然——包括那些开疆拓土的杂草
239 们——而非试图将它从生活中赶走。优秀的电视纪录片《底特律安魂曲》的导演朱利恩・坦普尔[*]写道："在汽车城的废墟间，也许能找到第一幅描绘出正等待着我们所有人的后工业化未来的先锋蓝图。"

末日文学赋予杂草的角色与其说是矛盾的，不如说是模棱两可的。它们可能是摧毁文明的因素之一，但也可能是重建文明的先锋。在两种情形下，起主要作用的都是一个不法之徒，一种来自另一个地方或另一种文化的生物，它们远胜过生活在这个惨遭破坏且正在崩溃的世界的不幸人类。

在现实世界中，两种情况都有大量的例证。在热带地区破坏是一种常态。生长迅速的植物从故乡被移栽到这里，当作——比如说——饲草植物或成材时间短的木材用树，结果却变成了破坏整个生态系统的杂草。生态学家乔纳森・希尔弗通将它们形象地描述为"伊甸园里的恶魔"。美国佛罗里达州——炎热、潮湿，因城市发展常年处在剧变之中——受害尤为严重。20世纪30年代，澳大利亚的千层树被引入佛罗里达大沼泽地，人们希望它们能充分吸收沼泽的水分，以便土地干燥后可以种植粮食、建造公寓。种子是直接从飞机上撒进这片原始

* 朱利恩·坦普尔（Julien Temple, 1953— ），英国电影、纪录片、音乐片导演。

的沼泽地的，在这里它们也确实比本地树木多吸收了5倍的水分。在千层树的原产地澳大利亚，它们整日受大群的昆虫侵袭，但在佛罗里达州没有生物以它们为食，于是这些树木开始疯狂生长。它们长到2岁时便可结出靠风传播的种子，每一棵树一年能释放2 000万粒。在 240
千层树入侵的全盛时期，它们在一些地方的密度接近每平方英里800万棵。在佛罗里达州的另一些地方，作为花园灌木从南美洲引入的巴西乳香逃到了野外，它们形成的巨大灌木丛扼杀了所有的本土植物，这种植物之所以会成功，除了它能产生大量易传播的种子，还有部分原因是它很善于攀爬，且似乎能通过接触对许多植物产生毒性。

佛罗里达大沼泽地的其他开阔水域长满了外来的水生杂草，其中有一些是花园池塘和水族馆的弃儿。最让人头疼的——也是如今令热带及亚热带共56个国家的湿地和河流系统阻塞的杂草——是凤眼蓝，一种原产于中美洲和南美洲的植物。凤眼蓝十分美丽，它那一枝枝紫色花朵、一簇簇波浪般的光洁叶片玉立于水面上，不难看出它当初为何会成为深受欢迎的观赏植物。在故乡湿地的时候凤眼蓝很是循规蹈矩，可一旦到了其他地方它们每14天就会数量翻倍。每一株凤眼蓝都是自由漂浮在水面上的，有下方中空膨大的叶柄作为支撑，再加上有着跟风帆一样功能的叶片，它可以轻而易举地在水上游走，用种子和出芽两种方式制造后代。使用除草剂可以控制这种杂草，但却会不可避免地殃及其他本土水生生物。

再稍微向北一些，就会碰上可能是美国最可怕的恶魔杂草——19世纪70年代从东南亚引进的葛藤。一如引入很多其他植物，引入这种植物本是出于好意。在1876年的费城百年博览会上有一座日本花园，里面全是日本本土的植物，其中就包括葛藤。这个展台很受 241
欢迎，美国园丁们开始把葛藤作为观赏植物种植。最开始时它向外扩散的速度相对较慢，但到了20世纪20年代，一座佛罗里达州的饲养场发现牛在啃食葛藤，于是他们开始将葛藤作为饲料进行推广。10年后美国土壤保护局开始种植这种藤类，以帮助控制“黑色风暴”期间的土壤流失——具有讽刺意味的是，这次土壤流失本身就是过去一个短视的农业构想造成的结果。到了20世纪40年代，美国政府以每英亩最高8美元的价格雇用农民种植葛藤。没过几年这种植物的生长势头已锐不可当。

被描述成侵略性攀缘植物的葛藤，听起来像是一种很有活力的月季——“校长”月季（Rambling Rector），而非什么邪恶的恶魔。但在葛藤生长的高峰季节，它们12小时就能长长1英尺（约合30厘米），一个在美国南方各州流行的玩笑就说晚上睡觉一定要关窗户，不然一夜之间葛藤就会爬进来。废弃的建筑物在一层厚实的葛藤的覆盖下可以很快消失不见，甚至整座本土森林也能被它们吞没。它们可以爬到90英尺（约合27米）高，而那时被它们攀缘的树已经因光照不足开始渐渐死去。目前似乎还没有什么方法能驱除它们。葛藤无视神圣的生态法则，让自己站稳脚跟并成为一个似乎十分稳定的顶级植物群。

如今在美国南部，葛藤覆盖着200万英亩（约合8 094平方千米）的林地，它已经被美国农业部钦定为非法植物。但统计数字无法说明生活在这些不停蔓延的森林遮光布旁边的感受。如果不去多想被葛藤掩埋的森林，那么这种景象倒确实有一种怪异的美感。它营造
242 出一种原始的气氛，仿佛有一座古老的城市被埋藏在这密林之中。林中的树木看上去像是被绿色的岩浆石化了，又像是一片单色的珊瑚，或是长满海藻的海底沉船。有些美国人在这铺天盖地的绿意中觅得了慰藉。为躲避飓风古斯塔夫来到亚拉巴马州的作家弗朗西

斯·拉姆就被眼前的葛藤惊呆了:“电线上长着葛藤,树上长着葛藤,房子上长着葛藤,连葛藤上也长着葛藤。每隔几分钟我们就会看见一片地里长满茂盛的藤类,每次看到都感觉像是从一场暴风雪中醒来,看见整个世界都被包裹其中。这场景太美了,我心里暗生感激,它缓解了我们因躲避飓风而产生的紧张感。”在南方,尽管葛藤肆虐,它们依旧被用来控制水土流失,它们的茎也会被采来编织篮子。将它们用作日常饲料——这也是它们最初被推广种植的原因——被认为是控制其扩散的最经济的方法。

一种具有如此超自然扩张力和神秘气质的杂草,一定会催生出关于其起源的传说故事——正如过去那些外来杂草们的故事。其中最夸张的版本(发布在美国网站Mindspring上)是一个阴谋论故事,其情节离奇到让人不禁怀疑这可能只是个恶作剧之作,但尽管如此,这个故事还是准确概括了人类对植物入侵者的多疑与猜忌。

Mindspring网站爽快地承认了葛藤的亚洲出身,但坚称它被引入美国其实是由“日本秘密特工”策划的意图摧毁美国经济的阴险计策的一部分。网站把矛头指向了美国林务局,认为他们早在19世纪70年代就应该为土壤流失寻找对策。故事发展到这里,一个在外来植物神话中常见的角色出场了:一个巧妙安全、让植物可以在各 243
大洲间穿梭的运输工具。葛藤的种子是装在一只没有寄件人地址的信封里被匿名送到美国的。它们被感激不尽的林务局种下,然后这场绿色危机就开始扩散。30年后又有人寄来了更多信封,这次里面装的是由日本秘密实验室研发的一个更具侵略性的葛藤亚种。到了20世纪40年代,当局才终于意识到整个国家的森林正在被毁灭,一项集合了国民警卫队和预备役部队兵力的清除项目被提上日程。日本人知道他们必须得采取点大举措——一个大到足以分散所有这些兵力的行动——来破坏这场对葛藤的屠杀。答案呼之欲出。他们轰炸了珍珠港。美国将兵力集中到了最显著的威胁上，从而忽视了那些在暗处的日本人的秘密武器。从那以后，葛藤便继续在美国横行，而日本人则在城市里大量购买房地产。“也许你我是看不到了，” Mindspring网站总结道，“当最后一角蓝天被这些势不可挡的疯狂植物遮蔽之时，我们孩子的孩子会是在葛藤令人窒息的恐惧中发出最后一丝无声的尖叫的人。”

这个理论可能纯属妄想，但它的措辞和内容都比得上澳大利亚关于外来植物入侵的严谨的科学报告。只是南半球尤其是澳大利亚
244 受杂草之害如此严重的原因十分复杂。其中的影响因素有很多：这个大洲与其他大洲互相隔绝，这里的植被与世界上其他地方的植物几乎没有基因或生物化学上的联系；这里的气候湿热交替；这里的土壤薄且贫瘠，也没有经过有蹄类动物的长期打磨、促进植物演化出对侵扰的抵抗能力（即形成本土杂草）。但这片土地承受的折磨已经足够澳大利亚改革派生物学家和作家蒂姆·洛写出一整本书——《野性未来》——讲述外来入侵者对澳大利亚本土植物造成的灾难性影响。这是一本愤怒的书。洛指出，这个国家如今有超过2 500种外来杂草横行，每年造成的损失有40亿澳元，并且他认为这些杂草进入古老的澳大利亚文化既是全球化的一个实例，也是全球化的一个结果。他的用词在温和的欧洲人读来可能会有些不舒服，特别是欧洲人对他描述的那种规模的植物入侵可能毫无概念。在他笔下，这些入侵植物仿佛就是罪魁祸首。这些入侵者们“偷偷潜入”我们的森林，“污染”我们的河流。杂草们会“溃烂”。贯叶连翘是一种有效的抗抑郁剂的原料，但被他描写成“恶毒”的植物；含羞草是“令人厌恶地霸

占着3万英亩（约合121平方千米）湿地的恶霸”。对于长久以来与自然植物和栽培植物关系都较为和谐融洽的欧洲人而言，实在不容易对“阿德莱德周围的橄榄树把整个山坡变成了巨大的灰暗丛林”这样的句子产生共鸣，也不太能理解受欧洲人喜爱、被早年的英国移民者特意种下的黑莓为何在作者笔下是“更为昏暗的灌木”，如今又怎么成了澳大利亚最“有害”的杂草之一，每年要耗费政府4 000万澳
元进行管控。想要从文化上理解一种植物如何远渡重洋，跨越1.2万 245
英里（约合1.9万千米）来到一个错误的地点，成了一种构成威胁的杂草，需要很大的努力。洛情绪化的措辞并没有让他的表达更为清晰有效。他在提到欧夏至草（19世纪中期作为一种药草从英国引入澳大利亚）时说它现在仅在维多利亚州一地就“侵扰”着2.5万平方英里（约合6.5万平方千米）土地，他的意思是欧夏至草散布的范围有这么大，还是说它独霸这么大的面积？这个差别非常重要。

但我们没有立场挑剔。澳大利亚的大部分早期外来入侵植物都来自英国，这一点与美国状况相同。画家玛丽安娜·诺思[*]1881年到澳大利亚塔斯马尼亚州旅行时，就曾抱怨过蓟草、酸模和蒲公英：“这国家一点也不吸引我；太英国了。”关于这座离岛的生物是如何受到外来生物的全面影响，早年有一个例子十分生动，但这个故事中的主角是一种来自南非的杂草。金盏草是一种原产于好望角的黄色菊花，它于19世纪中叶来到澳洲，可引起的生态波动一直持续到今时今日。不到20年的时间，它就把淡柠檬黄的花朵“开遍山坡，开遍每一处空隙”。“路边的金盏草长得有膝盖那么高。”植物学家J. E.特尼森-伍兹[**]略带警觉地这样报告。随后在1889年，一种本土蝴蝶——

---

* 玛丽安娜·诺思（Marianne North, 1830—1890），英国植物学家及植物学插画家。

** J. E.特尼森-伍兹（J. E. Tenison-Woods, 1832—1889），澳大利亚植物学家、天主教神父。

恺撒红蛱蝶（*Vanessa kershawi*）的幼虫发现它们可以以这种植物的叶为食。金盏草的数量太充足了，导致这种蝴蝶数量剧增，在维多利亚州遮天蔽日。有报纸报道，火车不得不在一条铁路隧道中停车，因为被碾碎的蝴蝶使车轮严重打滑，几乎抓不住铁轨了。

246 与美国的状况一样，在澳大利亚造成最多麻烦的是新植物与新动物的组合效应。坚韧的草原草类——水牛草最早可能是随骆驼一起从非洲引入澳大利亚的，但它是一种十分优良的饲草，所以人们很快便开始种植它。但若不是羊群的大量增加，这种植物也不会爆炸式地剧增。澳大利亚的本土植被很不适应贪吃的有蹄类家畜，完全败给了不但已经适应了啃食，还会在啃食下生长更快、播种更广的植物们。另一种草原植物——一种亚洲的蒲苇——则沉睡了近1个世纪，因为生长在这里的全都是长着白色绒毛的雌株，无法结种。到了20世纪70年代，有人引入了此种植物的一个纤柔新品种，这一品种刚好是会结花粉的雌雄同株植物。它与原来的单雌植株杂交后就产生了一种新的澳大利亚杂草。

几乎任何外来植物到了澳大利亚都能变成杂草：水仙、香豌豆、薰衣草、桃树、橄榄树、柳树、葡萄树、无花果树、胡萝卜、锈红蔷薇、西洋菜、腰果树、薄荷……这个名单以每年几十种的速度增加着。只有极少数的入侵者得到了成功且持久的控制。在20世纪20年代，仙人掌（来自美洲亚热带地区）被评价为很可能是地球上分布最广的杂草。洛报告说，在昆士兰州和新南威尔士州有2 500万英亩（约合10万平方千米）土地被其“侵扰”。后来发生的事对支持用生物手段控制有害物种的人而言简直就像《圣经》中的寓言故事。1925年，一种原产于阿根廷的蛾类——仙人掌螟蛾（*Cactoblastis cactorum*）的幼虫被一名关注仙人掌泛滥的昆虫学家引入澳大利亚并放至野外。这

种幼虫马上开始在仙人掌上大嚼特嚼,“等到第二年年末时,乡村地 247
面上到处是几英寸厚的腐烂的仙人掌和一种黏滑的胶状物”。

仙人掌的败退至今仍是生物控制法的杰出案例。但这种方法是一把双刃剑。仙人掌螟蛾已经散布全球,并开始破坏大量野生的本土仙人掌。生物除草剂也能变成跟它们所除之草一样大的问题。

澳大利亚外来入侵物种问题简直复杂到无法想象。但若想把澳大利亚或其他任何国家拨回到某种理想的、稳定的“自然”状态,也不切实际。生态系统是——若想保持系统的适应能力也必须是——极易受影响的,不停地适应气候变化和物种灭绝的。我们也不可能靠着怒气或猛喷除草剂就将外来入侵者们从大地上抹去。我们能做的只有努力寻找能把目前的状况融入我们生活和生态系统的方法,并尝试阻止并无裨益的新移民进驻。

洛引用了植物学家杰米·柯克帕特里克所做的一个有趣的实验:“只需一个正常人1.1天至1.4天的尿液就可以为1平方码的土壤提供足够的肥力,使这块地从只能长出低矮灌木的贫瘠土壤变成能供大部分作物和大部分杂草生长的沃土。”值得记住的是,第一批抵达澳大利亚的外来生物、第一个在这片处女地上撒尿的人和整个生物迁移的创始者,并不是欧洲的殖民者,而是4.5万年前踏上还无人
类居住的澳大利亚的美拉尼西亚探险者们。 248

外来植物给英国造成的问题远不及它们给澳大利亚造成的严重。我们这里气候凉爽,大部分在温暖地带大搞破坏的亚热带入侵者在英国都不易传播。我们的本土植被适应了被啃食、被修剪、被粗

暴对待的状况，与原始的生态系统相比，它们对其他植物的渗入产生了更好的抵抗力。正如我们下面会讲到的，虎杖和喜马拉雅凤仙花也造成了一些棘手的问题，但绝大部分的新杂草只是给环境带来了一些滋扰，而非像澳大利亚的葛藤和水牛草那样摧毁生态系统。一株闪耀在朴素的针叶林中的火把莲，一棵躲在郊区委员会喂鸟器下的大麻，并不是外来植物入侵的不祥之兆，只是植物们顽皮的恶作剧。至少我是这么认为的。恐怕我从未忘记20世纪60年代在米德尔塞克斯的荒地上发现一大片疯长的城市杂草时的兴奋，以及在了解它们如何来到此地后的惊叹。从那以后，我总能在奇怪的地方找出奇怪的植物，而且我感觉——尽管这么说听起来可能像是在美化我的那些“植物贫民窟”之行——我找到了一些线索，可以解释为什么外来植物在英国没能造成它们在炎热地区所造成的威胁。

我在企鹅出版集团时的那些午休探险后来成了一本叫作《非正式的乡村》的书，再后来还成为一部电视电影。这些作品中讲的并不仅仅是古怪的杂草，还涉及整个都市自然，野性与城市——人类文明的最高成就——共存时两者之间表现出的令人振奋的不统一。它们讲述的是在摩天大楼窗台花盆上做巢的红隼，是在白厅街上漫步的狐狸，是英联
249 邦首脑们的花园派对结束后出现在白金汉宫的热带衣蛾。但这城市的野生植物一直都在背景中，它们无处不在的茂盛丰饶让人兴奋。

柳兰无疑是夏日的常驻背景，尤其是在贝克顿废旧煤气厂那焦黑的荒地上，柳兰的枝头总停栖着许多赭红尾鸲。但通常杂草们不必做背景，它们自己就是故事情节。在威尔斯登交会站的铁路路堤上，我们拍到了一座令人惊叹的野生花园，其中生长着丰茂的水果和蔬菜，这些几十年前被人栽种的植物如今已被遗忘，在很不相宜的地点长成了杂草。这里有直径达6英尺（约合1.8米）的芦笋丛，枝丫纠

缠的罗甘莓，结着果的黑穗醋栗灌木丛。它们的历史十分有趣。在第二次世界大战期间，受“为胜利而掘土”这一口号的鼓舞，那些房子背靠着铁路路堤的居民们认为铁路旁的土地也应为战争出力，于是便把他们的菜畦扩张到了铁路线边缘。这些临时菜园在战后便被废弃，但这些作物（至少是其中的多年生植物）却继续活了下来。

一种杂草若想入专业人士的法眼，必须具备三种要素：起源、顽固和独特。以前达格南福特汽车厂的后面有一片规模可观的风滚草，这种植物的枯枝形成的球在荒原上滚过的情景是西部电影中烘托气氛的经典镜头。（不用说，风滚草这种便于四处流浪的习性是一种典型的杂草策略，是为了适应荒原的广袤而演化出来的。亲代植物开花后便会干枯，然后被风连根拔起并四处滚动，走到哪里就把种子撒到哪里。）具有讽刺意味的是，这类镜头其实是电影年代错位的 250
经典例子之一。风滚草——别名俄国蓟（*Salsola kali*，*ruthenica* 亚种）——原产于欧洲东部和亚洲的干旱地区，它们作为杂草抵达美国（混在乌克兰移民的亚麻种子里）的时间是19世纪70年代末，此时经典西部片中描绘的拓荒全盛期已经过去了一段时间。

在英国，俄国蓟首次被发现的时间是1875年，地点是牛津郊外的一座花园。它很可能是混在废羊毛肥料中来到这里的。达格南的那一片风滚草是在20世纪30年代被发现的，它的祖先当初可能就躲在从美国福特公司进口的产品中。它们成功萌发和传播的关键在于它们找到了一个与俄罗斯草原或美国西部那种干旱平原极为相似的栖息地。工厂的后面是一片很大的空地，用来堆放铸造厂丢弃的灰烬质地的垃圾。这里是一片温暖、干燥、具有流动性的工业荒原，风滚草见到这样的地方就像小孩子见到了沙堆，再也挪不动脚了。

到1934年时，这个植物群已经有了几百株植物。我们1974年前来拍摄的时候，大部分垃圾场已经被填平，改造成了一个用以停放新出厂的福特车的停车场。但这里留下了一片杂草，而我们去的那天恰好有风——那种沙漠里的微风，于是我们拍到了一组特别的镜头，镜头中埃塞克斯郡的风滚草试图完成它们基因中写下的使命，跌跌撞撞地挤进崭新的科尔蒂纳轿车周围的防护栏。

那时的我对外来植物很有兴趣，一部分原因是它们抵达的方式通常都离奇有趣，但还有一部分原因是它们对植物秩序的毫不理会、它们
251 那纯粹的机会主义作风。我喜欢那些要么几乎不可能出现、要么十分合宜的杂草毫不挑剔地便把可用空间填满，众所周知，我们的大自然是多么讨厌空白。有时我也担心我的偏爱只是一种经不起推敲的诡辩。我所知道的长在错误地点的植物中最极端的例子，是在医学期刊的一篇文章中读到的，文中有一棵紫花苜蓿竟然在一个病人湿润温暖的眼睑上发了芽。还有一个令人不适的程度轻得多的例子发生在牛津圣十字教堂，那里的一座坟墓上径自长出了一棵颠茄。我倾向于认为，这棵植物应该与1913年沃特福德公墓中一座坟墓上长出的那棵著名的“无神论者的无花果”来源相似。（“无神论者的无花果”这一典故，讲的是当地一名非宗教信徒要求死后躺进棺材时在他手里放一颗无花果，他说，如果人死后会进入另一个世界，他就会让无花果发芽。尽管后来真的长出了无花果树，但其来源更有可能是死者生前吃的最后一餐。）

我偶尔也会参加由不列颠群岛植物协会组织的“外来植物搜捕行动”。这个活动听起来很豪华，实际上就是乘车去游览伦敦东部的那些垃圾场；在没有垃圾回收分类的年代，这些垃圾场里堆满了各种垃圾，从屠宰场的边角料到塑料玩具，应有尽有。初秋，我们会步行穿过一大片刚扔掉的牛肠、被风吹乱的纸、碎玻璃和无数堆臭烘烘的厨房垃圾。整个地方都弥漫着刺激性的烟雾，那是让人窒息的燃

烧的橡胶和冒着热气的生物垃圾释放出来的。卡车往来穿梭，带来新的垃圾，而推土机则把垃圾压平夯实。我怀疑地球上没有任何自然栖息地能像老式垃圾场这样，既整日处于混乱变化之中，又有集中的外来生物种子来源。这里就是杂草的温床。 252

杂草们以成千上万的规模冒了出来，这是一个由食用植物、观赏性植物和躲在进口盆栽中偷渡而来的南半球植物组成的怪异组合。它们从丢掉的沙拉、亚洲餐馆的垃圾以及每年进口几千吨的鸟食中萌发。它们在剪下的树篱、沾满泥的轮胎或进口包装里的果实上生根。每一粒能发芽的种子，每一片根或茎的碎片，都有机会在这温暖的垃圾堆旁长成一棵植物。我们找到了荞麦、繭草、芫荽、黄瓜、孜然芹、大丽菊、一棵旧时农田的瘟疫植物——毒麦（可能是混在进口大麦里来的）、莳萝、小茴香、胡芦巴、葫芦、天仙子、鸢尾、尾穗苋、金盏花、大麻、茄科植物（5种）、马铃薯、木藤首乌、假酸浆、向日葵、番茄（已经结果了）、西瓜和刺苍耳（*Xanthium spinosum*）——一种原产于南美洲的、连载漫画中常出现的苍耳，它们是挂在羊毛上然后跟随羊毛废料来到垃圾场的。

每当找到这样特别优良的品种，队长就会吹响哨子，然后所有成员都会放下手中的事，从四面八方跑过来，聚集在这棵植物周围。大家拍照片，认真讨论物种鉴别的细节。如果鉴别时存在争议，大家就会决定由一个人先“继续养着”这棵植物，直到它的身份被揭晓。这个过程包括将这棵植物挖出来（反正留在这里的话，不出几周，它也会被新的垃圾埋葬），装入一只湿润的塑料袋，带回去种在家里的温室或植物园里，然后照顾它，直到它出现可以准确辨认物种的特征，如开花或结种。有一次，我们在垃圾场间穿梭时，车内温暖的气息 253
竟让才挖来的假酸浆绽放了（采到的时候花还是闭拢的），美丽的蓝色花朵静静开在塑料袋里面。想着这种植物奇怪的名字[*]，我记起波西·西蒙兹有一部恶搞漫画，将植物的民间英文名和20世纪乡村的新品种联系在了一起。她的说明文字出奇地契合图片中的情景。“水道河岸上那片灰色是‘丢薄片’、‘毒胶’和‘黄麦仙翁’，路边停车带角落里的是一丛丛‘黄色尖肺屁股’。在这里，我们还看到了第一棵从草中钻出的‘小妖精护指套’，它们要么是蜡质的金色，要么是透明的粉色……”

我们的“外来植物搜捕行动”不一定有什么科学价值，倒与观鸟爱好者们追寻稀有鸟类的做法颇有相似之处。但看着“搜捕者”们对植物起源和垃圾场历史如此着迷，我觉得他们更像是拿着金属探测器的寻宝者。这些远足活动能让人感觉更敏锐，还能让人对植物的交通方式大开眼界。而且植物学书呆子们可能不是唯一对这些杂草感兴趣的人。一个周六，在巴金[**]垃圾场时，我们发现同在这里的还有一群游客的孩子，他们正在垃圾中翻找更有趣的旅行纪念品。他们专心听我们介绍，围着我们问东问西，还把要鉴别的植物拔出来。没过一会儿他们就各自散开，并把找到的植物交给他们的领队，再由他转交给我们。其中一个年纪较小的孩子塞给领队一枝亚洲香料植物——细叶糙果芹，它的学名叫作*Trachyspermum ammi*。这是一种难认的伞形科植物，对我来说也十分新鲜少见，但对这个进步神速的小分类学家而言却不再陌生。“艾米（Ammy），”他努力用带着
254 伦敦腔的拉丁文说着植物的名字，“他们已经认出这个了。”

要是从杂草的定义“出现在错误地点的植物”出发，把这些垃圾场植物称作杂草也许并不恰当。作为被驱逐者，它们所处的地方再

* 假酸浆英文为shoo-flies，直译为“发嘘声赶走苍蝇”。——译注

** 巴金（Barking）是位于大伦敦东部的地区。

"正确"不过了,这里把它们和曾经带它们来到这个国家的经济活动有效地隔离开了。它们的寿命很短暂。它们被卡车倾倒下来以后只有一个月时间,随后便很有可能会被下一批新土掩埋。几乎没有植物有机会结种,更不用说散播出去给放逐它们的世界带来麻烦。对于长在这里的植物们而言,垃圾场是它们的最后归宿,而非新物种入侵的阵地。

几年以后,我对杂草的迁移和渗入依旧兴趣不减。它们的进驻过程令人惊叹。我曾在洞穴里的电灯旁看见过碎米荠的嫩芽,它的根就扎在潮湿的石灰岩裂缝中;我还在布鲁斯托的三层楼房房顶看见过醉鱼草。有一次,在康沃尔郡"伊甸园计划"园区的潮湿热带生物群系中,我看到一株荆豆长在进口的石头基底上,它一定是从群系外面茂盛的荆豆丛中悄悄潜入这密封并不算严格的环境里的。

机会主义最为重要。那棵著名的、在1973年清洁工人罢工期间顶开没倒的垃圾桶桶盖钻出来的臭椿幼苗,我并没能亲见。但我曾看到过在伦敦地铁环线地面段的铁轨路堤上密密长着的一片臭椿幼树。臭椿是在1751年第一次被人们用种子种在切尔西药草园中的,它那结着种子的翅果很容易被风以及过往列车搅起的气流吹散。如今在欧洲南部的一些地方,它已经完全适应了当地环境,看起来就像
本土灌木丛中的一员。 255

外来物种的潜入可以极为隐秘且精确。我常看到一小片亮蓝色的半边莲从城市人行道的缝隙中长出来,而它们的种子就来源于正上方悬挂的花篮。有时它们的潜入又广泛而难以捉摸,每当这时植物学就会费尽力气想要搞清这些世界上最成功的杂草是如何进行环球旅行的。我曾看到过一棵如今被叫作黄花酢浆草的植物开着它明亮的柠檬黄色小花,孤零零地长在葡萄牙辛特拉一家画廊外的一个

浴缸里，这个浴缸是用来盛放一尊出自一位南美洲艺术家之手的雕塑的。黄花酢浆草起源于南美洲（在那里它被叫作“海角黄花”），如今是一种遍布全球的猖獗杂草，出没于锡利群岛的花田、澳大利亚的柑橘园和加勒比地区的种植园——它的英文俗名Bermuda-buttercup（直译为“百慕大毛茛”）正是来源于加勒比地区。这个让人困惑的名字像是对杂草本身旺盛、多变的特性的一种比喻。

可是，作为感官敏锐且反应迅速的环境变化风向标，杂草们的那种进取精神偶尔真会让你觉得深受鼓舞。20世纪90年代，英国皇家空军格林汉姆基地不再作为核基地之后不久，我曾造访此处。那时大自然已经开始了再次占领基地的进程。蝙蝠栖息在导弹发射井内，黄条背蟾蜍躲在旧弹药箱里。巨大跑道两边的草地已经长出了野花。最让人惊叹的是，格林汉姆基地脚下的土壤明明是酸性的海绿石砂，却长出了许多偏好白垩土壤的植物，为首的就是常见于铁路路堤和旧采石场的坚毅杂草野胡萝卜，它们收拢的种球看起来像是蜂鸟的鸟巢。跑道上
256 的水泥慢慢渗入土壤之中，使这里的土质变成了碱性。甚至还没等被挖掘，这条极速跑道就已经开始降解，并慢慢变成一片草地。

在追踪英国外来杂草的这30年中，我学到的很重要的一点就是，对于它们中的绝大部分植物而言，生命虽然美好却很短暂。每年来到英国的新植物有几百种，可用的土地却很少，环境也并不适宜，环境变化的速度又往往比它们那已经很快的生命周期更为迅速，并且大部分非耕地的地表已经被古老而强大的本土植物占据。（从这个意义上说，外来入侵物种十分符合杂草能在生态真空中兴旺繁荣的特征——这里的生态真空即没有捕食者、疾病和本土植物释放的防护性生化手段。）只有很少几个新物种能顺利存活到成为杂草景观

中的一员，能成为环境滋扰分子的就更少了。垃圾场就像是其他那些失败者命运归宿的一个隐喻。它们可以在这场本质上而言就是植物畸形秀的表演中熠熠生辉，但若想逃脱迅速灭亡的命运、成为一个成功的入侵者，概率很小。正如我们所看到的，大部分成功站稳脚跟的外来物种走的都是另一条路径：进入花园，被喜爱、被培育，被一个园丁散播给另一个园丁，直到它们达到一定的数量，在这个数量下偶然的逃脱或有意的放逐都只是时间问题了。

这就是让英国保育工作者担心不已的十几种“侵略性非本地植物”进入野外的途径。其中8种为水生植物，它们都是水族馆或观赏
性池塘的弃儿。像黑乐草、加拿大伊乐藻和粉绿狐尾藻（原产于南美 257
洲）这样的物种，其叶子能在水面上形成致密的一层，可以导致其他水生植物（有时也包括水生动物）缺氧。与陆生植物不同的是，它们没有扎在泥土中的根系来限制它们的生长。

危险程度紧随其后的恐怕就是杜鹃花了，这种植物具备入侵古老林地——尤其是英国西部林地的罕见能力。究其原因，可能是假如我们把时间轴拉得足够长，杜鹃花并不能算得上是一种外来植物。在英国西部形成极为密实的灌木丛的品种是彭土杜鹃（*Rhododendron ponticum*），人们曾在爱尔兰的沉积物中找到过这种杜鹃的花粉，其年代可以追溯到上一次间冰期。那时这个品种已明显适应了大西洋林地的生长环境，因此可能保留了一些关于如何应对这种栖息地环境和竞争物种的基因“记忆”。但在那以后的3万年里，它并没有自然而然地再次生长在英国大地上，目前所有的野生杜鹃都被认为是从花园中逃出去的。几乎没有虫子以它为食，即便是在不适合它播种的较凉爽的夏天，它也能靠着吸根大肆扩张。在苏格兰西海岸那片独特的栎树林里（有时这里也被称作“凯尔特雨

林”)，杜鹃能够爬上那些因常年吹风而较为矮小的栎树，挤走树上稀有的地衣和青苔——对它们而言，这片树林是最后的也是在世界范围内都很重要的避难所了。

喜马拉雅凤仙花是最受保育工作者喜爱的入侵物种了，这心情大概与狐狸猎人们最喜欢的动物是狐狸差不多。让工作小组们玩得精疲力竭的“抽打凤仙花”活动，可能是保育志愿者们最喜欢的娱乐项目，尽管（或者可能就是为了）过程中弥漫着压扁的枝条的气味，凤仙花的种子还会不停射出来。至于这种狂欢活动是否合理，或是
258 否会产生任何生态影响，还有待讨论。

喜马拉雅凤仙花是在1839年从喜马拉雅山脉引入英国的，它被作为装饰性植物种在花园的潮湿角落，到19世纪末时，它们已在野外广泛分布，尤以西南各郡的河流沿岸为多。1901年，植物学家A. O.休谟[*]在康沃尔郡的露谷看到了这种植物，为其写下了一段最早、最生动的描述文字。他强调，至少在它还比较罕见的时候，它算得上是一种引人注目的美丽植物：

> 长在温暖的西南部、茎的基部没入清澈溪水的凤仙花是一种极美的植物。它高5—7英尺或者更高，恰好露出水面的那部分茎直径有1—2英寸，十分健壮；它笔直、形态对称，开着许多团花朵，中央的大花可以有一个人头那么大……不同的植株开出的花朵也大小不同，颜色也可有十几种变化，从你能想象出的最浅的粉红色到深紫色；大而优雅的深绿色披针形叶子长得郁郁葱葱，其中有些叶子

---

* A. O.休谟（A. O. Hume, 1829—1912），植物学家、园艺师和鸟类学家，印度独立运动的领导人之一。

的长度足有15英寸。

在20世纪50年代，喜马拉雅凤仙花的传播速度大大加快了，到80年代时，它长遍了大部分河流系统的沿岸，但密度最大的依旧是西部。它迅速扩散的原因和其他所有凤仙花一样：它紧绷、有弹性的蒴果能像弹弓一样把种子发射出去（它们形象的属名*Impatiens*意为“没有耐心的、无法忍耐的”），然后种子就会顺水漂流。喜马拉雅凤仙花是英国最高大、生长最快的一年生杂草，它们形成的超大规模植物群是一种非常吸引人的景观，常能沿河岸绵延数百码，开出成片的紫色和粉色花海。到20世纪末时，它们已经具有相当的知名度，有 259
了一些广泛流传的民间故事。安妮·史蒂文森*为这种植物写了一首很美的情诗，与保育工作者们将它的气味比作清洁剂不同，她笔下的凤仙花有着“成熟蜜桃的香气，仿佛一个姑娘擦着口红的芳唇间吐露的气息”。它们开始有各种俗名——警察的头盔、穷人的兰花（得名于花的形状）、跳跃的杰克（得名于会发射种子的蒴果）。一个萨默塞特郡的记者告诉了我一个极为有趣的凤仙花俗名，以及一个杜威尔顿的保育工作者们一定不会爱听的故事：“（喜马拉雅凤仙花是）我最喜欢的植物。我不太确定它是不是这里的本土植物，因为我的那株是从别人的花园里得来的。我遛狗时常把它的种子撒在各种树篱和壕沟里，所以它很快就会变成本土植物啦！……我以前听说它在当地被叫作‘蜜蜂屁股’，也注意到它很吸引蜜蜂，原来它的花朵形状导致蜜蜂采蜜时只能看见它们的屁股，我觉得这个名字简直太妙了。”

---

* 安妮·史蒂文森（Anne Stevenson, 1933— ），英国诗人、作家。

我也曾见过蜜蜂们在“蜜蜂屁股”上忙碌的情形，那时我正在秋日的埃克斯河上漂流，两岸浓密的喜马拉雅凤仙花使得整条河流充满一种与众不同的亚洲风情。凤仙花上覆盖着圆蛛的蛛网，空气中飞舞着许多蜜蜂，有些蜜蜂的肚子上挂了太多黄色花粉，几乎都要飞不起来了。无论喜马拉雅凤仙花还造成过什么影响，在这暖意渐消的季节里，它们为本土的无脊椎动物营造了一片乐园。但那里已看不到太多其他植物，我的同伴坚持认为是凤仙花排挤和破坏了当地河岸上的植被。

260 但10年过去后，一个简单如外来植物大部队无情扼杀可怜的本地植物的故事是无法说服我的。喜马拉雅凤仙花是一种一年生植物。它也许只需一个夏天的时间就能长到10英尺（约合3米）高，但冬天它就会和自己的根一起死去。从生物学角度来说它无法建造一个根深蒂固的植物群。作为将机会主义发挥到极致的杂草，它的生存和传播靠的是入侵没什么植被的开阔泥地和在已有的河岸植被中见缝插针，它尤其喜欢邻近城镇的环境。并且现在已经弄清，在国内的许多地方，对凤仙花传播最有利的条件实际上是人对河流进行的入侵式机械清淤。凤仙花对本地植物造成影响，可能是由于这些植物被它们夏天的浓密叶影笼罩了一段时间，变得比较虚弱。（但这种植物间的影响不是必然的，比如在黑莎草沼泽区域，沼泽中的黑莎草与喜马拉雅凤仙花相似，一个夏天可以长到6英尺以上，而群落构成丰富的春天开花的多年生植物——兰花、剪秋萝、缬草——就不受其影响。）可我还从没见过哪里的本地植物群落确确实实被喜马拉雅凤仙花所替代的。在东英吉利，它们甚至无法进入河边稳定的芦苇植被，遑论入侵了。

喜马拉雅凤仙花既可以让乡村河岸变得单调，也能让城市荒地更加多样。它的存在对英国到底是好是坏，并没有一个简单分明的裁断。在这个问题上，我同意安妮·史蒂文森写给凤仙花的情诗的最后一节——在一个环境剧烈变化且充满不定因素的时代，扼杀任何充满希望的绿色生物都是危险的：

> 爱，是你说，“杀死那个我们不得不称作生命的杀手，
> 然后我们就会生活在死气沉沉的太阳下
> 一个荒凉的星球。” 261
> 于是我照旧用十月的温柔渴望爱你，
> 会接纳即将来临的冬天
> 并喜欢凤仙花诱人香气的十月。

不过，虎杖作为一种值得人们认真谨慎处理的入侵者是毫无争议的。它不像凤仙花，可以用作周末与小马俱乐部或当地保育机构狂欢娱乐的由头。它也不像大猪草，这种高大健壮的两年生植物一生中基本不挪窝，且开花以后就会死去。虎杖一旦在自己喜欢的地方落脚，每年推进的距离超过20英尺（约合6.1米）。它那多年生的根部会不断扩张，并遏制其他植物的整个根系。虎杖的身份并不是普通杂草中某个较为恶劣的品种，而是被看作、被当作生物公害和植物传染病来处理。它产生的主要文化影响就是催生了一整个对抗它的行业。

虎杖的早年经历与许多其他入侵杂草很相似。虎杖在原产地日本和中国北部的生长环境是像河边碎石滩和山麓碎岩这样较为混乱、易受侵扰的地方，也是典型的潜在杂草喜爱的环境。它是凝固熔岩上长出的第一批植物之一，可以忍受极端的酸性环境和矿物污染。

虎杖于19世纪中期被引入欧洲，它那几乎在同一平面上水平排列的心形叶精致且充满东方韵味，乳白色的花穗错落有致地立于叶片上下，这些特点使它成为大受欢迎的花园灌木。1870年，它得到了园林
262 设计师威廉·鲁宾森的赞誉。20世纪初，一个谢菲尔德矿工还听到了自己家虎杖的故事：父亲如何买回了一株虎杖，如何邀朋友前来参观，友人们对它布满斑点的茎和典雅的叶如何交口称赞，这株植物后来又如何被分作几盆与大家互赠交换。

我们依旧可以在植物学家的笔记中找到虎杖势不可挡的传播情况。人们首次在伦敦野外发现这种植物是在1900年，2年后它便抵达了白金汉郡兰利的一个垃圾场。1908年，它来到了埃克塞特；1924年，它到了萨福克郡。在20世纪30年代的康沃尔郡，人们送了它一个名字——“汉考克的诅咒”，因为虎杖从中散播出来的那座花园的主人就叫汉考克；据说康沃尔郡有一栋房子因为虎杖肆虐，售价已经降到了100英镑。到了20世纪60年代，虎杖已经遍布整个英国，从英格兰最西边的兰兹角一直到最北端的刘易斯岛。

此时情况已非常明了，虎杖的侵略性与英国其他外来杂草全然不可同日而语。它单棵植株的根系纵向可伸长至6英尺深，水平方向上的根携同其上生长的芽每年都可推进至少20英尺。这就是虎杖扩张的主要手段。英国的所有虎杖都是雌株，其最初来源可能是几棵无性繁殖出的个体，所以这里的虎杖并不会结种（除非与亲缘关系相近的植物——如木藤首乌——的雄株杂交）。正如旋花和宽叶羊角芹那样，虎杖的小块断根也能很快形成新的植株。刚刚切下的一小段茎若放在水中、置于温室条件下，只需6天就会开始长出新芽和新根。还有一点，虎杖的春芽——其中有一些是直接从庞大的地下茎上生发出来的——可以穿透沥青、顶开水泥板，4个星期内就能

长到5英尺（约合1.5米）高。 263

难怪人们开始觉得虎杖是个大麻烦。被从花园驱逐后，它沿着铁路路堤、河岸、混乱的人行道边缘和路边的壕沟一路扩散。它入侵了教堂庭院和公墓。在一些地方它开始形成密实的灌木丛，不但人类无法进入，下层的植物也完全被覆盖遏制。而且与其他大部分多年生杂草不同的是，它的根似乎可以压制其他植物（甚至包括蕨菜）的地下茎。但幸运的是，目前它还没有表现出入侵古老树林或草地的倾向，也没有要变成农业杂草的迹象。

对虎杖的抵抗始于1981年，其模式和备战某种生物危害的溢出或严重的流感暴发一模一样。虎杖被写入了1981年的《野生生物和乡村法案》，从此“种植或以其他方式使其于野外生长”变成了一种“违法行为”。在1990年的《环境保护法案》中，虎杖的“身体部位”（即剪断或挖出的根）被列为“管制垃圾”，根据《环境保护法案》的规定，这类垃圾只能丢在具备许可资格的垃圾填埋场。

管控虎杖的大量可用公共经费催生了一整个扑灭虎杖的行业。公司生意兴隆，客户名单越来越长——最常见的有市议会、大型建筑公司和房地产经纪人——并且遍布各地。人们召开会议，出版供土地所有者和忧心忡忡的住户使用的手册，教他们如何处理这种凶恶的植物。有时候这些手册读起来更像是驱魔仪式，而不是除草指南。
整个处理流程十分严格。各个程序必须在一年中的正确时段按顺序 264
执行。外泄污染是个很实际的危险，所以要遵循防护程序。不推荐简单的挖掘，因为这只会让根的碎片更为分散。对于大型的虎杖群，推荐使用深挖的方法，被虎杖污染的土壤也要带到有许可资格的地点丢弃。可以在土壤中插入障碍物作为抵挡入侵者的藩篱（兼具这个词字面和比喻的双层含义），多一重保障。对较小的植物群，可以在它们长到约1米高的时候（通常是每年的5月）喷洒除草剂，此时的叶片面积已足够大，可保证化学物质被良好吸收。若在这一季末、虎杖还未出现枯死迹象前喷洒，也被认为是有效的，但“要注意保护花上的蜜蜂和其他昆虫”。在一些较敏感的区域，在春秋季之间进行反复的修剪、翻土和放牧也可起到一定作用，但所有剪下的植物组织必须被安全处理，比较好的处理方法是就地焚烧。

剿灭工作在2009年春天进一步加速了，因为此时出台的《财政法案》中有一项条款规定，每年可免去相当于虎杖清除费用150%的税款。不出所料，各公司抓住了这天赐良机，将每平方米的清除价格推到了50英镑以上。截至2010年初，全国每年用于清除虎杖的费用已经升至1.5亿英镑以上。

但2010年春天，一种更低廉、更安全且少了些疯狂的控制方法进入了人们的视线。非营利性农业研究组织CABI的科学家们宣布，他们一直以来都在虎杖的原产地日本对虎杖的天然捕食者——一种叫作木虱（或虎杖虱）的体型极小、吸食植物汁液的昆虫进行试验，
265 并且已经获得政府批准在一些地区进行实地试验。可能鉴于仙人掌螟蛾的前车之鉴，再加上考虑到生物控制法可能带来的副作用，研究者们将会尽量将试验田与其他地方隔离开来，并在试验田中纳入其他与虎杖有亲缘关系的英国野生植物（如蓼属植物和蓼科的酸模），以确认木虱不会误伤到它们。

并非所有人都同意外来入侵植物——即便是“三巨头”：大猪草、喜马拉雅凤仙花和虎杖——造成的威胁有反对者们坚称的那么

严重。这有没有可能是一种建立在有偏差的数据上的外来物种恐慌？2010年，英国植物分布的开创性著作《英国和爱尔兰植物地图新编》(2009) 的合编者戴维・皮尔曼和他的植物学家同事凯文・沃克从一个新的角度——或者更确切地说是一个不同的尺度——分析了入侵植物的出现频率。首先，他们提出，我们可能因为这些杂草的“都市性”而对它们的存在产生了错误的印象：“我们会把外来植物看得比在实际情况中更‘普通’，因为它们在我们生活圈里很常见。于是我们就不假思索地认为它们无论在哪里都很普通。”我们从它们在城市中的混乱环境——路边、水道、废弃的工业区里的数量推断，它们在更广阔的乡村也一定以相近的密度生长。于是作者们进行了一次所谓的反推。他们先给出了面积单位为100平方千米(即10千米乘10千米，英国将这个单位称作hectad) 的入侵杂草数量的数据，然后将这些面积单位按一个小得多的单位——4平方千米(即2千米乘2千米，英国将这个单位叫作tetrad) 进一步细分，并在这个比例上再次分析这些杂草的数量。(整个数据库十分庞大，记录了 266
400万个4平方千米上出现的4 400种植物。) 两个数据间的差异令人吃惊。100平方千米尺度上虎杖分布的面积为83%，但细分到4平方千米的尺度以后，虎杖的分布率只有29%。杜鹃花的这两项数据分别是70%和22%，喜马拉雅凤仙花则是34%和6%。这些植物的数量似乎都集中在相对较小的面积上，其中大部分区域是城市或城郊。当皮尔曼和沃克将乡村地区，尤其是生态资源最丰富的区域的数据也如此细分分析后，外来入侵植物——用他们的话说——“稀少到难以察觉”。他们绘制了杂草首恶虎杖在多塞特郡——英国乡村面积最大的郡之一的分布图。100平方千米尺度上，虎杖在每一个单位面积里都有分布，表明它在这里是一种广泛存在的危险生物。在郡内1 280个重要自然保护区中，只有8个长有虎杖。

看着美国佛罗里达州和澳大利亚的状况，我们实在没有理由在外来物种问题上放松警惕。但外来入侵植物也具有所有杂草的共性，即能让它们真正繁荣发展的只有混乱不稳定的环境，或缺乏长期稳定植物群落的地方——否则在这些植物复杂庞大的根系和长久以来形成的化学秩序的影响下，外来者通常难以立足。把大猪草的种子种在一片古老的林地中，它们很可能无法萌发；而在约克郡峡谷中温和规矩的柳兰一旦被引入肥沃、常翻新的花园绿草带，就会摇身一变，高大凶猛起来。一种植物杂草化的倾向与其说是与生俱来的
267 性格特征，不如说是不同环境下的随机应变。

但机会总会出现在某时、某处，外来入侵者们也会一直存在，即便有时我们会夸大它们带来的威胁。它们蓬勃发展，有时候是因为它们已经扎稳了根：比如虎杖，硬要彻底根除它们，只会搞得国家破产、两败俱伤。有时候是因为它们传播的路线已经连续流畅：每一种新的作物——大豆、补血草、琉璃苣——被引进时都会带上些新的杂草亲戚。还有些时候只是因为我们喜欢它们：不管欧洲七叶树——一种不到400年前从巴尔干半岛引入的外来植物——被同样外来的树木病害摧残得多么严重，作为英国乡村植物的标志，它会受到人们的守护，哪怕只剩最后一棵。外来植物为我们的国家和地域文化贡献良多，有时对地方生态都多有裨益。而在未来它们可能需要做出更大的贡献。气候变化对本土植物造成了严重的威胁。它们在传统分布区域——它们的舒适区，数量可能会慢慢减少，变成植物中的“少数民族”，甚至最后在当地灭绝。它们留下的空白只能由可以更好地适应新环境的植物填补。这些植物中有些可能就来自更温

暖的南方，若只是因为它们并非原住民便断然将它们驱逐，会让我们这座小岛的植物群背上更加贫瘠单调的风险。

因此，我想知道，在衡量外来入侵植物时有没有一种不那么武断的方法，能将它们做出积极贡献的可能性也计算在内。我觉得“适应”(naturalisation) 这一概念可以作为一种衡量它们可容性的简单有效的标准。在严格的科学定义上，“适应”指的是一个外来物种已
经在野外环境中建立了足够稳定的地位，不需人类帮助就可以繁殖 268
与传播。在英国符合这一定义的植物有近1 500种，其中有约150种是公元1500年前到来的“古代杂草”，另外1 300种则是之后抵达的“新杂草”。

文化层面的“适应”可能也可以帮助我们进行判断，其深层含义中强调的是人们的接受度和文化上的“相合”。这种“适应”在字典中的定义是“被承认与土生土长的事物或居民享有一样的权利和待遇”，或“以一种自然的方式定居”。在法国大革命期间，国民议会宣布：“我们，通过法案，接受国际人权之友的领导者成为法国公民。”在这些定义中有一个予与取的概念，即外来者要对其适应的文化做出一些贡献，同时尝试着融入其中。

这个标准该如何应用到一些著名的外来植物身上呢？有些植物，如欧洲七叶树 (新杂草)，在文化层面已经被广泛接纳并完全适应了。这种树为英伦景色、孩童游戏甚至化妆品行业 (它的果实能够用来生产洗发水中使用的表面活性剂) 做出了巨大的贡献，与此同时，它们带来的坏处不过就是在几片本地林地中不成气候地散播了些种子。另一个例子是雪花莲 (除西部少数地区外英国全境都有分布的古代杂草)。它具有很强的侵略性，并且能在其逃脱的花园外形成巨大的植物群，但大部分人都以为它是一种地地道道的英国野花。

269 大量外来花园植物都能与我们的本土植物和睦共处，甚至常常相处得非常愉快。我前面提到过蔓柳穿鱼、紫菀、常绿五舌草和糖芥所做的贡献。新来物种中有一些最为优良的品种都起源于地中海地区——花朵散发着康乃馨香味的欧亚香花芥；黄色花朵周围围着一圈绿色萼片、以“唱诗班少年”的名字广为人知的菟葵；还有距药草，它耀眼的红色花朵使英格兰西南部的石头建筑充满了生气。针叶婆婆纳是19世纪30年代作为岩石花园专用植物从高加索引进的，如今它们在粗糙的草坪上开出了一片耀眼的蓝色花海（当然是在允许它们生长的地区），与之相伴的是毛茛和落下的樱花。木本羽扇豆1793年从美国加利福尼亚州远道而来，如今已经适应了东部和南部海岸的沙质海岸线，盛夏里它们的黄色花朵会为海边的微风增添蜂蜜般香甜的气息。宁夏枸杞（*Lycium barbarum*）无害地游荡在英国南部的树篱当中，哪怕只是因为它背后的故事，也值得将它留在这片土地上。18世纪初，第三代阿盖尔公爵，植物收藏家阿奇博尔德·坎贝尔收到了一株茶树（*Camellia sinensis*）和一株来自中国的枸杞。但它们的标签被弄反了，不知是出于无意还是出于幽默，公爵就继续让它们顶着错误的标签生长。这个故事在1838年才为人所知，此时公爵已过世多年，但是枸杞却留下了它的戏谑性称呼“阿盖尔公爵的茶树”作为英文名。

更有争议的是如今开遍全英国路边和草地的各种乱七八糟的花园水仙。许多人都觉得冬天过去后有些鲜亮的花朵装点一下挺不错，于是当地议会和便民组织出于好意，把水仙种到了交叉路口的圆
270 形花坛、道路两旁和离本区已经很远的绿地中。（即便种在这些地方，水仙们也会造成问题。萨福克郡植物记录员马丁·桑福德指出，尽管这些花被认为“为环境增色不少”，但“它们也被用来在公共土地

上划地为界，而且可能导致这些区域被改造成更为正规的园艺区”。）出人意料的是，许多粗莽的现代培育种和杂交种水仙似乎能产生大量的种子，于是在距离人类聚居地几英里的林地和田边也会突然出现水仙群。我在诺福克湖区的沼泽中央和约克郡谷地1 000英尺（约合300米）高的小河河岸都曾见过水仙花丛。

由于水仙的叶子在5月底就会凋零，目前来看它们对本地植物的威胁还很小（不过4月里它们能够完全遮住黄花九轮草和欧报春）。但在自然景观中，它们是最具有美学破坏性的杂草，与喜马拉雅凤仙花这样频受抨击的植物相比，长在本地野生植被中的水仙花要不协调得多；它们完全来错了地方，把城市花园的氛围一路带到了乡村。

另一种极端情况是有些入侵物种永远都不该留下。例如，被南美洲驱逐的精致的水生植物粉绿狐尾藻，如今正慢慢湮没水塘和沼泽区域的开阔地。虎杖、杜鹃花和桂樱可能也应归为此类。或许还应包括一些更本土的植物，如英国培育的油菜，它们正不断冲出种植它们的田地，入侵周围的道旁植被。植物本土化——获得准许光荣成为本土植物的一员——应当以植物行为的可接受程度和适当与否为标准，而不应取决于原产国家。

边界区域也会出现问题，界线两边植物的行为和分布可能会突
然改变。亚历山大草是（或者说，曾经是）一种深受人们喜爱的古代 271
杂草。它作为一种烹饪用植物，被罗马人从地中海沿岸带到英国并广泛种植于花园中，直到味道相似的芹菜出现。很快它就在野外扎根，适应了（包括文化和生态上的双重含义）海边荒地的生长环境，与许多地中海植物一样，它似乎很喜欢海岸边温和的冬天和咸咸的空气。它翠绿的叶和黄色的花是初春路边最早出现的风景之一，它

的茎煮熟后是一种挺不错的食物。但做了2 000年备受喜欢、中规中矩的海岸植物典范后，它忽然性情大变，侵略性十足，并于20世纪90年代开始迅速向内陆扩散。一开始人们以为这可能是路边盐含量骤增的结果——就像丹麦岩荠那样，但亚历山大草的新植物群主要出现在并未撒盐的乡村路边以及与路面并不接近的位于高处的河岸，所以一定有其他原因——可能与气候有关。到2000年时它开始出现在赫特福德郡南部的主干道边，这里距离海边超过100英里（约合161千米）。与此同时，本已占据了诺福克湖区东北部大部分道路路旁的它们，又开始进一步在诺福克郡最南端的A143公路两侧涌现。亚历山大草的真面目还在诺福克郡博物学家协会中引起了一场小争执，此前这个协会刚刚将它选作诺福克郡的郡花。一种杂草的形象摇摆于受人喜爱的标志性植物和初露凶相的恶棍之间，已经不是第一次了。

杂草的形象会在它们迁移或扩大地盘时改变，会在它们入侵新
272 领地时改变，还会随着大众审美的改变而改变。就像曾经数量充足的家麻雀，100年前捕到它们还可领赏，如今它们却成了稀少且受人尊重的花园奇景，所以亚历山大草的形象可能也会很快恶化，从备受怜爱的初春第一抹绿意、植物史的一枚活化石，堕落为不断攻城略地、霸占勤恳的英国植物的领地的外来物种。杂草不仅可以是出现在错误地点的植物，还可以出现在错误的时间。

从文化适应性的角度来看看另一种被妖魔化的外来植物——挪威枫，情况便一目了然。那些说它坏话的传说故事威力强大。它是一种真正的杂草，有侵略性且粗鄙。它那数量庞大的幼苗可以铺满整个地面，挤走本地树木。它那大而不美的树叶乱七八糟地落在地上，然后慢慢腐烂，形成一层滑腻的覆盖物。这些“不合宜的树

叶”以每年秋天都会导致火车打滑然后被迫停车而著称。在2009年9月，英国东英吉利国家快运公司颁布了一份“秋季落叶”特殊运营时刻表，时刻表的标题处就是一张挪威枫叶的照片。

当然，绝大部分这样的指控也同样适用于许多本地树木——梣树会长出大量树苗，山毛榉的落叶腐败速度极慢。但挪威枫比它们多具备一个污点，一个难以抹去的植物野兽的标记——它是个外来者。它应该是从欧洲中部引入的，媒介未知，时间为16世纪——可能就在这之后没多久，1664年，约翰·伊夫林[*]便在从伦敦周围各郡寄出的信中，写下了对挪威枫的最早的抨击，其中所述种种，现在的人们已十分熟悉：“挪威枫……出名的树荫完全言过其实，它那会滴下蜜露的叶子很早就会凋落……变成一种黏液和害虫，从当季的第一场雨便开始腐烂；它们就这样污染、玷污了我们的走道；因此我认 273
为应该把它们从所有的花园和道路驱逐出去。”

3个世纪后一个记者写信给我，信中对挪威枫之于郊区风景的贡献给出了一个乐观积极的看法：

> 挪威枫常被称为杂草。它确实有一个杂草的特质——成熟时会释放大量的种子。那些带着翅膀、靠空气动力学传播的果实被叫作“锁与钥匙”。如果你希望你的花园里有一棵树，那么附近的挪威枫会义务帮忙，完全不用你动一根手指……沿着城郊铁路进入伦敦的它，再次无视了路堤和城市荒地上弥漫的柴油气息。这种树对英国适应得如此之好，几乎有一种喜剧效果。后来居上的新丁在几乎每一

* 约翰·伊夫林（John Evelyn, 1620—1706），英国作家、乡村绅士和园艺家。

种境况中，都比本地物种更本地化。

但挪威枫真的是“新丁”吗？牛津基督堂主教座堂（其历史可追溯至1282年）里圣弗丽德丝维德的神龛中，清清楚楚刻着它的叶子，旁边还有田园枫（应为本地物种）和白屈菜（应是外来物种）。当然，这可能是某个在欧洲大陆见过野生挪威枫的石匠所刻，但它确实使挪威枫的外来性蒙上了一层疑云。2005年，最负盛名的树木史权威之一——泰德·格林发表了一篇论文，一石激起千层浪。文章以安妮·史蒂文森为喜马拉雅凤仙花写诗的精神为野树正名，提出气候变化应使我们“重新思索对本土与非本土（即杂草型）树木的
274 教条定义是否合适”。他举出挪威枫为例——也许提它只是故意唱反调——认为应把它当作一种可能的本地物种对待。他指出，古代沉积物中可能存在挪威枫的花粉，它只是因与田园枫花粉太过相似而未能被辨认出来；他还指出，挪威枫与梣树、榆树和栎树一样，都能供古老树林中的地衣在树上生长。他最有趣的观点是，目前挪威枫演化出的策略可能是为了应对气候变化而产生的一种历史性回溯——同时也是一种贴合现代的螺旋形的进步。黑孢皮病是对挪威枫打击最为严重的病害，过去1 000年中这种病几度兴衰。“挪威枫迅速扎根和快速再生的能力，”格林问道，“在酷热干旱时期是不是为了对抗由病害引起的不可预测的数量锐减而演化出的生存策略？”

时光的流逝往往才是入侵植物之命运的决定因素。耕地杂草原本的生长环境若常受侵扰，它们就只能待在原来的地盘而无法进驻耕地。四处肆虐的杂草只有在某种昆虫或微生物学会以其为食时才会停下脚步。至于挪威枫，它们很少有机会能长到成熟，因此很难知道那时的它们是不是会温和起来。在有机会让它们成熟的环境里，

它们的表现与本地树木毫无二致。我最近在奇尔特恩偶然看到了一棵。这棵树约有150岁，在山毛榉林的一个空隙中长了起来。这里舒适通风，地面远不像坊间传言所说的那样被结块的半腐烂的叶子掩埋，而是长满了古老林地里的那些花：蓝铃花、酢浆草和栎林银莲花。至少在这里，这种杂草般的树的下方并没有它繁衍再生的迹象。从可见的几棵树苗来看，几百年后下一棵长在这里的树应该是一棵梣树，而它的本土性可是毫无争议的。 275

第十二章

肖迪奇的兰花

当这世界崩坏时，
我会从高低不平的栅栏中窥视……
当我踢到一块老旧的路缘石，
我就会看到你，真实又羞涩的肖迪奇的兰花，
长在路边草地上
从旧电线、碎瓷片、铆钉和弹簧中间钻出，
以铁路的轨枕为养分。

——摘自彼得·丹尼尔斯*的《肖迪奇的兰花》

即便是在英国，也可以轻松找到前面章节中提到过的杂草地狱。随便望向哪个路边绿化带，就会发现斯蒂芬·迈耶对世界将到处都是“适应性强的多面手”的阴郁预言已经成真，黄花九轮草和欧报春被猪殃殃、荨麻和那些施肥过度的茂盛草地替代。“生物，”迈耶写

* 彼得·丹尼尔斯（Peter Daniels），英国当代诗人，现居伦敦。

道，“它们的多样性越来越低，来自异乡的物种越来越少，越来越没有新意。”在那些苦苦挣扎但面积依旧不断缩减的耕地的角落里，会看到尼尔·阿舍森笔下废弃的农业机械被黑莓和毒参吞没的场景。走在康沃尔郡的悬崖上，会看到本土的海石竹和春绵枣儿被大丛大丛
277 的南非食用日中花（尽管它们很美丽）湮没。这就是属于我们的“野性未来”吗？这就是杂草将继续对我们、对几千年来和我们亲密相伴的古老植物产生的影响？抑或是我们继续对它们产生的影响？

我们甚至可以进入艾伦·韦斯曼构想的那个忽然没有了人类的世界，看看一栋几年前才空出来却已经被虎杖和新生的接骨木丛攻破的房子。但你也可以过几十年再来看看这样的地方，到时对我们星球不可避免会被杂草占领的想法便会开始动摇。在写下这段话时我就身处这样一个地方——埃塞克斯郡一个荒弃的人类居住点的遗址。此时距离最后一个居民从这里搬离还不到30年，但这片遗址已经比某个1 000年前被森林吞噬的印加城市还要残破不堪。这里有几种侵略性的杂草——几片山羊豆和一枝黄花，还有躲在矮树丛中的栒子丛；但我感觉基本上像是漫步在一片野生的——尽管物种组成上稍嫌不协调——新生林地。这里长着浓密的山楂树和稀稀落落的梣树。其中有一棵身上爬满了厚厚的攀缘植物，还缀着啄木鸟啄出的小孔，忽然之间光线一变，我才意识到我眼前其实是一根老旧的电线杆，上面垂下来的是生锈的电缆。沿着小径再往里走，有一只废弃的邮筒、一个被蓬勃生长的女贞和接骨木掩映的通信站，以及深埋在柳树丛中的孤单的消火栓。在本土树木中——尤其是在比较开阔的区域——随处可见小型且全无侵略性的花园灌木和果树。

278 在这里我必须介绍一些背景知识。这里是曾经繁荣一时的流动人口暂住区，位于巴西尔登附近，全盛时期住宅超过8 500座。流动

人口迁移始于19世纪末的农业大萧条期间，那时土地所有者们开始小块小块地出售多余土地，巴西尔登周边开始出现一片规模不小的棚屋区。这里的住宅基本上由拖车和旧的火车车厢组成，但渐渐地，越来越多的暂住者自己建起了小棚屋和小木屋（20世纪50年代时数量已达到5 000座左右），有些人甚至盖起了齐整的砖房。最重要的是，每座临时房屋都有一座花园，里面种着大量的蔬菜、灌木、果树和小片的草地。

不幸的是这片世外桃源的发展很快超出了供水和排污系统的承受力，在战后极端谨慎和官僚主义气息浓厚的氛围中，当局开始对这里产生不满。1949年，一家开发公司成立了，随后暂住区的流动人口被安置到了巴西尔登新城区。至20世纪80年代中期，这家公司几乎清除了所有棚屋，而之所以这样做是为了将这个地方还原成耕地。但这里地势太过陡峭，土壤也太贫瘠，没人愿意收购。于是，1989年，公司采取了一项史无前例的行动，宣布把这座鬼城变成一个自然保护区。

之后发生的事情可谓是自然演替的实例中最奇怪也最振奋人心的一个。最开始几年，草坪草和所有与其相伴而生的杂草四处蔓延。花园的多年生植物壮大到了惊人的规模。但随后树木便开始包围上来，有李树、苹果树和一些较高的花园灌木。本地的树种——栎树、
梣树、山楂，甚至还有几棵埃塞克斯郡的“郡树”鹅耳枥——紧随其 279
后，开始在鸟类的传播下从废弃的菜畦和草地中露头。如今，欧丁香和毒豆的花绽放在5月的花丛中。绚丽的重瓣月季与它们的野生亲戚交缠在一起，野生葡萄藤则爬满了壁炉的炉腔。茂密的黑刺李丛中四散着幸存下来的山梅花或卵叶女贞。但本地的阔叶树正无情地挤走体型娇小、较为孱弱的栽培植物。在草类比较丰富的区域，大部

分之前已经适应了的花园植物都已经被像野胡萝卜和百脉根这样的本地草地植物取代。在英国的气候下，本土植物群落几乎总是能赶走那些先驱杂草和外来入侵者，这个排挤过程基本只是时间问题。

而这才仅仅过去了30年。再有100年，这片曾经的流民暂住地将会变得跟一片普通的混合林地十分相似，唯一的不同就是其中会点缀着几棵强健的苹果树、能够忍受黑暗的黄杨以及路边粉色的肥皂草——这些植物都在提醒着人们，这里曾是一个充满生气的人类社区。同时它们还提醒着我们，至少在地处温带的英国，杂草对荒地的占领几乎从来不是永久的或不可改变的。

对杂草而言，时代也在不断变化。如今的它们正处在历史上最成功的时期，同时受到的打击也比任何时候都要严厉。这本书的目的从不是为了探讨农民、园丁或保育工作者们在杂草控制上遇到的技术事宜，我关心的是人们在杂草控制上千差万别的动机，以及这
280 种控制对我们与植物世界、大自然的关系有什么整体影响。但不同的控制技术会对文化产生不同的副作用。20世纪40年代，有机磷除草剂的使用对杂草数量（以及我们对它们的态度）产生的影响超越以前任何一种技术。化学性除草剂是如此成功，以至于许多杂草如今都十分稀少难见，倘若被约翰·克莱尔知道，他大概会说这些杂草"从我们的知识中消失了"。但化学除草剂与最原始的史前徒手除草法并没有本质上的区别。它们都只是选择性地把不想要的植物从想要的植物中去除的过程。而正如锄头会给那些根系深且可以从断根中重生的杂草个体带来优势，扬谷会帮助那些种子与农作物谷粒大

小一样的杂草演化，化学性除草剂也会积极推动那些生化系统独特、对毒药免疫的杂草植株进一步演化。第一种对有机除草剂表现出抗性的杂草，它的脱颖而出有着某种程度上的必然性。1990年，在美国华盛顿，与园丁们素有渊源的千里光中有一批对广泛使用的除草剂西玛津出现了抗性。千里光从萌发到结种只需6个星期，1年中可以繁殖5代——这就像是在现实世界中进行的大型新物种培育实验。20年后，又有50个物种对大量除草剂产生了某种程度上的抗性。

随着除草剂的毒性和有机程度越来越高，杂草中也演化出了更
顽强的种类，这种无尽的化学对弈所产生的文化效应就是使公众们 281
对除草剂产生了抵触情绪。现在许多园丁都会容忍甚至乐见丰富多彩的杂草在他们的花园里出现。整个未经开发修整的花园角落可能都会被留给杂草，以及被它们吸引来的昆虫和鸟类（这样一来杂草们就被放在了“正确”的地方，从而使它们也不再是杂草了）。胆子更大的人还会把荨麻、蒲公英和繁缕采来作为野菜吃。

在乡村，一些农民也在形成类似的温和态度，他们会在自己的田间地头为杂草留下6英尺宽（约合1.8米）的生长带。平心而论，这一做法主要是为了让另一种农产品——雉鸡受益。但这些杂草带也为雀、仓鸮和昆虫提供了庇护，而这些生物又有利于植物传粉和害虫防治。如今英国生物多样性计划中包含了20种杂草，这意味着政府会为增加它们的数量提供支援，或为它们建立保护区。具有讽刺意味的是，这个名单中有一些杂草——如矢车菊、侧金盏花和田野毛茛——直到300年前还被认为是有害的植物。

“综合杂草管理”系统正在重新启用类似于威廉·埃利斯在18世纪初使用过的一些措施，比如在玉米下套种一种有用的“杂草”

(如三叶草)，以抑制危害性更大的杂草并提高氮元素的含量。甚至还有人在试验将杂草种子故意播撒到耕地中，以期它们与已经对除
282 草剂产生抗性的同种杂草杂交，提高其后代对除草剂的敏感度。

但对杂草的文化态度转变最大的还是城市。在废弃的工业区和铁路路堤，还有残破住宅区的边缘地带，并没有高产的农田或原始的生态系统可供外来入侵者破坏。这些地方被认为是荒地，或者用政客和开发商爱用的贬义术语来说叫作“棕地”[*]——这真是一个奇怪的误用，因为这些地方明明是城市中最多彩、生物资源最丰富的区域。

在没有本地植物竞争的情况下，这些地方还见证着真正的城市生态系统的演化过程，以及这星球上以前从未出现过却完全契合城市中建筑林立之地的全新植物群落的形成。1993年，来自谢菲尔德大学的奥利弗·吉尔伯特为英格兰自然署写了一份关于这些植物群落的报告，报告的名字叫作“城市中的花”。它的副标题——“‘城市公地’上的自然植物群”——使这个原本只在城市植物爱好者圈子中使用的词汇进入了官方的语系。这些户外场地就像是非官方的公地，因为它们是大部分城市中仅存的非正规的开放空间：周末来散步的人会采些黑莓，孩子们在这里建起自己的基地，旅行者们不但在这里住下，还带来了马和羊。

吉尔伯特在几座英国城市调查了城市公地上独特的植物群落，

---

* 指可以再次开发利用的废弃工业或商业用地。——译注

展现了每座城市迥异的杂草植物群，以及这些植物群的构成是如何与每座城市的社会史联系在一起的。伯明翰有许多一枝黄花，这可能是因为一枝黄花是一种常见的花园植物，而这座城市的“几尼花园”*和私家小花园有着悠久的历史。曼彻斯特和斯旺西地处西部， 283
气候湿润，这两座城市中都长着大量的虎杖。在格拉斯哥，“曾经被达尔马诺克发电厂占据的大片土地如今长满了树木，其中包括垂枝桦、欧洲赤松、灰赤杨、普通赤杨、金雀儿、黄花柳和栒子（部分植物来自附近的沼泽地）。这样的植被在英国是独一无二的”。谢菲尔德——吉尔伯特自己所在的城市是英国最美丽多彩的城市之一。蒂斯河的河岸上长着整齐的虎杖丛，虎杖下面开着各种林地花朵，城市周围的小山顶上则长着一片片山羊豆、短舌匹菊、菊蒿和紫菀。吉尔伯特从一个当地的矿工那里了解到，20世纪初小贩们曾到城中比较贫困的区域将这些几乎从未被人工种植过的植物作为花园新品种兜售。然后还有布里斯托尔，这里简直是最受我们喜欢的外来入侵植物——醉鱼草在英国的生长中心。醉鱼草是在19世纪80年代从中国中西部的山地引入欧洲的。它是一种长在山麓碎石上的植物，与牛津千里光一样，它也觉得铁路下铺的碎石是个熟悉且适宜的生长地。它那轻盈有翅的种子被火车搅起的气流牵引着，从铁路路堤的大本营一路扩散到了轰炸遗址、墙壁、花园和停车场。有时它的种子还会被吹到空中，然后长在烟囱里。在布里斯托尔，醉鱼草的灌木丛会长在桥上，长在建筑物的窗台上，有时还会与灌木柳和垂枝桦一起形成一种独特的城市林地。布里斯托尔的一面墙壁上涂鸦着这样一句话：“这里是醉鱼草的地盘。”（抑或应该把开头两个字换成

* 城市周边以1几尼价格出售的花园。——译注

英国？）

有一点可以明确，那就是对于生活在城市中的人而言，这些杂草
284 群落的生态形象和文化形象总是复杂地交织在一起的。它们是面熟的邻居，非法定居的植物居民，一种有生命的涂鸦——无礼粗鲁，通晓城市的生存技巧，永远比开发商和寻衅于它们的人领先一步。班克斯的精神就活在它们身上。在20世纪80年代后期，怀特岛桑当镇的后端一座残破的小花园却变成了一个生态宣传的舞台。一丛极为罕见、受到保护的纯本土农业杂草——马丁烟堇在这里被发现了，这里的小花园主人们利用这种植物受法律保护的地位成功阻止了本要对此处进行的开发。2009年，在伦敦市巴比肯画廊进行了一场题为《激进的自然：一个变化中的星球的艺术与结构》的展览，概念艺术家西蒙·斯塔林展出了一个放置在浮筒上的三维景观。这件作品叫作《杂草之岛》，是一只"隔离筏"的成比例模型，筏上是入侵植物杜鹃花，这只筏会带着杜鹃花漂向一个湖的中央，为的是让杜鹃花可以在野外生存但又不会造成危害。它让我想起了中世纪那个为动物辩护的律师巴塞洛缪·沙瑟尼，他为象鼻虫入侵提出的解决方法就是"为这些小虫子找到另一片草场安家"。

居于伦敦的毛里求斯艺术家雅克·尼姆基为2009年的诺福克和诺维奇艺术节设计了一套以城市杂草为主题的明信片图案——《诺维奇植物集锦》，每张明信片背后都有一段新奇的说明文字。这些文字会讲明植物的名字、起源、天敌、分布、最喜欢的音乐和最好的伙伴。这些字读来就像是微醺的约翰·克莱尔在为一个了解植物的诺维奇观众表演独角喜剧。尼姆基作品中的所有植物都是真实的
285 （但名字是虚构的），它们被勾勒得姿态迷人，并且——这一点又会让人想到约翰·克莱尔——被恰如其分地和这座城市亲密融合在了

一起。

明信片中有“喝醉的杰克”，它更常见的名字叫钻果大蒜芥。“分布：你可以在国王大街的蓝色围墙外找到52株，它们像个小黑帮似的占领着这地盘。这是这种植物在诺维奇最有代表性的植物群。天敌：光系统Ⅱ抑制剂。最好的伙伴：在诺维奇有时会看见它们和红色奶酪碗或丑鬼鲍勃，可能还有斯瓦晨，长在一起，但领地意识有点强烈。”还有“震震草”，即稻槎菜。“分布：这座城市中随处可见。最有代表性的在伦敦大街32号，这个商铺的上方偏左边。如果你从谷歌地图上看，刚过斯旺巷的人行道上有一片这种植物形成的阴影。这个商铺正要粉刷，所以如果这种植物已经不见了，可以去隔壁34号看看，依然还是在商店顶上。另两个美丽的植物群长在诺维奇火车站自行车棚后面的墙上。用途：宇宙无敌超强侵略性植物。很难去除，有史以来一直位居最棘手的植物之列。”

同一年，伦敦东部德特福德区以南100英里处，一个叫作“粉色搜寻队”（这个名字是植物爱好者们才能看懂的玩笑：俗名叫“德特福德粉红”的拟花石竹其实从未在这一区生长过，并且被约翰·杰勒德错误鉴定过）的组织把杂草涂鸦的想法进行了进一步的演绎。他们开始在德特福德的人行道和旧墙壁上给生长着的杂草做“标记”——方法是在路缘石或墙壁石砖上喷印杂草的名字。在他们眼中，这些杂草也像是它们生长地的“标记”，他们还发布了带有杂草“标记”的谷歌地图，上面附有这些植物的说明。他们的所作所为不像尼姆基的“植物集锦”那样充满着荒诞的机智，但这样一些小小的别出心裁的举动像是给植物们挂上了杂草版蓝色纪念牌匾，从而让 286
有好奇心的人们更仔细地观察这些植物：“药用墙草。一个墙壁爱好者，这种植物标记着整个伦敦的墙壁。它们也会长在石头地面和美丽的棕地上。植物的俗名pellitory和学名*parietaria*分别源自古老的法语和拉丁语，意思都是‘墙’。所以也许我们应该叫它‘墙上的墙’，或者就叫‘墙标’。”

若把德特福德、诗人想象中的兰花所在地肖迪奇和瓦森斯陶的沼泽地（这里是我20世纪70年代午休探险地的东北边界）三点相连，我们会得到一个三角形，这个三角形里发生过许多令人感慨、曲折纠结的植物故事。这里有被轰炸过的教堂残骸，罗丝·麦考利曾像个着了魔的探矿者一样在这里游走。伦敦塔对1666年伦敦大火中浴火重生的“伦敦火箭”水蒜芥来说，是最后的避难所之一。沃平和莱姆豪斯周围有闪亮的、崭新的船坞，它们的墙壁上还覆盖着染料植物欧地笋，伦敦城早期的市井之徒会用这种植物来抹黑自己的脸，希望别人以为自己是来自东方的未来预言者。几个还在苟延残喘的垃圾场如今已经几乎长不出什么植物，更不用说孕育出一片繁花盛开的植物群落。斯特拉特福沼泽附近的河岸是我迄今为止徒步行走得最开心的地方。海克尼河道旁的纤道已经变成了一条植物丛生的小径，被木藤首乌遮去了一半。岸边长满了矮接骨木，它的叶子有牛
287 肉汁味，叶上开着一簇簇尖端缀着一点粉色的花朵，茎却是饱满的血红色。（在民间故事中，这种植物是从被英国人打败的丹麦人的血泊中长出来的。）这里有高大的大猪草，还散落着伦敦的特色杂草之一——来自地中海地区的鱼鳔槐，它长着巨大、膨胀的种荚，蓝山雀会把种荚撕开并把脑袋探进去找虫子吃。

如今这整片地方——斯特拉特福沼泽和利亚谷地的大部分地

区，伦敦东部野生植被的中心——已经被奥林匹克公园吞没。占地500英亩（约合2平方千米）的草场、野生灌木丛林、花园再加上2 000幢房屋，全部被铲平。这是伦敦大轰炸以来伦敦东区最大规模的环境剧变，从地质学角度来说，剧变持续的时间可能也是自冰河时期之后最长的。我很想见证杂草们是如何应对这场人造地震的，毕竟它们一直以来的演化正是为了应付这样的情况。但在我写这本书的时候那里还是禁止游客入内的。奥林匹克筹建局的理由是健康、安全和安保等因素，但我想他们也不能容忍东看西看的作家们到处寻觅那些他们花大价钱想要清除的植物吧。

所以我只能从远处看看奥林匹克公园。差不多每个月我都会乘火车从诺福克郡到伦敦利物浦街一次，途中有一段路距离刚刚开始施工的场馆只有几百码远，从地面上慢慢升高的建筑物看起来像是《第三类接触》中的母舰正轻轻停放在那里。我看到了杂草闪现的光芒与颜色，沿着潮湿的采石场小径开出的黄色，圆锥形的垃圾堆顶上顶着的模糊的绿色帽子。我无法判断它们是什么植物，而一个月以后它们就会消失，被另一批杂草替代。一些看起来像是牛津千 288
里光的植物缠绕在篱笆上，一丛丛矮接骨木沿着利河的岸边延伸出了一片。斯堪的纳维亚的外包商们应该小心这些接骨木。我感觉像是在目睹一场快进版的植物演替——只不过这种快进本就是杂草们习以为常的生活节奏。它们的演化是为了冲刺，为了应付山体滑坡，为了应付像火山爆发一样的可控爆炸。但是在这里，变化发生的速度如此之快，它们中的许多植物甚至没有繁殖的机会。那么这种短暂的入侵、这种昙花一现的存在有什么意义？看着它们来来往往，与推土机一般忙碌，我搜肠刮肚想找到合适的比喻来理解它们的意义。我想到了蚂蚁，但这些昆虫太有组织性，太有改变世界的决心，更像是挖掘机。然后我忽然想到，它们是一种免疫系统，当出现损伤时它们会介入修复受伤的组织，此情此景下受伤的组织就是被剥去了原有植被的大地。

但这并不意味着杂草比其他任何生物有什么更多的“目的性”。一种生物存在的理由，除了它能够存在，并且能找到机会让自己存在以外，并无其他。地球生命美妙到近乎超验的一个特点，就是为了生存，它们必须与彼此、与地球紧密相连，因此它们会有一个——如果不能说是目的，那么比较接近的说法应该是角色。杂草们快速、机会主义的生存模式意味着它们的角色——它们的所作所为——是去填补大地的空白空间，去修复几百万年来被山体滑坡、洪水和森林大火自然破坏的植被，以及如今被侵略性农耕和严重污染摧残的植被。在修复的过程中，它们稳固了土壤，保持了水分，为其他植物提供了
289 庇护，也开启了植物演替的过程以形成复杂稳定的植物系统。我想，一个合理的假设是，倘若1万年前农耕刚刚出现的时候人们成功除掉了杂草，那么农业就会成为迅速消亡的传说故事。一旦开始耕种，中东地区干燥的土壤就会被风吹走。农作物会因为没有一点遮蔽地直接暴露在阳光之下而枯萎。如今在对待杂草时，可能正确的理解和适当的妥协比清除它们更有利于我们，就像它们现在在生态友好型农作物管理系统的实验中所带来的益处那样。

但与杂草——以及它们的不可避免性——形成友好关系，永远都会是一个让人头昏眼花的过程。这个过程要将切实可行的控制手段与文化接纳结合在一起。在近代以来的大部分时间内，我们一直都在向相反的方向努力，而我们越是徒劳地——但暂时成功地——清除了杂草，我们就越懒得去了解这些植物。从农业诞生到农业革命开始，杂草们一直被当作是对自然生命和人类生存而言麻烦但必

需的组成部分。它们可能需要被从土壤中清理出去，但同时也是土壤肥力的标志。它们被用于祈求生物快速生长的仪式。它们被认为是强大的药物，从更实用的角度看它们还是持家的好帮手。《圣经》坚称它们是对人类原罪的一种惩罚（这一理论一直持续到19世纪），其中隐含着的想法是杂草也是一种生态上的惩罚。它们只是我们为破坏大地而付出的代价中的很小一部分。

可是，一旦我们可以用机械和后来的化学物质攻击杂草，它们便 290
渐渐淡出了我们的思考。如今它们的出现引发的不过是直觉反应，而不再是理性思考。它们被认为是无法解释的、粗鲁无礼的入侵者，与我们的生活方式根本不相干。随着观念的剧烈变化，如今的我们只知道归罪于杂草，而不再归罪于我们自己。但我们给它们起着带贬义的名字，给它们机会在荒野之外行使自己的修复能力，修复我们破损的世界。每一株扰人的杂草——从过度翻耕的英国绿草带上长着的宽叶羊角芹，到偶然被进口、如今阻塞了佛罗里达大沼泽地的池塘植物凤眼蓝，再到湮没了曾经被轰炸过的越南雨林的丝茅——都是未经深思熟虑的、有时甚至是故意造成的对自然系统的破坏。杂草就是我们培育出来的最成功的作物。

美国作家卡尔·萨菲纳*指出，信天翁这种大规模捕杀的受害者却在民间文化中演变成了带来厄运的不祥之物。俗语“脖子上有一只信天翁”的意思是背负着沉重的社会包袱。一切都是这该死的鸟的错。实际上在引出这种说法的那首《老水手之歌》中，作者柯尔律治的本意完全不是这样。诗中这名水手在错乱中射死了信天翁，“一种神圣的吉兆之鸟”。结果他的船完全停滞了，他那受尽折磨的船员

---

* 卡尔·萨菲纳（Carl Safina, 1955—　），美国作家、生态学家，著有《信天翁的眼睛》等六部作品。

将死去的鸟挂在了他脖子上。脖子上有只信天翁本应指一种由自己造成的困境。我们遇到的杂草都是我们应得的惩罚，是我们的植物信天翁。

在本书的开头我提出，杂草是我们硬要把自然世界拆成野生与驯养两部分所造成的结果。它们是边界的打破者，无归属的少数派，它们提醒着我们，生活不可能那样整洁光鲜、一尘不染。它们能让我
291 们再次学会如何在自然的边界上生存。

致谢

谨向以下各位致以我的谢意。罗纳德·布莱思在这半生中陪我散步,跟我分享他的智慧、他对约翰·克莱尔的灼见,还送了我一幅约翰·纳什的欧白英素描。格雷格·多兰教了我许多莎士比亚对自然象征符号的运用方面的知识。克里斯·弗莱彻以及牛津大学图书馆的汉弗莱公爵图书室的工作人员,为我安排时间阅览贝里圣埃德蒙兹教堂的植物书。莉比·英戈尔斯跟我分享了美洲杂草的相关信息。莫莉·马胡德写出了给我很大启发的书《作为植物学家的诗人》,并且允许我借阅她尚未发表的成果——约翰·克莱尔作品中提到过的所有野生植物一览表。利奥·梅勒非常热情地跟我分享了他关于第二次世界大战时期的伦敦文学的研究成果。菲利普·奥斯瓦尔德对西布索普那段写柳兰的拉丁文进行了优美的翻译。朱尔斯·普雷蒂陪我探寻了巴西尔登暂住区,并跟我分享了关于此地的知识。杰里米·珀斯格洛夫为我提供了关于虎杖抵制运动的背景信息。克里斯托弗·伍德沃德启发了我对废墟美学及相关文学作品的讨论。特别要感谢鲍伯·吉本斯,他放下了手中本应进行的其他事务,以一个植物学家的眼光帮我通读了原稿,并指出了许多愚蠢的错误。

感谢安德鲁·布兰森、克莱夫·查特斯、马克·科克尔、约翰·牛顿、马丁·桑福德和伊丽莎白·罗伊，他们给我提供了各种建议、参考书目以及想法。

我要感谢托管埃德蒙·布伦登遗产的戴维·海厄姆联合公司允许我引用布伦登作品《乡村经济》中的内容（选自《战争背后的声音》，企鹅出版集团出版）。还要谢谢彼得·丹尼尔斯允许我引用《肖迪奇的兰花》。

我的代理人维维安·格林还是一如既往地给了我沉稳冷静的支持。感谢约翰·戴维和安德鲁·富兰克林提议我写作此书。谢谢彭妮·丹尼尔熟练且高效地处理了所有出版的相关事宜，还有特雷弗·霍伍德，他的审稿工作富于娴熟的技巧和专业精神。还要感谢克莱尔·罗伯茨，我们最早的合作可以追溯到25年前甚至更早，这次我们再度携手合作，她为我的书绘制了精美的插画。

最后，感谢我的爱侣波莉，可以这么说，无论是在书房还是在花园，她永远是充满耐心和智慧的贤内助。在这两处地方该如何去芜存菁，她是最清楚不过的了。

植物名称词汇表

英国植物学名参考《新编英国岛屿植物志》(克莱夫·斯泰斯，1991年)。其他地区植物学名参考《植物全书》(D. J.马贝利，第二版，剑桥，1997年)。别名和广为使用的俗名标注在括号内。较具地方色彩的俗名没有列出，正文中这些名字的首字母为大写，以做区分。

adder's-tongue, *Ophioglossum vulgatum* 瓶尔小草
ajowan, *Trachyspermum ammi* 细叶糙果芹
alder (common), *Alnus glutinosa* 普通赤杨
  grey, *A. incana* 灰赤杨
alexanders, *Smyrnium olustratum* 亚历山大草
alfalfa (lucerne), *Medicago sativa sativa* 紫花苜蓿
ash, *Fraxinus excelsior* 梣树
asparagus, *Asparagus officinalis* ssp. *officinalis* 芦笋
autumn lady's-tresses, *Spiranthes spiralis* 旋花绶草
balsam, Indian (Himalayan), *Impatiens glandulifera* 喜马拉雅凤仙花
  orange, *I. capensis* 橙色凤仙花
  small, *I. parviflora* 小花凤仙花
bee orchid, *Ophrys apifera* 蜜蜂兰
beech, *Fagus sylvatica* 山毛榉
Bermuda-buttercup, *Oxalis pes-caprae* 黄花酢浆草
betony, *Betonica officinalis* 药水苏

bindweed, black, *Fallopia convolvulus* 卷茎蓼
field, *Convolvulus arvensis* 田旋花
hedge, *Calystegia sepium* 旋花
bird's-foot-trefoil, common, *Lotus corniculatus* 百脉根
bittercress, hairy, *Cardamine hirsuta* 碎米荠
black mustard, *Brassica nigra* 黑芥
blackcurrant, *Ribes nigrum* 黑穗醋栗
blackthorn, *Prunus spinosa* 黑刺李
bladder-senna, *Colutea arborescens* 鱼鳔槐
bluebell (English), *Hyacinthoides non-scripta* 蓝铃花（英国）
Spanish, *H. hispanica* 西班牙蓝铃花
borage, *Borago officinalis* 琉璃苣
box, *Buxus sempervirens* 黄杨
bracken, *Pteridium aquilinum* 蕨菜
bramble (blackberry), *Rubus fruticosus* 黑莓
Brazilian pepper, *Schinus terebinthifolius* 巴西乳香
bristle-grass, *Setaria* spp. 狗尾草
broom, *Cytisus scoparius* 金雀儿
bryony, black, *Tamus communis* 薯蓣
white, *Bryonia dioica* 泻根
buckwheat, *Fagopyrum esculentum* 荞麦
buddleia (butterfly-bush), *Buddleja davidii* 醉鱼草
buffel grass, *Cenchus ciliarus* 水牛草
bugloss, small-flowered, *Echium parviflorum* 小花蓝蓟
viper's, *Echium vulgare* 蓝蓟
burdock, greater, *Arctium lappa* 牛蒡
lesser, *A. minus* 小牛蒡
burnet-saxifrage, *Pimpinella saxifraga* 虎耳草茴芹
buttercup, *Ranunculus* spp. 毛茛
corn, *R. arvensis* 田野毛茛
creeping, *R. repens* 匍枝毛茛
butterwort (common), *Pinguicula vulgaris* 捕虫堇
caltrops, *Tribulus terrestris* 蒺藜
Canadian waterweed, *Elodea canadensis* 加拿大伊乐藻
canary-grass, *Phalaris canariensis* 虉草
cannabis (hemp), *Cannabis sativa* 大麻
capeweed, *Arctotheca calendula* 金盏草

castor-oil plant, *Ricinus communis* 蓖麻
celandine, lesser, *Ranunculus ficaria* 榕叶毛茛
greater, *Chelidonium majus* 白屈菜
chamomile (mayweed), corn, *Anthemis arvensis* 田春黄菊 (五月草)
stinking, *A. cotula* 臭春黄菊
charlock, *Sinapis arvensis* 白芥
cherry plum, *Prunus cerasifera* 樱桃李
cherry laurel, *Prunus laurocerasus* 桂樱
chervil, garden, *Anthriscus cerefolium* 细叶芹
chickweed, common, *Stellaria media* 繁缕
chicory, *Chicoria intybus* 菊苣
cinchona, *Cinchona officinalis* 金鸡纳树
cinquefoil, creeping, *Potentilla reptans* 委陵菜
clover, red, *Trifolium pratense* 红三叶草
sulphur, *T. ochroleucon* 硫黄三叶草
white, *T. repens* 白三叶草
cockspur grass, *Echinochlia crus-galli* 稗
coco grass, *Cyperus rotundus* 香附
cogon, *Imperata cylindica* 丝茅
coltsfoot, *Tussilago farfara* 款冬
comfrey, common, *Symphytum officinale* 聚合草
white, *S. orientale* 东方聚合草
corncockle, *Agrostemma githago* 麦仙翁
cornflower, *Centaurea cyanus* 矢车菊
couch, *Eyltrigia repens* 披碱草
cow parsley, *Anthriscus sylvestris* 峨参
cowslip, *Primula veris* 黄花九轮草
crab apple, *Malus sylvestris* 野苹果
cuckooflower, *Cardamine pratensis* 草甸碎米荠
cumin, *Cuminum cyminum* 孜然芹
cyclamen (sowbread), *Cyclamen hederifolium* 仙客来
daisy (common), *Bellis perennis* 雏菊
ox-eye, *Chrysanthemum vulgare* 法兰西菊
dame's-violet, *Hesperis matronalis* 欧亚香花芥
dandelion, *Taraxacum officinale* 蒲公英
darnel, *Lolium temulentum* 毒麦
Deptford pink, *Dianthus armeria* 拟花石竹

dill, *Anethum graveolens* 莳萝
dock, broad-leaved, *Rumex obtusifolius* 钝叶酸模
  curled, *R. crispus* 小酸模
  patience, *R. patientia* 巴天酸模
  wood, *R. sanguineus* 红脉酸模
dodder, *Cuscuta epithymum* 菟丝子
  flax, *C. epilinum* 亚麻菟丝子
dog-rose, *Rosa canina* 狗蔷薇
duckweed, *Lemna* spp. 浮萍
Duke of Argyll's teaplant, *Lycium barbarum* 宁夏枸杞
elder, *Sambucus nigra* 接骨木
  dwarf, *S. ebulus* 矮接骨木
elecampane, *Inula helenium* 土木香
emmer, *Triticum turgidum* 二粒小麦
evening primrose, common, *Oenothera biennis* 月见草
everlasting-pea, broad-leaved, *Lathyrus latifolius* 宽叶山黧豆
fat-hen, *Chenopodium album* 藜
fennel, *Foeniculum vulgare* 小茴香
fenugreek, *Trigonella foenum-graecum* 胡芦巴
feverfew, *Tanacetum parthenium* 短舌匹菊
field cow-wheat, *Melampyrum arvense* 田山萝花
fig, *Ficus carica* 无花果
fleabane, Canadian, *Conyza canadensis* 小蓬草
  Sumatran, *C. sumatrenis* 苏门白酒草
fluellen, *Kickxia* spp. 玄参
forget-me-not, *Myosotis* spp. 勿忘我
foxtail, meadow, *Alopecurus pratensis* 看麦娘
fuchsia, *Fuchsia magellanica* 倒挂金钟
fuller's teasel, *Dipsacus sativus* 起绒草
fumitory, common, *Fumaria officinalis* 烟堇
  Martins' ramping, *F. reuteri* 马丁烟堇
furze (gorse), *Ulex europeaus* 荆豆
gallant-soldier, *Galinsoga parviflorus* 牛膝菊
gipsywort, *Lycopus europaeus* 欧地笋
gladiolus, wild, *Gladiolus italicus* 唐菖蒲
goat's-rue, *Galega officinalis* 山羊豆
goldenrod, Canadian, *Solidago canadensis* 一枝黄花

goosegrass (cleavers), *Galium aparine* 猪殃殃
grama, *Bouteloua* spp. 格兰马草
greater stitchwort, *Stellaria holostea* 大繁缕
green alkanet, *Pentaglottis sempervirens* 常绿五舌草
ground-elder, *Aegopodium podagraria* 宽叶羊角芹
ground ivy, *Glechoma hederacea* 金钱薄荷
groundsel, *Senecio vulgaris* 欧洲千里光
hawksbeard, smooth, *Crepis capillaris* 还阳参
hawkweeds, *Hieracium* spp. 山柳菊
hawthorn (may), *Crataegus monogyna* 山楂
heather (ling), *Calluna vulgaris* 石南
hedge mustard, *Sisymbrium officinale* 钻果大蒜芥
hedge woundwort, *Stachys sylvatica* 林地水苏
hemlock, *Conium maculatum* 毒参
henbane, *Hyoscamus niger* 天仙子
hoary cress, *Lepidium draba* 群心菜
hogweed (common), *Heracleum sphondylium* 独活
 giant, *H. mantegazzianum* 大猪草
honeysuckle (woodbine), *Lonicera periclymenum* 忍冬
hornbeam, *Carpinus betulus* 鹅耳枥
horse-chestnut, *Aesculus hippocastanum* 欧洲七叶树
horsetail, field, *Equisetum arvense* 木贼
Hottentot-fig, *Carpobrotus edulis* 食用日中花
hound's-tongue, *Cynoglossum officinale* 红花琉璃草
houseleek, *Sempervivum tectorum* 长生草
ivy, *Hedera helix* 常春藤
ivy-leaved toadflax, *Cymbalaria muralis* 蔓柳穿鱼
knotgrass (ironweed), *Polygonum aviculare* 萹蓄
kudzu vine, *Pueraria montana* 葛藤
laburnum, *Laburnum anagyroides* 毒豆
lady's-bedstraw, *Galium verum* 蓬子菜
lady's-mantle, *Alchemilla* spp. 羽衣草
lamb's ears, *Stachys byzantina* 绵毛水苏
lilac, *Syringa vulgaris* 欧丁香
linseed (flax), *Linum usitatissimum* 亚麻
lobelia, *Lobelia erinus* 半边莲
loganberry, *Rubus loganobaccus* 罗甘莓

London rocket, *Sisymbrium irio* 水蒜芥
love-lies-bleeding, *Amaranthus caudatus* 尾穗苋
mallow, common, *Malva sylvestris* 锦葵
musk, *M. moschata* 麝香锦葵
mandrake, *Mandragora officinarum* 风茄
mare's-tail, *Hippuris vulgaris* 杉叶藻
marigold, common, *Calendula officinalis* 金盏花
corn, *Chrysanthemum segetum* 南茼蒿
meadow-grass, smooth, *Poa pratensis* 草地早熟禾
Michaelmas daisy, common, *Aster x salignus* 紫菀
millet, *Panicum miliaecum* 黍
mint, *Mentha* spp. 薄荷
montbretia, *Crocosmia x crocosmiiflora* 雄黄兰
morning glory, *Ipomoea purpurea* 圆叶牵牛
motherwort, *Leonurus cardiaca* 灰原益母草
mugwort, *Artemisia vulgaris* 艾草
mullein, great, *Verbascum thapsus* 毛蕊花
navelwort (pennywort), *Umbilicus rupestris* 脐景天 (金钱草)
nettle, small, *Urtica urens* 欧荨麻
stinging, *U. dioica* 异株荨麻
New Zealand pigmyweed, *Crassula helmsii* 黑乐草
nightshade, black, *Solanum nigrum* 龙葵
deadly, *Atropa belladonna* 颠茄
woody (bittersweet), *Solanum dulcamara* 欧白英
nipplewort, *Lapsana communis* 稻槎菜
oil-seed rape, *Brassica napus* spp. *oleifera* 油菜
oregano (marjoram), *Origanum vulgare* 牛至
oxlip, *Primula elatior* 高报春
oxtongue, bristly, *Picris echioides* 刺缘毛连菜
pampas grass, *Cortaderia selloana* 蒲苇
pansy, field, *Viola arvensis* 野生堇菜
wild, *V. tricolor* 三色堇
paperbark, *Melaleuca* spp. 千层树
parrot's-feather, *Myriophyllum aquaticum* 粉绿狐尾藻
pellitory-of-the-wall, *Parietaria judaica* 药用墙草
penny-cress, field, *Thlaspi arvense* 遏蓝菜
peony, *Paeonia mascula* 芍药

pheasant's-eye, *Adonis annua* 侧金盏花
pimpernel, blue, *Anagallis arvensis*. spp. *caerulea* 蓝花琉璃繁缕
scarlet, *A. arvensis* 琉璃繁缕
pineapple-weed, *Matricaria discoidea* 同花母菊
pirri-pirri-bur, *Acaena novae-zelandiae* 新西兰芒刺果
plantain, greater, *Plantago major* 宽叶车前
hoary, *P. media* 北车前
ribwort, *P. lanceolata* 长叶车前
poison ivy, *Rhus radicans* 毒漆藤
poppy, corn, or common, *Papaver rhoeas* 虞美人
opium, *P. somniferum* 罂粟
prickly pear, *Opuntia ficus-indica* 仙人掌
primrose, *Primula vulgaris* 欧报春
privet, garden, *Ligustrum ovalifolium* 卵叶女贞
wild, *L. vulgare* 普通女贞
purple-loosestrife, *Lythrum salicaria* 千屈菜
quackgrass, *Agopyron repens* 偃麦草
quaking-grass, *Briza media* 凌风草
radish, wild, *Raphanus raphanistrum* 野芥菜
ragged-robin, *Lychnis flos-cuculi* 剪秋萝
ragweed, *Artemisia artemisiifolia* 豚草
ragwort, common, *Senecio jacobaea* 新疆千里光
London, *S. x subnebrodensis* 伦敦千里光
Oxford, *S. squalidus* 牛津千里光
red-hot poker, *Kniphofia* spp. 火把莲
redshank, *Persicaria maculosa* 春蓼
reed, *Phragmites australis* 芦苇
rhododendron, *Rhododendron ponticum* 杜鹃花
rosebay willowherb, *Chamerion angustifolium* 柳兰
rue-leaved saxifrage, *Saxifraga tridactylites* 红叶虎耳草
Russian vine, *Fallopia baldschuanica* 木藤首乌
rye-grass, Italian, *Lolium multiflorum* 意大利黑麦草
perennial, *L. perenne* 多年生黑麦草
sandwort, spring, *Minuartia verna* 春米努草
saw-sedge (great fen-sedge), *Cladium mariscus* 黑莎草（大沼泽草）
Scots pine, *Pinus sylvestris* 欧洲赤松
scurvy-grass, common, *Cochlearia officinalis* 岩荠

Danish, *C. danica* 丹麦岩荠
self-heal, *Prunella vulgaris* 夏枯草
shepherd's-needle, *Scanidx pecten-veneris* 针果芹
shepherd's-purse, *Capsella bursa-pastoris* 荠菜
shoo-fly, *Nicandra physalodes* 假酸浆
silver birch, *Betula pendula* 垂枝桦
silverweed, *Potentilla anserina* 蕨麻
soapwort, *Saponaria officinalis* 肥皂草
sow-thistle, *Sonchus* spp. 苦苣菜
soya bean, *Glycine max* 大豆
speedwell, germander, *Veronica chamaedrys* 石蚕叶婆婆纳
slender, *V. filiformis* 针叶婆婆纳
spiny chicory, *Cichorium spinosum* 针叶菊苣
spiny restharrow, *Ononis spinosa* 红芒柄花
spotted medick, *Medicago arabica* 褐斑苜蓿
squill, spring, *Scilla verna* 春绵枣儿
St. John's wort, perforate, *Hypericum perforatum* 贯叶连翘
statice, *Limonium* spp. 补血草
stinking hellebore, *Helleborus foetidus* 臭嚏根草
striga (witchweed), usually *Striga lutea* 独脚金 (巫师草)
sun spurge, *Euphorbia helioscopia* 泽漆
sunflower, *Helianthus annuus* 向日葵
sycamore, *Acer pseodoplatanus* 挪威枫
tansy, *Tanacetum vulgare* 菊蒿
thistle, creeping, *Cirsium arvense* 丝路蓟
spear ("Scotch"), *C. vulgare* 大翅蓟 (来自苏格兰的)
thorn-apple, *Datura stramonium* 曼陀罗
thoroughwort, *Ageratina adenophora* 贯叶泽兰
thrift (sea-pink), *Armeria maritime* 海石竹 (海粉红)
thyme, wild, *Thymus polytrichus* 红花百里香
tree lupin, *Lupinus arboreus* 木本羽扇豆
tree-of-heaven, *Ailanthus altissima* 臭椿
tumbleweed (Russian thistle, spineless saltwort), *Salsola kali,* spp. *ruthenica* 风滚草 (俄国蓟，无刺猪毛菜)
valerian, marsh, *Valeriana dioica* 缬草
red, *Centranthus ruber* 距药草
vervain, *Verbena officinalis* 马鞭草

violet, sweet, *Viola odorata* 香堇菜
wall barley, *Hordeum murinum* 鼠大麦
wallflower, *Erysimum cheiri* 糖芥
walnut, *Juglans regia* 核桃
water hyacinth, *Eichhornia crassipes* 凤眼蓝
watercress, *Rorripa nasturtium-aquaticum* 西洋菜
water-pepper, *Persicaria hydropiper* 水蓼
weld, *Reseda luteola* 黄木犀草
white horehound, *Marrubium vulgare* 欧夏至草
wild carrot, *Daucus carota* 野胡萝卜
wild leek, *Allium ampeloprasum* 巨葱
wild oats, *Avena fatua* 野燕麦
willow, goat, *Salix caprea* 黄花柳
  grey (sallow), *S. cinerea* 灰毛柳（黄柳）
winter aconite, *Eranthis hyemalis* 菟葵
winter heliotrope, *Petasites fragrans* 香蜂斗菜
woad, *Isatis tinctoria* 菘蓝
wormwood, *Artemisia absinthium* 苦艾
yarrow, *Achillea millefolium* 蓍草
yellow-rattle, *Rhinanthus minor* 小鼻花
Yorkshire-fog, *Holcus lanatus* 绒毛草

注释和参考文献

（条目前的页码为原书页码，见本书边码。）

此处不包含正文中已经给出详细参考文献的内容。

第1页　关于米德尔塞克斯探险的完整故事，可参见Richard Mabey, *The Unofficial Countryside*, London, 1973。

第7页　大翅蓟：Tim Low, *Feral Future: The Untold Story of Australia's Exotic Invaders*, Chicago, 2002. Ralph Waldo Emerson, *Fortune of the Republic*, 1878.

第8页　Francis Simpson, *Simpson's Flora of Suffolk*, Ipswich, 1982.

第9页　John Ruskin, *Proserpina*, 1874–1876. J. C. Loudon, *Arboretum and Fruticetum Britannicum*, 1838.

第10页　美国的态度：Paul Robbins, *Lawn People: How Grasses, Weeds and Chemicals Make Us Who We Are*, Philadelphia, 2007; Sara Stein, *My Weeds: A Gardener's Botany*, New York, 1988.

第13页　喜马拉雅凤仙花的游戏：Richard Mabey, *Flora Britannica*, London, 1996.《哈利·波特》中的植物：参见维基百科。

第16页　千屈菜的学名：Geoffrey Grigson, *A Dictionary of English Plant Names*, London, 1974.

第18页　Stephen Meyer, *The End of the Wild*, Cambridge, Mass., 2006.

第19页　Gary Snyder, "Earth turns", Orion, April 2009.

第20页　Gerard Manley Hopkins, "Inversnaid". John Clare, "Leisure", in *John Clare by Himself*, eds. Eric Robinson and David Powell, Ashington, 1996.

第23页　轰炸遗址的杂草：Edward Salisbury, *Weeds and Aliens*, 2nd edn, London, 1961; Richard Fitter, *London's Natural History*, London, 1945.

第25页　Michael Pollan, *Second Nature*, London, 1996.

第27页　"野地的花"：Lytton John Musselman, *Figs, Dates, Laurel and Myrrh: Plants of the Bible and the Quran*, Portland, 2007; John Gerard, *The Herball, or Generall Historie of Plantes*, 1597, and Dover facsimile of 1633 edn, New York, 1975; Salisbury, *Weeds and Aliens*, op. cit.

第29页　Charles Darwin, *The Origin of Species*, 1859.

第31页　吉尔伯特·怀特的花园：Gilbert White, *Journals*, ed. Francesca Greenoak, 3 vols, London, 1987–1989.

第35页　诺森伯兰郡的民俗，引自Roy Vickery, *Plant Lore*, Oxford, 1995。John Ray, *Catalogus Plantarum circa Cantabrigiam nascentium*, 1660.

第36页　雪利虞美人：Mabey, *Flora Britannica*, op. cit.

第40页　《创世记》，参见Robert Gould and Stephen Prickett (eds), *The Bible: Authorised King James Version*, Oxford, 1997。

第41页　伊甸园：John Prest, *The Garden of Eden: The Botanic Garden and the Re-creation of Paradise*, New Haven, 1981; Max Oelschlaeger, *The Idea of Wilderness*, New Haven, 1991.

第42页　N. I. Vavilov, *Studies on the Origin of Cultivated Plants*, Leningrad, 1926; 还可参见Geoffrey Grigson, "Ninhursaga", in *Gardenage*, London, 1952。沙漠食物："生活在叙利亚—土耳其东部边境的现代亚述人在烹饪中使用的野生植物"，牛津食品座谈会，2004年；Terence McKenna, *Food of the Gods*, New York, 1984.

第45页　紫色水稻：Stein, *My Weeds*, op. cit.

第47页　John Passmore, *Man's Responsibility for Nature: Ecological Problems and Western Tradition*, New York, 1974. Virgil, *The Georgics*, ed. and trans. K. R. Mackenzie, London, 1969.

第48页　Claude Lévi-Strauss, *From Honey to Ashes*, 1966, trans. John and Doreen Weightman, New York, 1973.

第49页　新石器时代的杂草：Phil Watson and Miles King, *Arable Plants*, Old Basing, 2003.

第50页　Eilert Ekwall, *The Concise Oxford Dictionary of Place Names*, Oxford, 1960; P. V. Glob, *The Bog People: Iron-Age Man Preserved*, 1965 (in Danish; UK edn, London 1969).

第57页　丢勒：Madeleine Pinault, *The Painter as Naturalist*, Paris, 1991; 还可参见Wilfrid Blunt, *The Art of Botanical Illustration*, London, 1950。

第58页　Johann von Goethe, *The Sorrows of Young Werther*, 1774.

第60页　迪奥斯克利德斯的话转引自Wilfrid Blunt and Sandra Raphael, *The Illustrated Herbal*, London, 1978。

第64页　Foster Barham Zincke, *Some Materials for the History of Wherstead*, 2nd edn, 1893. Thomas Tusser, *His Good Points of Husbandry*, ed. Dorothy Hartley, London, 1931.

第65页　Dorothy Hartley, *The Land of England*, London, 1979.

第68页　旋花：Salisbury, *Weeds and Aliens*, op. cit.

第70页　对动物进行的审判：Noel Sweeney, "Animals in the dock", BBC Wildlife, March

2007; Julian Barnes, *A History of the World in 10½ Chapters*, London, 1989.

第71页　俗名出自 Geoffrey Grigson, *The Englishman's Flora*, London, 1958。

第73页　仲夏节篝火：Christina Hole, *British Folk Customs*, London, 1976; Marcel de Cleene and Marie Claire Lejeune, *Compendium of Symbolic and Ritual Plants in Europe*, Ghent, 1999–2003; 也可参见 *Grigsons, The Englishman's Flora*, op. cit。

第76页　《博尔德医书》转引自 Eleanour Sinclair Rohde, *The Old English Herbals*, London , 1972。

第78页　John Aubrey, *Miscellanies*, 1890. "Lay of the Nine Herbs" , 转引自 Rohde, *The Old English Herbals*, op. cit。

第79页　杂草信息素：V. S. Rao, *Principles of Weed Science*, 2nd edn, Enfield, N.H., 2000; Roger Cousens and Martin Mortimer, *Dynamics of Weed Populations*, Cambridge, 1995.

第81页　William Turner, *A New Herball*, 1551. John Gilmour and Max Walters, *Wild Flowers*, 4th edn, London, 1969. Gerard, *Herball*, op. cit. 菟丝子的信息素：Consuelo de Moraes in *Science*, 29 Sept. 2006.

第86页　Turner, *A New Herball*, op. cit.

第90页　Charles E. Raven, *English Naturalists from Neckham to Ray*, Cambridge, 1947.

第92页　Gerard, *Herball*, op. cit. (1633 edn).

第93页　Thomas Johnson, *Botanical Journeys in Kent & Hampstead*, ed. J. S. L. Gilmour, Pittsburgh, 1972.

第94页　卡尔佩珀的生平：Benjamin Woolley, *The Herbalist: Nicholas Culpeper and the Seventeenth-Century Struggle to Bring Medicine to the People*, London, 2004.

第107页　Nicholas Culpeper, *The English Physitian*, 1652.

第111页　"灵活转折"：Jonathan Bate, *The Genius of Shakespeare*, London, 1998；还可参见 Leo H. Grindon, *The Shakspere Flora*, 1883。

第116页　约翰·克莱尔写花的信件，转引自 Margaret Grainger, *Natural History Prose Writings of John Clare*, Oxford, 1983。

第118页　John Clare, *The Shepherd's Calendar*, ed. Eric Robinson and Geoffrey Summerfield, Oxford, 1964. 作者注：鉴于克莱尔拼写和语法的独特性，他的作品一直没有统一的版本（不过文中选诗都是由牛津大学出版社发表的呈现原始拼写方式的作品）。我的引用来源是各种较易获取的资源，最常用的是 John Clare, *Selected Poetry*, ed. Geoffrey Summerfield, London, 1990。下文中引用但未给出详细参考文献的诗均出自此书。

第119页　M. M. Mahood, *The Poet as Botanist*, Cambridge, 2008.

第120页　荠菜："The Flitting"。雏菊：*John Clare by Himself*, op. cit. 杰弗里·格里格森的话转引自 Ronald Blythe, "An inherited perspective" , *From the Headlands*, London, 1982。

第121页　克莱尔的日志：*John Clare by Himself*, op. cit. Elizabeth Helsinger, "Clare and the place of the peasant poet" , *Critical Inquiry*, 13 (1987). "The Lament of Swordy Well" .

第122页 “The Ragwort”, *The Midsummer Cushion*, ed. Anne Tibble, Ashington, 1978.

第124页 海尔普斯顿的关闭：Jonathan Bate, *John Clare*, London, 2003; “The Village Minstrel”, *The Poems of John Clare*, ed. J. W. Tibble, London, 1935.

第125页 “Childhood”. “Remembrances”.

第126页 “Cowper Green”, Tibble, *Poems*, op. cit. W. R. Mead, *Pehr Kalm*, Aston Clinton, 2003.

第127页 William Ellis, *The Practical Farmer, or the Hertfordshire Husbandman*, c. 1750.

第130—131页 Mead, *Pehr Kalm*, op. cit.

第132页 George H. Whybrow, *The History of Berkhamsted Common*, n.d. (c. 1925).

第137页 邱园：Lucile H. Brockway, *Science and Colonial Expansion: The Role of the British Royal Botanic Gardens*, New York, 1979; Alfred W. Crosby, *Ecological Imperialism: The Biological Expansion of Europe, 900–1900*, Cambridge, 1986.

第139页 John Sibthorp, *Flora Oxoniensis*, 1794.

第140页 George Claridge Druce, *The Flora of Oxfordshire*, 2nd edn, 1927. Grigson, *Gardenage*, op. cit.

第141页 伦敦千里光：Rodney M. Burton, *Flora of the London Area*, London, 1983. 马拉维的牛膝菊：Mabey, *Flora Britannica*, op. cit.

第143页 拉斯金和蔓柳穿鱼：Mahood, *The Poet as Botanist*, op. cit. Vickery, *Plant Lore*, op. cit.

第144页 托瓦尔森：Grigson, *Gardenage*, op. cit.

第147—152页 关于美洲杂草的引用：Crosby, *Ecological Imperialism*, op. cit.

第155页 自然神学：可参考W. Derham, *Physicotheology; or a Demonstration of the Being and Attributes of God from His Works of Creation*, 1711–1712。

第159页 刺果人：Mabey, *Flora Britannica*, op. cit. Peter Forbes, *The Gecko's Foot: Bio-inspiration–Engineered from Nature*, London, 2005.

第161页 Ruskin, *Proserpina*, op. cit.

第165页 Janet Malcolm, *Burdock*, New Haven, 2008.

第166页 威廉·鲁宾森的生平：Mea Allen, *William Robinson 1838–1935: The Father of the English Flower Garden*, London, 1982.

第175页 Pollan, *Second Nature*, op. cit.

第177页 Robbins, *Lawn People*, op. cit.

第178页 Henry D. Thoreau, *Walden; or, Life in the Woods*, 1854; *Annotated Walden*, ed. Philip van Doren Stern, New York, 1970.

第181页 诺福克郡的大麻：Michael Friend Serpell, *A History of the Lophams*, Chichester, 1980.

第192页 以阔叶杂草为食的蛾类。Chris Manley, *British Moths and Butterflies*, London, 2008.

第193页　华兹华斯的诗："To the Small Celandine".

第197页　Gerard, *Herball*, op. cit.

第201页　William Orpen, *An Onlooker in France, 1917–1919*, London, 1921. 威尔逊上尉的信引自 *War Letters of Fallen Englishmen*, ed. Laurence Housman, London, 1930。

第202页　壕沟花园：Caroline Dakers, *The Countryside at War, 1914–1918*, London, 1987. Ivar Campbell引自 *War Letters of Fallen Englishmen*, op. cit。Ivor Gurney转引自Dakers, *The Countryside at War*, op. cit. John Masefield, *Letters from the Front, 1915–1917*, ed. Peter Vansittart, London, 1984。

第203页　Edmund Blunden, *Undertones of War*, 1927.

第204页　《乡村生活》，转引自Dakers, *The Countryside at War*, op. cit。

第205页　Clement Scott, *Poppy-land*, 1894.

第207页　麦克雷的信：*War Letters of Fallen Englishmen*, op. cit.

第208页　荣军纪念日的历史：Mabey, *Flora Britannica*, op. cit.

第209页　Robert Morison, *Historia*, 1680.

第210页　诺森伯兰郡的柳兰：George A. Swan, *Flora of Northumberland*, Newcastle, 1993.

第211页　H. J. Riddelsdell et al., *Flora of Gloucestershire*, 1948.

第212页　Salisbury, *Weeds and Aliens*, op. cit. 白金汉郡柳兰的故事：Mabey, *Flora Britannica*, op. cit.

第213页　表观遗传学：可参考Jerry Fodor and Massimo Piattelli-Palmarini, *What Darwin Got Wrong*, London, 2010。

第214页　英国广播公司口述历史网站：www.bbc.co.uk/wwpeopleswar/stories. 罗丝·麦考利：Jane Emery, *Rose Macaulay: A Life*, London, 1991.

第216页　Leo Mellor, "Words from the bombsites: debris, modernism and literary salvage", *Critical Quarterly*, 46, 4 (2006).

第218页　废墟：Rose Macaulay, *Pleasures of Ruins*, London, 1953; Christopher Woodward, *In Ruins*, London, 2001; Uvedale Price, *Essays on the Picturesque*, 1794–1798; Richard Deakin, *Flora of the Colosseum*, 1855.

第221页　弹坑里的花：J. E. Lousley, *Wild Flowers of Chalk and Limestone*, 2nd edn, London, 1969.

第230页　William Robinson, *The Wild Garden*, 1870. 大猪草的早期分布：*Atlas of the British Flora*, ed. F. H. Perring and S. M. Walter, London, 1962.

第231页　J. H. Dickson, *Wild Plants of Glasgow*, Aberdeen, 1991.

第234页　Kenneth Grahame, *The Wind in the Willows*, 1908.

第235页　Neal Ascherson, *Games with Shadows*, London, 1988.

第237页　Alan Weisman, *The World Without Us*, New York, 2007.

第239页　底特律：Christopher Woodward, "Nature in ruins", in *Urban Wildscapes*, ed. Anna Jorgensen; Julien Temple, "Last Days", *Guardian*, 11 March 2010；以及坦普尔的纪

录片《底特律安魂曲》，BBC TV 2010。

第240页　Jonathan Silvertown, *Demons in Eden: The Paradox of Plant Diversity*, Chicago, 2005.

第243页　弗朗西斯·拉姆：www.gourmet.com/food/2008/09/kudzu.葛藤阴谋论：www.mindspring.com/~mdpas/kudzu.html.

第249页　Mabey, *The Unofficial Countryside*, op. cit.

第250页　达格南的风滚草的历史：Burton, *Flora of the London Area*, op. cit.

第259页　A. O. Hume, *Journal of Botany*, 1901.

第260页　Anne Stevenson, "Himalayan balsam", *Minute by Glass*, Oxford, 1982；杜威尔顿的凤仙花的故事：Mabey, *Flora Britannica*, op. cit.

第263页　谢菲尔德矿工的故事：Mabey, *Flora Britannica*, op. cit.

第264页　虎杖的控制：Lois Child and Max Wade, *The Japanese Knotweed Manual*, Chichester, 2000.

第266页　David Pearman and Kevin Walker, "Alien plants in Britain: a real or imagined problem?", *British Wildlife*, October 2009.

第271页　Martin Sandford, *A Flora of Suffolk*, Ipswich, 2010.

第274页　John Evelyn, *Sylva; or, a Discourse of Forest Trees*, 1664.铁路边的挪威枫：Mabey, *Flora Britannica*, op. cit.

第275页　Ted Green, "Is there a case for the Celtic Maple or the Scots Plane?", *British Wildlife*, February 2005.

第277页　Peter Daniels, "The Shoreditch Orchid", 2008年阿尔文国际诗歌比赛获奖作品。

第277—280页　暂住区：Dennis Hardy and Colin Ward, *Arcadia for All: The Legacy of a Makeshift Landscape*, Nottingham, 2004; Deanna Walker, *Basildon Plotlands*, Chichester, 2001; Rodney L. Cole, *Natives and Aliens: The Wild Flowers and Trees of the Langdon Hills*, Basildon, 1996.

第281页　除草剂抗性：Cousens and Mortimer, *Dynamics of Weed Populations*, op. cit.

第282页　受保护的耕地杂草：Watson and King, *Arable Plants*, op. cit.

第285页　雅克·尼姆基：www.nnfestival.org.uk/Contemporary-art-norwich, 2009.

第286页　草标：www.deptfordx.org.

第288页　奥林匹克公园：Stephen Gill, *Archaeology in Reverse*, London, 2007.

第291页　Carl Safina, *Eye of the Albatross: Visions of Hope and Survival*, New York, 2002.

索 引

（条目后的页码为原书页码，见本书边码。）